징과 돌의 노래

일러두기
이 소설은 역사적인 사실을 바탕으로 창작한 것입니다. 인물이나 지명, 사건 등 일부 내용은 기록된 사실과 다를 수 있습니다.

징과 돌의 노래 3

1판 1쇄 발행 | 2017년 11월 30일

지은이 | 김영미
펴낸이 | 김경배
펴낸곳 | 시간여행
편　집 | 이진의 · 박정민
마케팅 | 강민정
본문 디자인 | 디자인 [연:우]

등 록 | 제313-210-125호 (2010년 4월 28일)
주 소 | 서울시 마포구 토정로 222 한국출판콘텐츠센터 419호
전 화 | 070-4032-3664
이메일 | sigan_pub@naver.com

종 이 | 엔페이퍼
인 쇄 | 한영문화사

ISBN 979-11-85346-62-5 (04810)
ISBN 979-11-85346-54-0 (세트)

이 도서의 국립중앙도서관 출판예정 도서목록(CIP)은 서지정보유통지원시스템 홈페이지(http://seoji.nl.go.kr)와 국가자료 공동목록시스템(http://www.nl.go.kr/kolisnet)에서 이용하실 수 있습니다. (CIP 제어번호 : CIP2017030472)

* 이 도서는 국제친환경 인증을 받은 천연펄프지(Norbrite 95#)로 제작되었습니다.

징과 돌의 노래

불타는 서경 3

김영미
장편소설

시간여행

서경전도

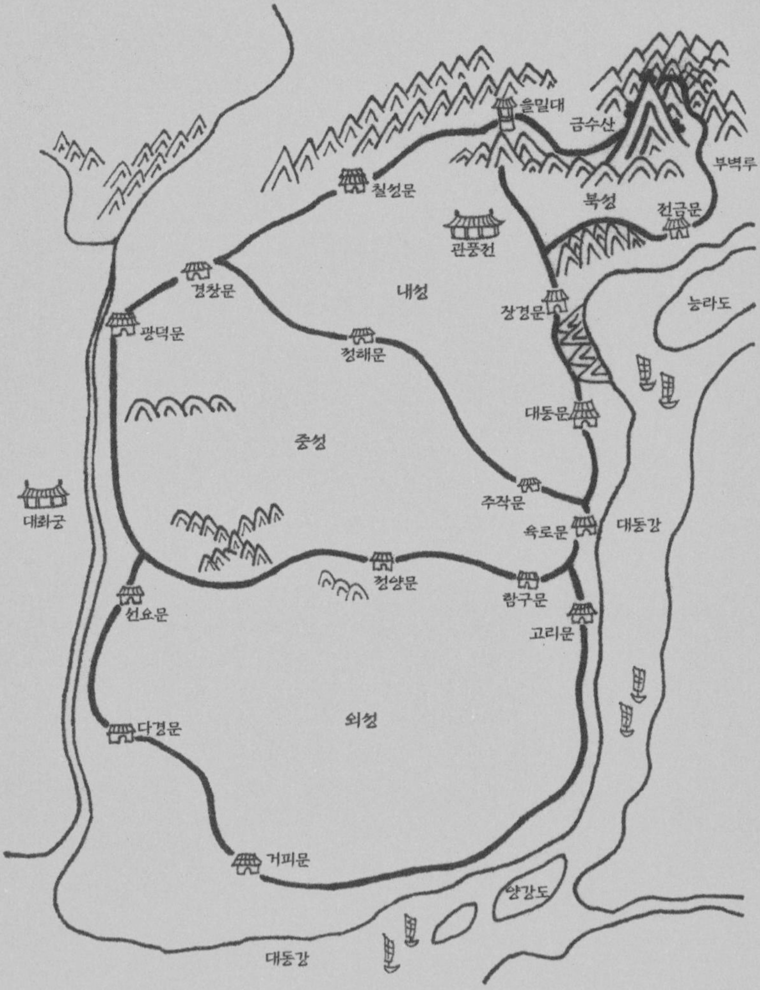
을밀대
금수산
부벽루
칠성문
북성
전금문
관풍전
내성
경창문
광덕문
청해문
장경문
능라도
대동문
중성
주작문
대화궁
육로문
대동강
정양문
함구문
선요문
고리문
외성
다경문
거피문
양강도
대동강

차례

송인(送人)

편전에 시립했던 돈후는 현기증을 느끼며 비틀거렸다. 옆에 섰던 동료 내시가 의아해하며 붙잡았다.

형부시랑이 임금에게 운곡을 역당이라 보고했다. 더 정확하게는 추가로 조사된 반란 부역자 명단에 운곡의 이름이 들어있었다. 형부시랑은 덤덤한 표정으로 명단을 줄줄 읽었다. 임금은 무심한 얼굴로 단죄하라 재가했다. 추가된 이들이 조정의 요직에 있거나 세력을 가진 자가 아니다 보니 일상적인 보고를 하듯 끝나버렸다.

뒤늦게 정신을 차린 돈후가 편전 밖으로 달려나갔으나 시랑은 보이지 않았다. 덜덜, 몸이 떨리기 시작했다. 얼마 전 호부 관속으로부터 들은 보고 때문에 불안했지만 이렇게 날벼락처럼 터질 줄은 몰랐다. 궐 안에서 벌어지는 일을 모조리 파악하고 있다 생각했는데 하필 자신의 눈길이 미치지 않는 곳에서, 대비할 시간도 없이 운곡의 이름이 튀어나왔다.

익환의 말로 미루어보건대, 조사는 임금에게 보고한 시랑이 아닌 원외랑이 주도했다. 원외랑 박헌은 어사대에서 잔뼈가 굵었고 불의에 타협하지 않는 청백리라 했다. 게다가 윤언이 쪽과 가깝다고 했다. 아버지 부식은 윤언이와 사이가 좋지 않다. 지금도 윤언이 부대가 공을 세우지 못하도록 후방에 배치해 원성이 높은 상태다. 청백리에 윤언이 쪽 사람이라면 최악의 악재를 만난 것이다.

돈후는 심호흡을 했다. 정신을 차려야 한다. 이미 역당을 치죄하라는 임금의 명이 떨어졌다. 하늘이 무너졌으나 바늘 같은 틈새일지라도 솟아날 구멍을 찾아야 한다. 돈후는 주먹을 말아 쥐고 형부로 향했다.

"자네가 무슨 일로 나를 찾았는가?"

박헌이 물었다. 돈후는 허리 굽혀 깍듯이 인사한 뒤 답했다.

"조금 전 시랑 대감께서 보고하신 내용을 확인코자 합니다. 폐하께서 일일이 기억하지 못하시니 내시들이 파악해두는 것이 관례입니다. 조사는 원외랑께서 진행하셨다 듣고 찾아왔습니다."

박헌이 고개를 끄덕였다.

"음, 내시부가 일을 열심히 하시는군. 편히 앉으시게. 무엇이 궁금하신가?"

돈후는 담담하게 보이려 애썼다. 먼저 통상적으로 물어야 할 것을 묻고 점검했다. 박헌은 유능하면서도 원칙적인 사람으로 보였다. 돈후의 물음에 막힘이 없으면서도 직분을 벗어나지 않았다. 상대하기 어려운 자다. 뇌물이나 압력이 통하지 않을 것이다.

"운곡이라는 자는…… 어찌 연루된 것입니까?"

"그는 왜 묻는가?"

박헌의 미간이 움직였다. 형부에서 일하는 자답게 날카로운 촉을 가졌다. 이런 자에게 어설픈 변명은 오히려 의심의 빌미를 주게 된다. 돈후는 솔직하게 답했다.

"지난해 제가 구설을 피하기 위해 운곡이 운영하는 사학에 피접을 간 적이 있습니다. 그때 운곡을 잠시 만났었습니다."

박헌은 잠시 돈후를 바라보더니 고개를 끄덕였다. 가슴이 두근거렸다.

"서경 사절로 왔던 분사대부경 윤첨을 기억하는가? 하옥되었다가 서경으로 돌아가서는 안타깝게 죽었지. 그를 배행했던 관속들을 심문하는 과정에서 운곡의 이름이 나왔다네. 관속의 말에 따르면 운곡이란 자가 광덕상회의 실제 주인이라는 거야. 서경에 들여보낸 첩자들의 보고를 확인해보니 광덕은 이미 서경으로 옮겨갔더군. 광덕의 행수 강덕우는 운곡의 외가 쪽 사람이었네."

운곡의 이름이 나온 배경을 이제야 알았다. 돈후의 눈길이 왜 미치지 못했는지도 알았다. 형부의 옥에서 우연히 튀어나와 은밀히 조사가 이루어진 것이다.

“그런데 이상한 점이 있었네. 구안정에서 요양했다는 자를 찾아 심문했는데 노비가 꽤 많다 했거든. 아, 자네도 가봤으니 알겠군. 사실 자네가 구안정을 다녀갔다는 것은 그자에게 들어 알고 있었네. 자네가 구안정에서 본 노비들은 얼마나 되던가?”

가슴 뛰는 소리가 박헌에게 들릴까 염려되었다. 저자는 이미 알면서도 모른 척하고 있었다. 이제는 은근슬쩍 돈후를 심문하고 있다. 진즉에 돈후를 찾아 심문하지 않은 것은 김부식의 아들이니 괜한 분란을 만들까 염려한 탓이었으리라. 돈후는 대수롭지 않은 듯 답했다.

“일하는 자는 꽤 되었는데 정확한 숫자는 모르겠습니다. 그리고 그들이 노비인지 일꾼인지도 확실치 않습니다. 제 문제가 복잡해 그곳 사정에는 관심을 두지 않았습니다.”

박헌이 다시 고개를 끄덕였다.

“노비인지 일꾼인지 모르겠다……. 그래서 운곡의 호적이 깨끗했나? 호적을 보니 노비 기록이 없었거든. 올라있는 것은 여식 하나가 전부였네. 구안정에서 일하는 자들이 노비가 아니라 일꾼이라면 호적이 깨끗할 수도 있겠군. 여하튼 모두 달아나 구안정이 비었으니 차후에 수사를 보강해야지.”

또다시 현기증이 일었다. 위장 호적을 만들 때 산채 사람들의 이름을 모두 지웠다. 혜강을 비롯한 많은 이들이 죽림칠현의 이름을 가졌다. 그런 이름으로 호적에 오르면 역당의 소굴로 지목된 칠현루와 연결되어 반란의 혐의를 벗을 수 없겠기에 지운 것이다. 그런데 돈후가 호적을 바꿔치기하는 바람에 온요만이 오롯이 역당의 핏줄이 되어 단죄받을 처지에 놓였다.

가까스로 정신을 추스른 돈후가 물었다.

"앞으로 부역자 처리는 어찌하실 예정입니까?"

"그야 절차에 따라야지. 이미 붙잡은 자는 여죄를 물을 것이고, 운곡처럼 잡지 못한 자는 방을 붙여 쫓아야지. 차후 경과도 정리하여 보고할 것이네."

형부에서는 운곡이 이미 하세했다는 것을 모르고 있다. 차라리 죽은 것까지 밝혔다면 나았을 텐데 일은 엉킨 실타래처럼 꼬여만 간다.

"고맙습니다. 또 뵙겠습니다."

돈후는 박헌에게 미소까지 지어 보이며 목례한 뒤 돌아섰다. 문을 나서는 돈후에게 박헌이 말했다.

"부친이 전장의 선두에서 노고가 크시다 들었는데 장자인 자네도 애쓰는군. 그러니 폐하의 신임이 깊은 것이겠지."

돈후는 입술을 깨물었다. 부식이 윤언이의 진격을 가로막아가며 전장을 틀어쥔 일을 비꼬는 말이 분명하다. 암담했다. 박헌을 통해 명단에서 운곡이나 온요의 이름을 빼는 일은 아예 불가능한 것이다.

형부를 나온 돈후는 육부 관청이 늘어선 관도를 비칠비칠 걸었다. 흙게 빠진 낯으로 걷는 돈후를 오가는 관원 몇이 힐끔 쳐다보고 지나갔다. 괜한 의심 사지 않으려 애썼지만 눈앞이 캄캄하여 제대로 걷기조차 힘들었다. 등에서는 식은땀이 줄줄 흘러내렸다.

아버지의 경고대로 일이 틀어졌다. 온요를 귀족의 여식으로 만들어 당당하게 혼인하려던 계획은 물거품이 되었다. 물거품이 된 정도가 아니라 온요를 역당으로 만들어버렸다. 차라리 운곡의 호적에 올리지 않았다면 이 세상에 없는 사람처럼 처리할 수도 있었다. 그럼에도 조급하고 어리석은 자신이 온요를 사지로 내몬 것이다.

돈후는 광화문 사거리 한복판에 섰다. 다리가 후들거렸다. 어디로 가야 할까. 누구에게 도움을 청해야 할까. 머릿속이 텅 비어 아무런 생각이 떠오르지 않았다. 갈 곳이 없다. 전장의 아버지를 찾기에는 너무 멀리 있고, 찾는다 한들 나서줄 아버지가 아니다. 돈후는 새삼 자신이 얼마나 나약하고 보잘것없는 존재인지 깨달았다.

부역자를 수배하는 형부의 방이 붙기까지 남은 시간은 길어봐야 이삼 일. 그 사이 온요를 숨겨야 한다. 익환에게 도움을 받으면 좋겠지만 일이 이렇게까지 틀어진 다음에야 신뢰하기 어렵다. 자칫 아버지도 알게 될 가능성이 크니 배제하는 편이 나을 것이다. 을지는 개경에 남아 재산을 처분토록 하고 배달 정도만 따르게 한 뒤 한시라도 빨리 도망쳐야 한다.

돈후는 관복을 입은 그대로 궐을 등진 채 뛰기 시작했다.

별채에 들어서자마자 온요를 찾았다. 삼복이 쪼르르 달려와 온요가 반빗간에 있다고 고했다. 돈후는 반빗간으로 달려갔다. 온요는 여종들과 어울려 저녁상을 준비하고 있었다. 여종들 사이에서 해맑게 웃고 있는 온요에게 다가가 다짜고짜 손을 잡고 이끌었다. 온요는 난감해하며 따라왔다.

"이러지 않기로 했잖아요."

돈후는 답하지 않았다. 지금 한가하게 노비니 아니니 실랑이할 때가 아니다. 돈후는 온요의 손을 움켜쥔 채 별채로 들어섰다. 삼복에게는 큰 소리로 적토를 대령하라 일렀다.

"당장 떠날 것이다. 필요한 것이 있으면 간단히 싸라."

온요는 놀란 얼굴로 돈후를 쳐다보았다. 돈후는 온요를 서재로 들여보낸 뒤 침소로 건너가 짐을 쌌다. 재물이 될 만한 것들을 잡히는 대로 비단보에 담아 묶었다. 관복을 벗어 던지고 평상복으로 갈아입은 뒤 서재로 건너갔다. 그런데 온요는 짐은커녕 옷도 갈아입지 않은 채 그대로 서있었다. 돈후 손에 들린 보따리를 본 뒤엔 정색하며 말했다.

"저는 가지 않겠어요."

돈후는 답하지 않고 온요의 손을 잡아끌었다. 하지만 온요는 돈후의 손을 뿌리쳤다. 돈후가 소리쳤다.

"이 집에서 벗어나는 것이 소원 아니었나? 벗어나게 해줄 테니 빨리 가자."

다시 손을 잡으려 다가서자 온요는 한 걸음 물러났다.

"벗어나려 한 것은 저이지 당신은 아니에요."

울컥, 뜨거운 것이 치밀었지만 시간이 없었다. 돈후는 우악스레 온요의 손을 움켜쥐고 별채를 나왔다. 가지 않겠다던 온요는 순순히 따라 나왔다. 삼복이 불안한 얼굴로 지켜보았으나 외면하고 적토에 올랐다.

복잡하고 북적대는 시전 거리를 마구 내달렸다. 뒤편에서 고함과 욕지거리가 날아들었다. 남대가를 달려 황도 남동쪽의 장패문으로 향했다. 벽란도로 가는 것이 빠르지만 수배하는 방이 제일 먼저 나붙는 곳이니 피해야 했다. 임진나루로 가서 배를 타고 돌아 고려를 빠져나갈 방법을 찾는 것이 나을 것이다. 그마저 안 되면 시일이 걸리더라도 삼남을 거쳐 왜로 건너가면 된다.

온요는 돈후의 품 안에서 웅크린 채 별다른 말을 하지 않았다. 구걸하던 이들이 말굽에 채일까 혼비백산하여 비켜났다. 어느새 도성 저편에 놀이 지고 있었다. 성문을 통과하기가 빠듯할 것이다. 적토는 언제나 그랬듯 주인의 심정을 알고 바람처럼 달려주었다. 덕분에 가까스로 성문을 통과했다.

돈후와 온요를 태운 적토는 개국사를 지나 너른 농토 사이를 가로질러 달려나갔다. 푸른 벼로 들어찬 들판은 놀에 물들어 불그레 한 강처럼 넘실댔다. 조급한 돈후는 연신 적토의 배를 걷어찼다. 뛰는 것은 적토인데 돈후의 입에서 가쁜 숨이 쏟아졌다.

들판에서 붉은빛이 가시고 어스름이 깔릴 무렵, 뒤에서 콩을 볶듯 요란한 말굽 소리가 들리기 시작했다. 불길한 예감에 돌아보니 한 무리의 말 탄 병사들이 따라오고 있었다. 복색을 보니 부식의 사병들이다. 돈후는 이를 악물었다. 다시금 배를 걷어찼으나 적토는 더 이상 빨리 달리지 못했다. 오래지 않아 돈후는 병사들에 의해 둘러싸였다.

결국 고삐를 당겨 멈춰 섰다. 적토가 푸르르 콧김을 쏟아내며 허청거렸다. 둘러싼 병사의 수를 헤아리니 모두 열 명. 배달이 뒤따르고 있지만 맞서기에는 버거운 숫자다. 병사들 가운데에서 익환이 말을 움직여 다가왔다. 때를 맞추어 십여 장 거리에 배달이 살을 겨누고 섰다.

"도련님, 이리하시면 안 됩니다."

익환의 말에 돈후는 굳은 어조로 답했다.

"아저씨라고 해도 봐드리지 않겠습니다. 보내주십시오."

익환은 흘긋 배달을 돌아보았다. 배달이 이를 드러내며 히죽 웃었다. 하지만 익환은 개의치 않는 듯 표정에 변화가 없었다. 그 사이 한 병사가 적토 뒤로 다가섰다. 배달의 살이 익환과 뒤쪽 병사 사이를 헤맸다.

"아가씨가 다치십니다."

발끈하여 고삐를 잡은 손에 힘을 주자 온요가 팔을 움켜잡았다. 익환이 말에서 내려 다가왔다. 돈후도 천천히 말에서 내렸다. 온요는 말 위에 그대로 두었다. 여차하면 뛰어올라 달아날 수 있어야 했다.

"어찌 알고 오셨습니까?"

"대감마님께서도 아가씨 일로 걱정이 많으셨습니다. 그래서 제게 따로 당부하신 명이 있었습니다."

아버지의 명? 운곡이 역당과 연루되어 온요가 위기에 처하면 돈후가 미쳐 날뛸 것을 예상하셨다는 뜻인가. 쓴웃음 짓는 돈후의 머리에 서늘한 바람이 스쳤다. 익환에게 따로 당부하셨다면 그는 필시, 온요를 제거하라는 명이었을 것이다.

돈후는 익환에게 다가가 멱살을 그러쥐었다. 조카처럼 여기던 돈후가 멱살을 쥔 채 노려보는데도 익환은 평온했다.

"도련님의 허락 없이는 하지 않겠습니다. 걱정 마십시오."

익환은 안쓰러움을 담아 말했지만 돈후는 손을 풀지 않았다.

"하지만 도련님이 이리하시면 일은 점점 꼬입니다. 대감께서 그대로 두고 보시겠습니까? 도련님은 대감의 장자십니다. 어디로 가시든 쫓으실 겁니다. 제가 보내드리면 다른 사람이 쫓겠지요."

돈후는 반박하지 못했다. 알고 있다. 아버지는 세상 끝이라도 쫓아와 온요를 죽이고 돈후를 데려갈 것이다. 하지만 알면서도 그저 손 놓고 파국을 기다릴 수는 없다.

돈후가 주춤하는 사이 한 병사가 적토의 고삐를 가로채 물러났다. 온요는 순식간에 포로가 되었다. 눈을 키우며 익환을 돌아보는데 병사들이 달려들어 돈후마저 결박하듯 붙잡았다. 익환이 고개를 숙였다.

"죄송합니다. 가까운 역으로 모시겠습니다."

온요는 입을 꾹 다물고 담담한 표정을 지었지만 겁에 질린 탓인지 낯빛이 하얬다. 돈후는 간청하듯 말했다.

"온요와 함께 타고 가겠습니다."

익환은 미안한 듯 웃으며 고개를 가로저었다. 그러고는 살을 겨누던 배달마저 오라로 묶어오게 했다. 돈후는 꼼짝없이 익환에게 이끌려 청교역 관사로 향했다.

청교역은 조정에서 지방으로 공문서를 보낼 때나 지방관들이 황도를 오갈 때 관문 역할을 하는 곳이다. 수배될 온요의 처지 때문에 신경이 쓰였으나 익환은 걱정하지 말라 했다. 아버지의 사람들이 있거나 미리 언질을 해둔 듯했다. 예상대로 청교역 관리들은 버선발로 뛰어나와 돈후를 맞았다. 그들은 돈후를 관사의 별채에 마련된 숙소로 안내했다.

돈후는 온돌 바닥에 주저앉아 온요를 기다렸다. 익환이 온요를 따로 보자 하여 돈후만이 방에 들었다. 온요에게 할 말이 있다면 함께 듣겠다 우겼지만 온요가 만류하여 승복했다. 익환이 온요를 어떤 말로 설득하든 이대로 돌아가지는 않을 것이다. 문제는 벗어날 방법을 찾는 일인데 아무리 궁리해봐도 나아갈 길이 보이지 않아 답답했다.

드르륵, 장지문이 열리고 온요가 들어왔다. 벌떡 일어난 돈후는 달려가 온요를 끌어안았다. 온요는 품에 안긴 채 고요히 서있었다. 불안했다. 무슨 결심을 했기에 이리 고요한 것일까. 돈후가 힘주어 감싼 팔을 풀지 않자 온요는 돈후의 가슴을 쓸며 진정시켰다. 그러고는 돈후를 아랫목으로 이끌었다.

"익환 아저씨의 말은 괘념치 마라."

다짐을 두듯 말했으나 온요는 미소만 지었다. 불안한 가슴이 쿵쿵 방망이질을 시작했다.

"돌아가요. 당신의 집이 있는 곳으로."

돈후는 낯을 굳혔다. 역시 익환에게 설득된 것이다. 돌아가지 않으면 돈후 처지가 곤란해질 것이라고 겁박했겠지. 그래야 탈 없이 개경으로 데려갈 수 있을 테니까. 하지만 그럴 수 없다. 개경으로 돌아가면 온요는 역당으로 치죄될 것이다. 목숨을 보존한다 해도 모진 고신으로 망가진 뒤 가장 비천한 곳에서 관비로 살다 죽게 될 것이다.

"저를 아버지 호적에 올려주어 고마워요. 산채 식구들의 이름을 노적에서 지워준 것도요."

미간이 절로 구겨졌다. 호적을 바꾼 탓에 제가 사지로 내몰렸는데, 그것이 고맙다고? 온요는 흔들림 없는 눈빛으로 돈후를 보며 말을 이었다.

"아버지께서 하세하시기 전, 딸로 입적하자던 말씀을 끝내 마다했던 것이 한스러웠어요. 저로 인해 참수되신 생부에게 또다시 죄를 짓는 것 같아 마다했는데 제 생각이 틀렸어요. 운곡 스승님은 저의 아버지세요. 삶을 주셨으니 아버지시고, 삶을 받은 딸이 호적에 오르는 것은 당연해요. 설령, 그것 때문에 죽는다 해도 기꺼이 받아들일 수 있어요. 그러니 돌아가요."

돈후는 온요의 팔을 움켜쥐고 소리쳤다.

"너는 네 목숨이 그리 하찮으냐? 이미 돌아가신 운곡 스승님을 위해 죽겠다고? 그럼 나는 어쩌라는 말이냐? 네 안중에 나는 아예 없는 것이냐? 싫다. 돌아갈 수 없다. 그리 죽기를 원한다면 오냐, 내가 직접 죽여주마. 망나니 손에 죽느니 차라리 내 손에 죽어라. 너를 죽인 뒤 나도 함께 죽어주겠다. 그러면 되지 않겠느냐."

돈후는 온요를 밀치고 쿵쿵 걸어가 문을 열었다. 온요가 달려와 허리를 감싸 안았다. 뿌리치려 했지만 악착같이 매달렸다. 온요는 울며 말했다.

"제발…… 저를 놓아요. 당신은 당신 세상에서 살아요. 가여운 어머니가 눈물로 주신 세상이잖아요. 저 때문에 포기하지는 말라고요. 돌아가요. 돌아가서 어머니 몫까지 살아요. 그것이 제가 진정으로 원하는 거예요."

돈후는 천천히 돌아섰다. 돌아서 망연히 내려다보는데 온요가 손을 뻗어 돈후의 뺨을 어루만졌다. 눈에는 눈물이 그렁그렁 맺혔다.

온요가 울고 있다.
쑥부쟁이를 닮은 나의 온요.
쑥부쟁이 온요가 나를 위해 울고 있다.
저를 살라야 피어나는 슬픈 꽃.
너는 정말이지 고약한 꽃을 닮았구나.

돈후도 온요를 감싸 안았다. 온요는 돈후 품에서 하염없이 흐느꼈다. 돈후의 눈에서도 눈물이 흘렀다.

주청루. 이번이 두 번째 방문이다. 산채에서 돌아와 폐인처럼 살던 돈후를 이곳에서 만났었다. 십자가 주변에서 우연히 흠수를 발견하고 미행했더니 을지도 이곳에서 지내고 있었다. 주청루가 을지 패의 새로운 거처였던 것이다.

나란은 주청루의 문을 쾅쾅 두드렸다. 평시에는 활짝 열어놓던 대문이 굳게 닫혀 이상했으나 저어하지 않았다. 잠시 후 대문이 열리더니 누군가 얼굴을 내밀었다. 뜻밖에도 광덕에서 짐아비로 일하던 재근이었다.

"재근 아재가 어찌 여기 있소?"

나란이 놀라 물었다. 재근도 나란을 알아보고 반색했다. 설명을 들으니 온요와 을지 덕에 주청루에서 일하고 있단다. 곧이어 을지와 흠수도 마당에 모습을 드러냈다. 을지는 나란을 흔쾌히 맞았으나 어쩐 일인지 표정이 어두웠다.

"어서 오게. 돈후 도련님을 만나러 왔는가?"

고개를 끄덕이자 을지는 선뜻 별채로 이끌었다. 머쓱한 기분이 들었다. 어젯밤 도성을 빠져나간 광덕의 역사에게서 분위기는 대충 전해 들었지만 이렇듯 심상할 줄이야. 개경 들어오자마자 돈후부터 만날 것을, 살피고 재느라 괜히 아까운 시간만 낭비한 것 같다.

을지는 나란에게 방에서 기다리라 했다. 곧 돈후가 올 것이라고도 했다. 마치 나란을 기다리고 있었다는 투다. 나란은 을지가 권하는 대로 별채의 방으로 들었다. 방은 썰렁했다. 먼지 한 점 없을 정도로 깨끗하게 관리되었으나 주인 없는 방임을 금세 느낄 수 있었다.

하오 내내 기다려도 돈후는 오지 않았다. 더운 날 방안에 가만히 앉아있자니 답답하고 지루했다. 나란은 도지개를 틀다 못해 꾸벅꾸벅 졸기 시작했다.

"배포가 크구나. 역당으로 붙잡히기 십상인데 개경으로 돌아오다니. 역시 초원 오랑캐답다."

문이 벌컥 열리며 돈후가 들어왔다. 나란은 화들짝 깨어나 눈을 비볐다. 둘러보니 어느새 사위가 어두워졌다. 흠수가 들어와 등잔에 불을 붙였다. 저녁을 겸한 술상도 들어왔다.

"너 지금 네 세상 되었다고 유세 부리는 거냐?"

퉁명스럽게 쏘아붙이자 돈후는 피식 웃었다. 달댕이 같은 낯도 여전하고 오만한 기세도 여전하다. 돈후는 상석에 앉은 나란을 두고 맞은편에 털썩 주저앉았다. 자리를 바꿔줄까 잠시 고민했지만 그만두었다. 놈의 신분이 높다 한들 상전으로 모실 수는 없잖은가.

"용문산 산채는 쓸만해졌냐?"

돈후가 술을 따르며 물었다. 나란은 받으며 답했다.

"천마산 산채에 비하겠냐만 그럭저럭 살만은 하다. 이삼 년 죽어라 고생하면 더 나아지겠지. 너 같은 귀족 놈들이 흔들어대지만 않으면 산채는 걱정 없다. 하찮은 목숨 부지하면서 천년만년 잘 살 것이다."

돈후는 또다시 피식 웃었다. 그런데 웃는 낯을 살피니 지나치게 어둡다. 뭔가 좋지 않은 일이 있는 게 분명하다.

"운은 내 아비를 죽이겠다 설치고 다니더라?"

말문이 막혔다. 돈후는 운이 복수하겠다 덤비면 죽이겠다고 으름장을 놓았었다. 제 딴에는 위험을 무릅쓰고 목숨을 구해주었는데 아비를 죽이겠다 하니 그리했을 것이다. 나란은 우물거리며 답했다.

"그놈은…… 다 잃었잖느냐."

돈후에게 운을 이해하라 말할 수는 없었다. 제 아비를 죽이겠다는 녀석을 이해해주는 천치는 세상에 없을 테니까. 침울한 기분에 벌컥 술을 넘기는데 돈후가 말했다.

"네가 온요 오라비가 맞긴 한 것 같다. 기막힐 정도로 때를 골라 개경에 온 것을 보면……."

나란은 고개를 기울였다. 이 말은 무슨 뜻일까? 온요를 데려가라는 뜻인가. 순순히 온요를 놔주겠다고?

나란은 주저했다. 돈후에게서 어떤 답이 나올지 모르지만 그래도 한 번은 물어야 할 것 같다.

"온요 이야기 나온 김에 물어보자. 대체 너, 무슨 생각으로 온요를 붙잡아둔 거냐? 설마…… 처음부터 온요 차지할 속셈으로 운이와 산채 식구들 살려준 거냐?"

나란의 물음에 돈후가 입을 비틀었다. 비튼 입에 삐죽, 웃음이 물렸다. 비웃음이다.

"왜? 온요 몸값으로 셈이 모자라냐? 은자라도 얹어주랴?"

순간, 가슴에서 불길이 치솟았다. 나란은 몸을 날리며 주먹을 내질렀다. 술상이 넘어가면서 와르르 그릇이 쏟아졌다. 깨진 그릇들 때문에 와장창 소음이 울려 퍼졌다.

불시에 턱을 얻어맞은 돈후는 억 소리도 내지 못하고 뒹굴었다. 하지만 바닥에 널브러져서도 여전히 입을 비틀며 웃었다. 잇새로

번진 핏물이 보이자 돈후가 괴물처럼 느껴졌다. 나란은 돈후의 멱살을 잡고 일으켜 세웠다. 그러고는 으르렁댔다.

"내가 온요 탐내지 말라 했지? 선택은 온요가 하는 것이라 했잖아. 당장 온요 내놔. 너 같은 놈은 온요 사내가 될 자격이 없어!"

나란이 어르자 돈후가 표정을 바꾸었다. 눈을 부라리며 노려보더니 이를 갈 듯 말했다.

"온요는 내 계집이야. 내가 이미 가졌어."

나란은 다시 주먹을 내질렀다. 돈후는 힘없이 푹 고꾸라졌다. 그래도 분이 풀리지 않았다. 이 요괴 같은 놈이 그새 온요를 범한 것이다. 고꾸라진 돈후의 배를 힘껏 걷어찼다. 돈후는 저만치 쓸려가 나뒹굴었다.

돈후를 깔고 앉아 주먹질을 하려는데 벌컥 문이 열렸다. 을지였다. 그가 놀란 눈으로 방안을 들여다보았다. 하지만 들어와 말리거나 나란에게 덤벼들지 않았다. 그저 굳은 표정으로 서서 잠시 보더니 다시 문을 닫았다. 나란은 아랑곳없이 돈후를 때렸다. 어쩐 일인지 돈후는 저항하지 않았다. 나란이 주는 대로 주먹을 다 받아먹었다. 되레 지친 나란이 돈후의 멱살을 움켜쥐고 숨을 몰아쉬었다.

"나쁜 자식! 산채에 처음 왔을 때 죽였어야 했는데, 빌어먹을 영감탱이 말을 듣지 말았어야 했는데……."

한탄하듯 울부짖는데 피투성이가 된 돈후가 소리쳤다.

"네가 이 자리에서 나를 죽인다고 해도 온요는 내 계집이야. 내가 온요 사내라고!"

헛웃음이 나왔다. 흠씬 두들겨 맞고도 떼쓰듯 소리치는 녀석에게 기가 질릴 지경이었다. 그런데 잠깐 방심한 사이 돈후가 주먹을 내질렀다. 날아온 주먹이 나란의 턱을 부술 듯 치고 지나갔다. 휘청, 몸이 기울었다. 곧이어 돈후의 무릎에 낭심을 걷어차였다. 나란은 쿵 소리를 내며 쓰러졌다. 그러고는 한겨울에 얼어 죽은 고치처럼 웅크려 꼼짝하지 못했다.

영악한 놈, 잠시의 틈을 놓치지 않다니!

숨을 쉴 수 없었다. 한참동안 입을 벙싯거렸다. 가까스로 숨을 되찾고 나니 온몸에서 힘이 빠져나갔다. 나란은 웅크렸던 어깨를 펴고 대자로 누웠다.

고개를 돌려 돈후를 보았다. 돈후는 피투성이가 된 얼굴로 천장을 바라보고 있었다. 눈빛이 멍했다. 목을 졸라 죽여도 시원치 않을 놈이건만 왠지 모를 처연함이 느껴졌다. 나란은 눈을 감아버렸다.

"온요는 내 계집이지만…… 네가 데려가줘야겠다."

나란은 숨을 멈추었다. 눈도 번쩍 떴다. 자신이 들은 말이 맞는지 의심이 들었다. 조금 전에는 온요가 제 계집이라 우기며 큰소리치더니 갑자기 산채로 데려가라고?

"무슨 말이야? 제대로 말해."

나란이 묻자 돈후가 중얼거리듯 답했다.

"온요와 혼인하고 싶었다. 산채 식구들 안위를 볼모로 비겁하게 붙잡았지만, 내자로 삼아서 행복하게 해주고 싶었어. 마음껏 의술 익히게 해주고, 소원대로 아픈 백성 구제케 해주고, 다시는 동상 안 걸리게 따뜻한 버선도 지어주고 싶었다. 아니다. 온요가 아니라 내가 행복해지고 싶었다. 온요만 보면 행복하니까. 곁에 붙잡아두면 계속 행복할 테니까……."

나란은 천천히 몸을 일으켰다. 돈후는 계속 말을 이었다.

"그래서 스승님의 호적을 바꿔치기했다. 산채 사람들의 노적은 없애고 온요를 딸로 올렸어. 내 아버지는 온요가 노비 출신인 걸 알면 며느리로 받아주지 않을 테니 어쩔 수 없었다. 그런데 스승님이 반란 부역 혐의로 수배되었다. 스승님은 이미 이 세상 분도 아닌데 증명할 방법이 없더라. 스승님의 혈육으로 호적에 올랐으니 조만간 온요도 수배될 거야. 도성은 물론이고 고려 전역에 방이 붙겠지. 막으려고 발버둥 쳤는데 빠져나갈 구멍이 없다. 내가 내 손으로 온요를…… 사지로 몰아넣은 거야."

돈후는 한 팔을 올려 얼굴을 가렸다. 피가 번진 뺨 위로 맑은 눈물이 흘러내렸다.

"떠날 준비는 해놓았다. 명일 새벽에 온요를 데리고 선의문으로 갈 테니 게서 기다려라. 뒤처리는 최대한 해보겠다."

나란은 넘어진 상을 냅다 걷어찼다. 상과 그릇이 부딪혀 와장창 소리를 내며 치돌았다. 세상은 뭐 이리 복잡한 것인가. 가슴은 화로 들끓는데 마음껏 미워할 놈조차 찾기 어렵다. 나란은 다시 벌렁 누웠다. 누워서 욕지거리를 내뱉었다. 나란이 뱉어낸 욕지거리가 한동안 방안을 채웠다.

❖ ❖ ❖

낯선 처마 아래 둥그런 달이 보였다. 집은 낯선데 달은 여느 때와 다름없이 정겹다. 온요는 주인을 알 수 없는 낯선 집 안방에 앉아 창호 너머로 달구경을 했다.

어쩌면 마지막이 될지 모를 만월. 운곡은 달이 차고 기우는 데 세상의 이치가 숨어있노라 했었다. 차면 기울고 기운 것은 다시 찬다 했지만 온요의 달은 이제 더 이상 차지 못할 것이다. 그래도 슬프지만은 않다. 생부도, 어머니도, 운곡도, 해월도 모두 저마다의 달을 채우고 이지러졌다. 그들만큼 채우지 못한 것은 아쉽지만 섭리대로 스러지면 될 것이다.

달을 보며 한숨짓는데 지켜보는 눈길이 느껴졌다. 고개를 돌리니 마당에 선 돈후가 보였다. 언제부터 보고 있었는지 미동조차 없다. 그런데 뭔가 이상했다. 달빛을 받은 얼굴에 언뜻 붉은 것이 비쳤다.

놀라 달려나간 온요는 비명을 지르지 않기 위해 손으로 입을 틀어막았다. 가까이에서 보니 돈후의 얼굴은 알아보기 힘들 만큼 망

가졌다. 돈후는 퉁퉁 부은 얼굴로 씩 웃었다.

"어때? 볼만하지? 내가 본디 한 얼굴 한다. 개경 처자들이 나만 보면 좋다 하거든."

또다시 농이다. 무엇을 감추기 위해 저런 농으로 위장하려는 것일까. 온요는 낯을 굳히고 쏘아보았다. 돈후는 손을 내밀어 온요의 얼굴을 어루만졌다.

"아느냐? 나는 네가 내 농을 듣고 쏘아보는 눈길에 반했다."

온요는 돈후의 손을 걷어냈다. 방으로 들어가 급한 대로 베 조각을 챙기고 반빗간의 독에서 물을 한 바가지 퍼들고 나와 돈후를 대청에 앉혔다.

초롱을 기울여 얼굴을 살피니 맞아서 생긴 상처와 부기였다. 누군가와 주먹질을 한 것이다. 이 정도 맞았다면 입안도 다 터졌을 것이다. 그나마 뼈가 상하지 않은 것이 다행이었다. 온요는 물에 적신 베로 말라붙은 핏자국을 닦아냈다. 시퍼런 멍이 오르기 시작해 닦는 손길이 조심스러웠다.

핏자국을 닦아내는 동안 돈후는 상 한 번 찡그리지 않았다. 그저 온요의 얼굴을 물끄러미 쳐다보기만 했다. 눈길에 담긴 아픈 마음을 알고 있어 가슴이 미어졌다.

"나란이 왔다."

온요의 손길이 멈추었다. 듣기만 해도 반가운 이름, 나란. 하지만 반가운 마음은 금세 식었다. 산채를 지키고 돌봐야 할 책무가 있는 나란이다. 광덕의 일꾼들까지 역당으로 치죄되는 마당에 어쩌자고 그 위험한 길을 왔단 말인가.

“명일 새벽에 만나기로 했으니 함께 산채로 가라.”

온요는 멈추었던 손을 움직여 계속 얼굴을 닦았다. 목까지 이어진 핏자국을 닦아낸 뒤 피 묻은 베를 깨끗이 빨고 물은 마당에 버렸다. 돈후는 말없이 온요 하는 양을 지켜보았다. 온요는 바가지를 반빗간에 두고 돌아와서는 돈후를 똑바로 응시하며 말했다.

“가지 않겠어요.”

돈후는 미간을 구기며 천천히 일어났다.

“지금…… 뭐라고 했지?”

“가지 않겠다고 했어요.”

“산채로 돌아가고 싶다 노래 부르지 않았나? 그래서 보내준다는데 왜 안 가?”

“전과는 상황이 달라졌어요. 저는 역당의 핏줄로 쫓기는 몸이 되었으니 산채 식구들에게 해만 끼칠 거예요.”

“그래서 여기 남아 죽겠다고? 지난번에는 스승님을 위해 죽겠다더니 이제는 산채 식구들을 위해 죽겠다는 말이냐?”

“…….”

“개경과 서경은 사정이 달라. 너는 이곳에서는 역당이지만 서경에서는 영웅이 될 수도 있어. 물론 너더러 같잖은 영웅 노릇을 하라는 건 아니야. 산채에서 숨어 지내면 역당이든 영웅이든 상관없으니 가라는 거야. 그런데 왜 안 가? 가서 산채 사람들 돌보고 살아. 그게 네 소원 아니었어?"

온요가 입을 꼭 다문 채 답하지 않자 돈후는 성큼 다가왔다. 그러고는 온요를 붙잡아 흔들며 다그쳤다.

"빨리 대답해! 나란과 함께 산채로 가겠다고."

찢어진 상처에서 다시 핏물이 흘렀다. 뺨을 타고 흐르는 핏물이 눈물처럼 보였다. 못난 사람……. 떠나지 않기를 바라면서, 떠나면 상처받을 거면서 못된 표정으로 윽박지른다.

"당신이야말로 대답해봐요. 진심이에요? 제가 정말 당신 곁을 떠나길 원해요?"

"……."

"제가 떠나면 살 수 없다면서요. 가슴이 아파 숨조차 쉴 수 없을 거라면서요. 그러니 가지 않을게요. 당신의 부인이 되어줄 수는 없지만 잠시나마 당신 곁에 머무를 수는 있어요."

돈후는 온요를 와락 껴안았다. 흐느끼는지 어깨가 들썩였다. 온요는 돈후의 허리를 둘러 안고 등을 쓸며 위로했다.

"저는 괜찮아요. 정말 괜찮아요."

닥쳐올 고난이 두렵지 않다면 거짓이다. 운곡처럼 담담하게, 해월처럼 아름답게 죽음을 맞이할 자신도 없다. 그저 운곡 아버지의 딸답게 맞설 수 있기를 바랄 뿐.

돈후가 안았던 팔을 풀었다.

“산채로 가. 가서 살아. 네가 살아야 나도 살 수 있어.”

“하지만 당신은…….”

돈후는 온요의 얼굴을 감싸 쥐고 입을 맞추었다. 부드러운 입술과 혀로 달래듯 온요를 어루만졌다. 온요는 가만히 서서 돈후의 입맞춤을 받아주었다. 입술을 뗀 돈후가 온요의 빰을 쓸며 말했다.

“네가 그랬지? 나는 내 세상에서 살아달라고. 이번에는 내가 너에게 청할 차례야. 나란과 함께 너의 세상으로 돌아가. 하고 싶은 일 마음껏 하면서 늙어질 때까지 씩씩하게 살겠다고 약속해. 그것이 내가 진정으로 원하는 거야.”

온요는 돈후의 눈을 쳐다보았다. 퉁퉁 부은 눈두덩이 아래에서도 아름답게 빛나는 돈후의 눈. 저 눈에 담긴 마음을 받아주지 못한 날들이 못내 아쉽고 미안했다.

하지만 이제는 정말 때가 온 것인지도 모른다. 돈후는 돈후의 세상으로, 온요는 온요의 세상으로 돌아가야 할 때……. 역당으로 붙잡혀 죽는 모습을 보여주는 것보다 각자의 세상으로 돌아가는 것이 돈후가 받을 상처도 줄일 수 있을 것이다.

온요가 고개를 끄덕이자 돈후는 다시 온요를 껴안았다.

“미안하오. 내가 그대를 연모하지 않았다면 좋았을 것을, 그대를 붙잡지 않았다면 더 좋았을 것을…….”

바람이 불었다. 담장을 넘어온 바람이 부둥켜안은 두 사람을 흔들어 일깨웠다. 함께할 수 있는 시간이 얼마 남지 않았다. 돈후는 온요의 손을 잡아 이끌었다. 온요는 돈후가 이끄는 대로 대청을 지나 안방으로 들어갔다. 그리고 돈후의 품에 안겨 침상에 누웠다. 둘은 만월 아래서 하나가 되었다.

여름날의 어둠은 길지 않았다. 한껏 부풀었던 달도 금세 제 빛을 잃었다. 미명이 창호를 넘어와 벗은 몸을 비출 무렵 둘은 조용히 일어났다. 온요도, 돈후도 아무런 말을 나누지 않았다.

대문을 나서자 배달이 말고삐를 잡은 채 기다리고 있었다. 돈후는 온요를 적토에 태우고 자신도 올라탔다. 배달이 그 뒤를 따랐다.

초가가 이어진 골목을 지나자 대로가 나타났다. 그리고 얼마 가지 않아 선의문이 보였다. 배달이 앞서가 위숙군 병사에게 무언가를 건넸다. 굽실거리던 병사가 뛰어가 빗장을 올리고 문을 열어주었다. 온요는 적토에 실려 선의문을 통과했다.

조금 더 나아가자 길이 갈라졌다. 벽란로로 이어진 길과 서경으로 이어진 길. 그 갈림길에 나란이 서있었다. 두 필의 말고삐를 잡고 선 나란은 굳은 얼굴로 온요를 쳐다보았다. 나란을 보자 반가움과 서러움에 왈칵 눈물이 솟았다.

배달이 먼저 달려나갔다. 나란을 지나친 그는 서경 쪽으로 계속 나아갔다. 길잡이를 해주려는 것이다. 돈후는 말에서 뛰어내렸다. 그리고는 손을 뻗어 온요를 내려주었다. 돈후 곁에서 나란까지의 거리는 불과 오십 보. 돈후는 더 이상 나서지 않았다. 적토의 고삐를 잡은 채 굳게 서서 온요를 보았다. 이제 가라는 뜻이다.

몇 걸음 옮기던 온요는 몸을 돌려 돈후를 쳐다보았다. 어젯밤 낯선 처마를 밝히던 만월처럼 시린 얼굴. 이제 다시는 저 얼굴을 볼 수 없을 것이다. 온요는 천천히 허리를 숙였다. 부디 남은 생은 평안하기를, 더 이상 외롭지 않기를, 온요로 인해 아프지 않기를 빌며 마지막 인사를 했다.

깊게 숙였던 허리를 펴는데 돈후가 적토의 고삐를 놓고 달리듯 걸어왔다. 걸어와 온요를 와락 껴안고 입을 맞추었다. 첫날처럼 깊고 거셌다. 돈후는 모든 숨을 앗을 듯 빨아들였지만 온요는 힘주어 버텼다.

입술을 뗀 돈후는 잠시 온요의 눈을 들여다본 뒤 돌아섰다. 그러고는 적토 위에 뛰어올라 배를 걷어찼다. 적토는 바람을 내뿜으며 선의문 안으로 달려 들어갔다. 요란한 말굽 소리가 고요한 새벽길을 두드려 깨웠다.

온요는 선의문 밖 갈림길에 서서 작아지는 돈후의 뒷모습을 바라보았다. 돈후는 작아지고 작아지다 완전히 사라졌다.

재회

어둠을 가르며 불화살이 날았다. 하나, 둘……. 하늘을 향해 곧게 치솟아 오르는 모습이 기습을 알리는 신호다. 막사 뒤편에서 밤하늘을 보고 있던 운은 돌아서 뛰기 시작했다.

"기습이다. 출전 준비해라."

운을 보좌하는 하준이 막사에서 뛰어나왔다. 하준의 휘파람 소리가 삐이익 울려 퍼지자 사방에서 부원들이 모여들었다. 운은 말 우리를 향해 달려가며 소리쳤다.

"삼군 쪽이다. 말이 모자라니 하준은 발 빠른 놈 열을 데리고 고갯마루에서 대기해라."

운은 울타리를 훌쩍 뛰어넘어 말 등에 올랐다. 우리를 지키던 병사가 재빨리 문을 열었다. 배를 걷어차자 말이 솟구치듯 달려나갔다. 뒤이어 여섯 부원이 말을 타고 뒤쫓았다.

김부식의 중군 병영을 휘저었던 일로 보복 공격을 나온 것이 분명했다. 사흘 전 운은 부원들과 함께 부식을 제거하기 위해 중군 지휘부에 잠입했었다. 불과 이백 보 거리에서 부식의 심장에 살을 꽂는 데 실패하고 애꿎은 병사만 도륙하고 물러났다. 상한 부원 없이 무사히 빠져나온 것만도 다행이었다. 하지만 중군 병영은 간담이 서늘했을 것이다. 여간해서는 야습을 하지 않는 토벌군이 서경성 턱밑까지 들어온 것은 그만큼 분노했다는 뜻이리라.

운은 연신 박차를 가했다. 이틀에 걸쳐 내린 비로 사방이 진창이었다. 거듭 배를 걷어차도 말은 속도를 내지 못했다. 부원들도 좀처럼 운 곁에 따라붙지 못했다. 돌아보며 소리쳤다.

"꾸물거리지 마라!"

이각이 못 되어 삼군 병영에 도착했다. 불타는 막사 사이로 토벌군 기병들이 뛰어다녔다. 잠자다 날벼락을 맞은 삼군 병사들은 말굽에 밟히거나 치여 쓰러졌다. 지휘관으로 보이는 자가 눈에 띄었다. 칼을 휘두르는 솜씨가 보통이 아니었다. 저자의 목부터 날려야 기세를 꺾을 수 있을 것이다.

운은 부원들을 향해 고갯짓으로 신호를 보냈다. 운이 제일 먼저 달려나갔고 부원들이 팔(八) 자로 대형을 만들며 뒤따랐다. 운은 안장에서 엉덩이를 들어 올리며 칼을 뽑았다. 그리고 바람을 가르듯 지휘관의 목을 베었다. 부원들도 기병들의 목을 차례로 베어가며 휘몰아쳤다.

수는 적었지만 지원군이 나타나자 분위기가 바뀌었다. 토벌군의 기세가 주춤하는 사이, 대오를 정비한 삼군의 창병들이 말 위의 토벌군 기병들을 꿰기 위해 긴 창을 휘둘렀다. 토벌군의 얼굴에 당황한 기색이 나타났다. 기병 몇은 울타리를 훌쩍 뛰어넘은 뒤 달아나기 시작했다. 병영 안에서 칼과 창을 휘두르던 토벌군 보병들도 퇴로를 찾기 시작했다.

그때 운의 눈에 웬 계집의 뒷모습이 들어왔다. 계집 뒤에는 다친 삼군 병사가 엎드려 신음하고 있었다. 계집은 병사를 보호하려는 듯 가리고 서서 제 키보다 긴 창을 휘둘러가며 당차게 저항했다. 하지만 상대가 말을 타고 있으니 오래지 않아 말굽에 짓밟히고 말 것이다. 재빨리 살을 재어 날렸다. 살은 정확하게 기병의 목을 꿰뚫었다. 계집이 살이 날아온 쪽을 돌아보다 놀란 듯 눈을 키웠다. 운도 깜짝 놀랐다. 갑이었다.

운은 삼군 병사들을 향해 소리쳤다.

"궁수들 뭣 하느냐!"

퇴각하기 시작한 토벌군을 향해 살이 날아갔다. 운이 쏜 살도 함께 날아갔다. 내달리던 토벌군 병사들이 우수수 쓰러졌다. 몇몇은 벌떡 일어나 살이 꽂힌 채 달아났다. 운은 고갯마루 쪽을 쳐다보며 중얼거렸다.

"하준, 아직이냐……."

오래지 않아 고갯마루에서도 살이 날아갔다. 하준과 부원들이 도착한 것이다. 그들이 쏜 살이 기병들을 정확히 맞추었다. 기병 몇이 말과 함께 넘어져 굴렀다. 뒤늦게 대오를 갖춘 삼군 궁수들이 우르르 달려나가며 살을 쏘았다. 토벌군 일부가 쓰러졌으나 나머지는 사정거리 밖으로 벗어났다.

운은 돌아서 병영 안으로 들어갔다. 꽤 많은 토벌군을 살상했으나 삼군 병영이 더 큰 피해를 입었다. 곳곳에서 신음이 흘러나왔다. 아군과 적군이 모두 상처를 입고 피를 흘리며 울부짖었다. 피 칠갑을 한 삼군장이 다가와 고맙다 인사했다. 운은 목례로 답하고 갑을 찾기 시작했다.

갑은 부상자를 치료하는 막사에 있었다. 운은 입구에서 갑을 불러냈다. 갑은 운을 보자마자 웃으며 뛰어나왔다. 반가워하는 갑과 달리 운은 낯을 굳혔다.

"어찌 된 것이냐?"

"삼군 병영에 일손이 모자라다 해서 거들러 왔어요."

"그것을 묻는 것이 아니다. 네가 왜 전장에 있느냐는 뜻이다."

"저 군속으로 일해요. 역을 지면 지난 죄를 면해준대서요."

"네 아비와 나란은 알고 있느냐?"

"……."

"당장 돌아가거라!"

"가지 말라 해도 새벽에 밥 지어놓고 갈 거예요."

운은 입을 닫았다. 긴 창을 들고 기병과 맞서던 모습이 떠올랐다. 맹랑한 녀석인 줄은 알았지만 이렇게까지 겁이 없는 줄은 몰랐다.

"데려다줄 테니 따라오너라."

"싫어요!"

운이 미간을 구기며 돌아보자 갑은 외면하며 비켜섰다.

"이대로 돌아가면 제가 도망 노비의 딸인 것만 세상에 알리는 꼴이 되잖아요. 저는 여기서 일한 뒤 새 신분을 얻어 떳떳하게 살 거예요."

"떳떳하게 살겠다는 녀석이 산채에서 몰래 도망쳤느냐?"

"아버지와 나란은 제가 꼬맹이인 줄만 아니까요."

말문이 막혔다. 꼬맹이 같은 녀석이 꼬맹이가 아니라 한다. 운이 헛웃음을 짓자 갑은 단호한 표정으로 말을 이었다.

"도련님이 강제로 끌고 가도 다시 도망칠 거예요. 그러니 설득하려 하지 마세요."

운은 말없이 갑을 쳐다보았다. 그러고 보니 마냥 꼬맹이는 아니었다. 키도 훌쩍 자랐고 제법 여인 태도 났다. 게다가 당차기가 웬만한 병사 못잖다. 갑의 말대로 돌려보낸다 한들 다시 돌아올 것이 분명했다. 하지만 갑이 없어진 이후 산채는 발칵 뒤집혔을 것이다. 그들의 걱정과 한숨이 운에게까지 들리는 듯했다.

"강제로 끌고 가지 않을 테니 따라오너라."

운은 성한 막사 가운데 빈 곳을 찾아 들어갔다. 갑이 입을 내밀고 따라왔다. 운은 품에서 베를 꺼냈다.

"팔을 내밀어보아라."

고개를 갸우뚱하던 갑이 제 팔을 보고는 멋쩍은 듯 씩 웃었다. 상처를 입은 줄도 몰랐던 모양이다. 찢어진 소매 사이로 상처를 보니 깊지는 않았다. 운은 갑의 팔에 베를 둘러주었다.

"나란은 돌아왔느냐? 네가 예 있는 줄 알면 펄펄 뛸 것이다."

"……."

"나란이 무섭기는 한가 보구나. 그러면서 웬 고집이냐?"

"나란과 혼인하려면 이 방법밖에 없어요."

운은 놀라 쳐다보았다. 갑은 입을 꼭 다물고 고개를 숙였다. 뺨도 붉어졌다. 운은 당황했다. 오라비 이상으로 좋아하는 줄은 알았으나 저리 당당히 이야기하니 마땅히 대꾸할 말을 찾기 어려웠다. 제 감정에 솔직한 것은 역시 칼이나 창보다 강하다.

"참, 온요가 함께 올지도 몰라요. 말로는 그저 만나본다 했지만 나란 성격에 질질 끌고라도 올 거예요. 온요가 오면 산채에 가보실 거죠? 온요 좋아하시잖아요."

운의 낯이 단박에 굳었다. 그럼에도 갑은 운을 쳐다보며 맹랑하게 말을 이었다.

"도련님도 나란처럼 제가 꼬맹이로 보이시죠? 하지만 저 다 알고 있었어요. 나중에 산채에 가시면 아버지와 나란에게 말씀 좀 잘해주세요. 제 걱정은 안 해도 된다고."

운이 벙벙해하는 사이 갑은 벌떡 일어났다.

"기회가 되면 도련님 계신 곳에도 맛있는 참 가져다 드릴게요. 다친 병사들이 많으니 가봐야겠어요."

갑은 생긋 웃으며 인사하더니 막사를 나갔다. 운은 아무런 대꾸도 못한 채 멍하니 앉아있었다.

'온요 좋아하시잖아요.'

갑의 말이 귓가에 맴돌았다. 나란이 온요를 데려올 것이라는 말도 머릿속을 어지럽혔다. 나란이 정말 온요를 데려올까? 돈후가 온요를 놓아줄까? 온요를 데려온다면 만나도…… 될까?

"대장, 여기 계셨습니까?"

막사 안으로 하준이 들어왔다. 운은 부끄러운 짓을 하다 들킨 사람처럼 놀라 일어났다. 운의 반응이 이상했는지 하준이 고개를 갸우뚱했다. 운은 표정을 지우고 말했다.

"당분간 예서 복구를 도울 테니 모두에게 그리 전해라."

하준이 나간 뒤 운은 제 손을 내려다보았다. 언제 베였는지 팔에 난 상처에서 핏물이 흘러 손바닥까지 붉은 실금이 이어졌다. 붉은 실금은 토벌군을 벨 때 튄 핏자국과 함께 엉켜 흉한 얼룩을 만들었다. 더러운 손이다. 운은 얼룩을 감추며 고개를 돌려버렸다.

시야에 서경성이 들어왔다. 승천하지 못한 이무기가 똬리를 틀고 누운 듯 구불구불 이어진 성. 높진 않아도 침범하는 외적을 막을 수 있도록 겹으로 쌓은 튼튼한 요새다. 그런데 어찌 된 일인지 서경성 서북쪽의 경계가 풀렸다. 서경군도 토벌군도 드나드는 이들을 막지 않는다고 했다. 찜찜했지만 온요가 장비 행수 만나기를 원해 서경을 거치기로 했다.

나란은 고삐를 틀어 돌아섰다. 한 말에 탄 온요와 미호가 십여 장 거리에 멈춰 섰다. 돈후 덕분에 말을 구했고, 배달 덕분에 미호까지 데려올 수 있었다. 멀고 험한 길이었으나 편하고 빠르게 왔다. 곁에 있던 배달이 물었다.

"꼭 서경을 들러야겠소?"

"온요가 부득부득 우겨대니 어쩌겠소. 그나마 경계가 풀렸으니 숨어들 필요가 없어 다행이오. 우리보다는 형님 가실 길이 멀어 걱정이오."

형님이라는 말에 배달이 이를 드러내며 웃었다.

"나리께서 산채까지 모시라 했는데 명을 끝까지 받들지 못해 아쉬울 따름이네. 아우님만 믿고 가겠네."

"형님, 궁금한 것이 있소. 형님은 어디 사람이오? 활 쏘는 품새를 보면 여진 사람 같기도 하오만."

"귀신이 따로 없군. 어린 시절을 여진에서 보내긴 했지. 국경에서 살 때 오랑캐 추장 놈이 내 아비를 죽이고 어미를 자기 계집으로 삼았었거든. 어미가 맞아죽던 날, 추장 놈 목줄을 딴 뒤 도망쳤다네. 을지 형님이 구해주지 않았다면 국경에서 살을 맞고 까마귀밥이 되었을 게야. 그러는 아우님은 초원에서 왔다 들었네. 그럼 초원 사람인가?"

"잘 모르겠소. 초원에서 태어나기는 했는데 지금은 내가 초원 사람인지 고려 사람인지 분간이 안 되오."

말을 해놓고 보니 우세스럽다. 그래도 거짓은 아니었다. 초원을 떠난 이후에는 어디에서든 늘 이방인이라 생각하며 살았는데 언젠가부터 출신이란 게 점점 의미가 없어졌다. 고려인들과 피붙이처럼 산 탓도 있을 것이고 고려의 생활방식에 익숙해진 탓도 있을 것이다.

"말 나온 김에 하나만 더 물읍시다. 형님은 돈후와는 상관없는 사람 아니오? 그런데 그 녀석 일에 왜 이리 열심이오?"

"을지 형님이 그러셨네. 남은 생은 나리를 위해 살다 죽겠다고. 목숨 구해준 은인이 그러겠다는데 별 수 있나? 나도 나서서 거드는 수밖에. 하지만 내가 나리 일을 보는 것은 을지 형님 때문만은 아니네. 나는 나리가 좋네."

"뭐요? 지금…… 돈후 녀석을 좋아한다고 했소?"

"왜, 좋아하면 안 되나?"

배달은 벙벙해하는 나란을 보며 키득키득 웃었다.

"오해 마시게. 비역질을 하려는 게 아니니까. 나리는 잘난 분 아닌가. 잘나도 보통 잘난 게 아니지. 그런데 말이야, 겉은 황금처럼 귀한 분이 속은 꼭 나 같은 천것을 닮았단 말이지. 마음먹었다 하면 물불 안 가리는 성미가 딱 그래. 제 몸이 부서지는 것도 모르고 덤벼들거든. 그래서 나는 나리가 좋다네."

"형님도 참, 별 이상한 게 다 좋다고……."

"건 그렇고 아우님, 아가씨 잘 부탁하네. 나리께서 목숨처럼 귀히 여기시는 분이니."

배달의 당부에 헛웃음이 나왔다. 남에게서 이런 부탁을 받게 될 줄은 꿈에서조차 생각해본 적이 없다. 돈후 제깟 놈이 뭐라고 감히 나란에게 온요를 부탁한단 말인가. 고생한 배달에게 괜스레 화풀이를 하게 될 것 같아 화제를 바꾸었다.

"다시 볼 날이 있을지 모르겠소."

"아마 보게 될 것이네. 나리의 명이 없다 해도 저 처자 잘 지내는지 보러 갈 참이거든."

배달이 턱짓으로 미호를 가리켰다. 나란은 눈을 키우고 둘을 번갈아 보았다. 배달이 히죽 웃었다. 그새 미호와 정분이 난 것인가. 전혀 눈치채지 못했다.

배달은 말머리를 돌려 온요에게 다가갔다. 잠시 이야기를 나누더니 나란 쪽을 향해 손을 들어 보였다. 작별 인사다. 나란도 목례로 답했다.

배달이 떠난 뒤 나란은 온요와 미호 뒤편으로 처져서 갔다. 고삐를 잡은 온요는 꼿꼿했지만 미호는 온요의 허리를 부여안고 흐느적거렸다. 오랫동안 말 위에서 흔들리느라 거듭 구토를 한 탓이다. 온요의 단정한 뒷모습을 보고 있자니 가슴이 쓰렸다. 온요는 전과 다름없이 씩씩하고 밝았지만 나란은 안다. 온요가 감추고 있는 그늘을.

온요는 밤마다 몰래 울었다. 여각에서든 노숙을 할 때든 개경 쪽 하늘을 보며 눈물을 흘렸다. 나란은 우는 온요를 보며 분이 치솟았다. 온요가 운을 사내로 선택했을 때와는 달랐다. 온요는 더 이상 어린 계집아이가 아니었다. 선의문 앞에서 돈후의 진한 입맞춤을 그대로 받아주던 모습은 정말이지 충격적이었다. 몇 달 새 여인으로 익은 온요를 보며 난생 처음 투기심이 들끓었다. 당장에라도 말머리를 개경으로 돌려 돈후를 죽여버리고 싶은 충동까지 들었다.

나란은 길게 숨을 뱉어내고 소리쳤다.

"말에서 내려라. 성문을 통과하려면 걸어서 가야 한다."

미호가 반색하며 돌아보았다. 나란은 웃음으로 번민을 지운 뒤 온요와 미호를 말에서 내려주었다.

평소에는 관원이나 병사들만 드나들어 한적했던 칠성문은 사람들로 북적거렸다. 가파른 경사를 따라 짐을 이고 진 사람들이 꼬리를 물고 이어졌다. 그런데 들어가는 사람보다 나오는 사람이 더 많았다. 앞다투어 피난 왔던 이들이 이제는 앞다투어 피난을 가고 있는 것이다. 토벌군이 갑작스레 경계를 푼 것은 어쩌면 최대한 성을 비우려는 의도인지도 모른다.

나란은 검문하는 충의군 병사에게 덕우로부터 받아둔 통행 문서를 내밀었다. 말을 구해 들어가는 중이라 거짓 설명도 했다. 병사들은 물품을 지고 들어가는 이들에게는 관대했고, 단신으로 들어가려는 자들에게는 인색했다. 토벌군의 간자를 걸러내려는 의도겠지만 그보다는 벌써 성안 살림이 나빠졌다는 방증일 것이다.

가볍게 성문을 통과한 나란은 반 시진 만에 시전의 광덕 지소에 도착했다.

"온요야!"

덕우가 뛰어나와 온요를 끌어안았다. 온요도 덕우에게 안겨 울음을 터뜨렸다. 나란은 미호를 데리고 해림으로 갔다. 말을 부려놓고 미호를 구석방에서 쉬게 한 뒤 광덕 지소로 돌아가니 덕우와 온요 모두 눈이 붉게 부어있었다. 보나마나 운곡의 하세 이야기를 하며 울고불고 했을 것이다.

"네가 정식으로 딸이 된 것을 아셨다면 형님도 무척 흐뭇해하셨을 게다. 고맙다. 이제야말로 내 진짜 조카가 되었구나."

덕우는 온요 손을 어루만지며 벙긋댔지만 나란은 찌푸렸다. 그깟 호적 따위가 무슨 상관인가. 누가 뭐래도 나란과 온요는 운곡의 자식들이자 오누이다. 오누이……. 불과 한 시진 전까지만 해도 투기심에 피가 끓었던 자신의 이중성에 쓴 웃음이 나왔다.

나란이 의자에 걸터앉아 뻐근한 허벅지를 두드리는데 덕우가 주저하며 말했다.

"내가 이 말을 어찌해야 할지 모르겠는데 말이다."

건너다보니 나란의 눈치를 살피는 듯 안색이 어둡다.

"무슨 일인데 그리 뜸을 들이는 거요?"

덕우는 괜스레 팔자수염을 만지작거리더니 요란하게 헛기침을 했다. 그러고는 결심한 듯 입을 열었다.

"산채 식구 몇이 군속으로 자원했다."

"뭐요?"

나란은 튕겨진 듯 벌떡 일어섰다.

"산채 식구 누가 그랬다는 말이요?"

"완함과 항수, 방울아비, 신도댁, 그리고 갑이도……."

나란은 머리를 잡고 비틀거렸다. 망아지 같은 갑이 녀석이 기어이 사고를 쳤다. 온요가 일어나 나란을 붙잡았다. 나란은 온요의 손을 치우며 덕우를 노려보았다.

"행수는 그것을 보기만 했다는 거요?

"말리기야 했지. 하지만 도망자 신분을 벗겠다는데 낸들 어쩌겠느냐. 전장에 나가 싸우는 것은 아니니 그나마 다행이지. 혜강댁도 갑이 데려가겠다고 나왔다가 두 손 들고 돌아갔다."

"어디요? 산채 식구들 있는 곳이?"

"사내들은 대동강 쪽 오군 부역장에 배속받았고 신도댁과 갑이는 서북쪽 삼군 병영에 있다."

덕우의 말이 끝나기도 전에 나란은 몸을 돌렸다. 우선 갑과 신도댁부터 데려온 뒤 사내들을 만나러 갈 것이다. 광덕 지소의 문을 나서려는데 온요가 따라나섰다.

"뭐 하는 거야? 너도 그 위험한 데를 가겠다고?"

"보나마나 윽박지르기부터 할 텐데 네 말 듣고 돌아오겠어? 내가 가서 잘 타일러볼게."

딴은 그런 것도 같다. 하지만 온요를 병영에 데려가는 것도 내키지 않는다. 고민하는 사이 온요는 벌써 문을 나섰다. 부리나케 뒤따르는데 덕우가 등 뒤에서 일렀다.

"이미 역을 지기로 수결했으니 돌이킬 수는 없을 게다. 가거든 무작정 끌고 오지 말고 타이르기만 해라. 병영에서 빼낼 방법이 있는지 알아보마."

말을 타고 삼군 병영을 찾아가는 동안 나란은 내내 투덜거렸다. 산채에 죽은 듯 엎드려있으라 신신당부를 했건만 결국 참지 못하고 뛰쳐나왔다. 특히 갑의 당돌함에는 어처구니가 없다. 어린 계집애가 시커먼 사내들 사이에서 뭘 하겠다는 것인지 모르겠다.

한 시진이 못 되어 삼군 병영 앞에 도착했다. 입구를 지키던 병사들이 말굽 소리를 듣고 경계했지만 나란의 설명에 순순히 들여보내주었다. 주로 아낙들이 모여 밥을 짓거나 부상 병사를 치료한다는 막사부터 찾았다.

"갑이 너……."

갑을 발견하고 소리를 지르려던 나란은 입을 다물었다. 갑은 비스듬히 누운 병사에게 멀건 죽을 떠먹이고 있었다. 죽 그릇 아래로 베를 칭칭 감은 팔이 보였다. 손을 잃었는지 길이가 짧았다. 온요는 보자마자 달려갔다. 갑은 나란과 눈을 마주친 뒤 멍한 얼굴이 되었다. 온요가 갑의 손에서 죽을 넘겨받았다. 갑은 죄인처럼 어깨를 움츠리며 엉거주춤 일어났다.

"당장 나와!"

나란은 막사를 나왔다. 막사 밖에는 솥단지를 인 화덕이 시뻘건 불길을 내뿜고 있었다. 솥단지 위로 하얀 김이 꿈틀대며 피어올랐다. 나란이 증기보다 뜨거운 숨을 내쉬고 있는데 갑의 목소리가 들렸다.

"욕을 해도 소용없어. 나는 여기 있을 거야. 그리고 강제로 끌고 갈 수 없을걸? 나는 이미 군속이 되었거든. 괜히 나 끌고 간답시고 소란 피우다 치도곤이나 당하지 마. 여기는 전방이라 병사들이 아주 세니까."

나란은 몸을 돌려 갑을 노려보았다. 움츠려 싹싹 빌 줄 알았던 갑은 어깨를 곧게 펴고 턱을 세운 채 외면했다. 한숨이 나왔다. 이 철부지를 어찌해야 한단 말인가.

다시 돌아선 나란은 고민했다. 이미 군속이 되었으니 무작정 끌고 갈 수는 없다. 군속이든 병사든 정당한 사유 없이 의무를 저버리거나 도망치면 반역에 준하는 벌을 받기 때문이다. 방법은 수결을 무르는 것인데 가능성이 낮아 큰일이다.

고민하는 사이 갑자기 어디선가 나타난 말이 급히 멈춰 서며 울었다. 고개를 들어보니 운이었다. 흑의 위에 피갑을 두른 운이 말 위에서 내려다보고 있었다. 파란 불길을 내뿜는 눈동자가 나란을 지나쳐 뒤로 향했다. 운의 눈길을 쫓아 돌아보니 온요가 창백한 낯으로 서있었다.

온요는 숨을 쉴 수 없었다. 운이다. 운이 말 위에서 내려다보고 있다. 이제껏 보아온 모습이 아니다. 저승사자처럼 시커먼 옷을 입고 우뚝 서서 온요를 보았다. 부정한 온요를 단죄하기 위해 온 듯 긴 칼을 차고 이글이글 타는 눈으로 내려다보았다. 그의 눈길이 온요를 힐난하는 것처럼 느껴졌다. 두려워 도망치고 싶었지만 오금이 굳어 꼼짝하지 못했다.

"너도 알고 있었냐? 갑이 여기 있는 거?"

오라처럼 죄어들던 운의 눈길을 나란의 목소리가 거두어갔다. 온요는 황급히 몸을 돌렸다.

"갑자기 벙어리라도 되었어? 왜 말을 안 해?"

나란의 재촉에도 운은 답하지 않았다. 온요의 귀는 온통 운에게 쏠렸다.

"미안하다."

낮고 굵은 운의 음성이 들리더니 말굽 소리가 났다. 고개를 돌려보니 운은 말을 달려 병영을 빠져나가고 있었다. 나란이 몇 걸음 뒤따르며 소리를 질렀다.

"이 못난 자식아, 죄졌어? 왜 도망치는 거야?"

다리가 후들거렸다. 온요가 비틀거리자 갑이 다가와 부축했다. 나란도 놀란 얼굴로 돌아왔다. 갑은 온요를 다른 막사로 이끌었다. 군속들이 잠을 자는 곳이라 했다. 갑은 목 축일 물을 가져오겠다며 막사를 나갔다.

"숫기 없는 놈이 놀라 그러는 거야. 너를 많이 기다렸거든."

나란의 말이 칼처럼 가슴을 쑤셔댔다. 운이 기다리는 동안 무엇을 했던가. 뻔뻔하게도 돈후의 품에 안겨 단꿈을 꾸었다. 운의 가슴을 난도질하리라는 것을 알면서도 그랬다. 밀려드는 죄책감에 숨이 막혔다. 온요는 섶을 쥐고 끅끅댔다.

"내가 괜한 말을 했구나."

나란은 온요를 안아주었다. 나란의 가슴에 얼굴을 기대자 참았던 울음이 터졌다. 소리를 낼 수는 없었다. 울음소리를 내면 사람들이 몰려들어 부정한 계집이라 손가락질할 것 같았다. 막사로 돌아온 갑은 물 대접을 내려놓고 조용히 나갔다.

등에 나란의 손길이 느껴졌다. 마른 가지처럼 앙상해도 언제나 푸근했던 운곡의 손. 나란의 투박한 손길에서 운곡의 온기가 전해졌다. 그 온기에 더욱 서러워졌다.

"괜찮아. 다 괜찮아질 거야……."

등을 쓸며 위로하는 나란의 목소리를 들으며 온요는 꾸역꾸역 울음을 삼켰다. 서경에 발을 디딜 때 다짐했었다. 새 삶을 시작하겠다고. 비록 오갈 데 없이 칼날을 밟고 선 처지이지만 더 이상 바람에 쓸려 구르는 낙엽처럼 살지는 않을 것이다.

"보기 싫지? 자꾸 울어서. 이제부터는 울지 않을 거야."

"무슨 소리야? 울고 싶으면 울어. 너는 너무 참아서 탈이야. 오라버니 두었다 어디 쓰겠냐? 봐라, 누이 안아주라고 가슴이 이리 넓지 않냐. 오라버니 품은 늘 열려있으니 울고 싶으면 언제든 말만 해."

나란은 제 가슴을 펑펑 쳐댔다. 온요는 애써 웃었다. 억지로라도 웃으니 응어리져 막힌 가슴에 숨길이 트였다. 나란이 물 대접을 내밀었다. 받아 한 모금 넘기자 숨도 완전히 돌아왔다. 나란은 비척거리는 온요가 측은했던지 아이 달래듯 머리를 쓰다듬었다. 그 손길에서 다시금 운곡의 온기가 느껴졌다.

"오늘은 그만 돌아가자. 갑이랑 산채 식구들을 병영에서 빼내려면 알아볼 것이 많다. 네 낯빛도 파리하니 얼른 돌아가 쉬어야겠다."

"나는 괜찮아. 여기 있을게."

온요의 답에 나란이 낯을 구겼다.

"그게 무슨 소리야?"

"이곳은 전방이라 그런지 부상자들이 많은데 의원은 없는 것 같아. 내가 남아 거들어야겠어."

"너까지 예서 역을 지겠다는 거야?"

"역이 아니지. 너도 알잖아? 나는 아버지 호적에 올랐어. 양녀도 아니고 친녀야. 이젠 천인이 아니라 귀족의 몸이라는 뜻이지. 귀족이 역 지는 거 봤어?"

"쉰 소리 하지 마. 무슨 일이 있어도 산채를 지키라던 아버지 말씀 잊었어?"

"내가 그걸…… 어떻게 잊어. 하지만 산채에는 네가 있잖아. 그간 나 없이도 잘했으면서 뭘."

"그걸 말이라고 하는 거야?"

"나란, 나는 개경에 있는 동안 내가 의원이라는 걸 깨달았어. 아프고 병든 사람은 어디에나 있더라. 그들을 돌보면서 욕스러운 목숨이나마 부지하는 이유를 알게 되었지. 지금 내가 필요한 곳은 바로 여기야."

"네가 필요한 곳은 이곳이 아니라 산채야. 빌어먹을 도망 노비들을 산채로 데려온 게 너잖아. 아버지와 작당해서 도망자 소굴을 만들어놓고는 이제 와서 버리겠다고?"

"버리려는 게 아니야. 잠시 떠나있으려는 거지. 개경 떠날 때부터 산채에는 가지 않으려고 했어. 그래서 서경에 들르자고 한 거야. 그가 산채 식구들 이름을 노적에서 지운 것은 알고 있지? 산채 식구들 새 신분 마련하는 일도 쉬운 일이 아닌데, 나는 역당의 딸로 수배된 처지잖아. 혹시라도 서경군이 패하면 나는 산채에 해가 될 게 분명해. 그러니 아버지의 뜻은 너 혼자 잇는 게 낫겠어."

"……."

나란은 입을 다물었다. 얼굴은 불구덩이처럼 벌게졌다. 숨만 씩씩 내뱉으며 노려보더니 벌떡 일어나 온요의 손을 잡고 이끌었다. 붙잡혀 끌려나가던 온요는 낮게 소리쳤다.

"오라버니!"

나란이 멈춰 섰다. 오라버니라 부른 것에 놀란 듯했다. 온요는 이제껏 나란을 오라버니라 불러준 적이 없다. 처음 만났을 때는 두어 살쯤 많아 뵈는 나란이 얕잡아볼까 싶어 동무 삼자 했고, 이후에는 호칭에 의미가 없었기 때문이다.

"진즉에 말하지 않은 건 미안해. 하지만 내가 하자는 대로 해줘. 운곡 아버지의 딸로서, 네 누이로서 하는 간청이야."

나란의 손에 떨림이 느껴졌다. 온요는 나란의 거친 손을 쓸고 어루만졌다. 운곡이 세상을 떠난 지금, 나란은 온요에게 남은 유일한 가족이다. 언제든 온전히 기대어 쉴 수 있는 유일한 언덕이기도 하다.

"네가 걱정하는 게 무엇인지 알아. 나도 계속 이곳에 있겠다는 뜻은 아니야. 위급한 부상자들을 살피고 나서 해림에 가있을게. 차후 일은 그때 의논하면 되잖아."

온요는 나란을 향해 미소 지었다. 나란은 온요를 잠시 쳐다보더니 고개를 떨어뜨리며 한숨을 쉬었다. 온요는 맞잡은 손을 두드렸다. 그의 걱정을 다독이고 싶었다. 나란이 말했다. 한결 누그러진 목소리였다.

"네 고집을 누가 꺾겠냐. 갑이도 있으니 일단 예 있도록 해. 하지만 오래는 안 돼. 내가 데리러 오게 만들면 그때는 사정 볼 것 없이 강제로 끌고 갈 거야."

온요는 고개를 끄덕였다. 나란은 언제든 자신을 지켜주기 위해 달려올 것이다. 용문산에서 개경까지 그 먼 길을 걸어 찾아와준 것처럼.

"운은…… 어찌할래?"

나란이 물었으나 답하지 못했다. 운을 위해 자신이 할 수 있는 일이 있는지 모르겠다. 그저 엎드려 사죄하는 것밖에는.

"네가 없는 동안 운도 힘든 시간을 보냈어. 지금도 마음을 잡지 못하고 계속 못난 짓만 하고 있다. 네가 붙잡아줄 수 있다면 좋겠지만…… 너무 애쓰지는 마. 나에게는 내 누이가 더 중요하니까."

애쓰지 마라……. 운곡이 마지막 남긴 말이다. 비록 끝맺지 못한 말이지만 나란의 입을 통해 다시 들으니 울컥 목이 멨다. 나란은 온요의 어깨를 두드리며 위로했다.

갑은 막사 밖에서 기다리고 있었다. 나란의 눈치를 슬슬 보더니 덥석, 온요의 팔을 잡고 매달렸다. 나란은 갑의 이마를 쥐어박았다. 갑은 과장되게 엄살을 떨었다.

"다시 올 테니 온요 잘 데리고 있어."

"정말? 온요 너, 부상자 돌보는 거 도와줄 테야?"

온요가 흔쾌히 고개를 끄덕이자 갑이 함박웃음을 물었다. 저리 웃을 때면 갑은 병과 많이 닮았다. 좋은 부모의 사랑을 듬뿍 받으며 자란 이들이 갖는 해맑은 웃음. 새삼, 갑이 부러웠다.

나란은 발길을 돌리는 순간까지 투덜거렸다. 혹을 떼러 왔다가 되레 혹을 붙이고 간다며 갑의 머리를 또 한 번 쥐어박았다. 온요와 갑은 병영 입구에 서서 나란이 돌아가는 모습을 지켜보았다.

천견충의군의 지휘부 막사 안. 운은 조광을 비롯한 부장들과 더불어 토벌군 사절의 전언을 들었다.

"서경의 제장은 들으시오. 평서원수께서 이르시기를, 하늘의 뜻이 그대들에게 있지 않으니 장수들은 당장 성 밖으로 나와 부복하고 항복의 예를 갖추라 하셨소. 그 길만이 폐하와 이 나라에 더 이상의 불충을 범하지 않는 것이며, 어엿븐 백성을 돌보기 위한 비책이 될 것이며, 바람 앞의 등불처럼 위태로운 병사들의 목숨을 구하는 유일한 길이 될 것이라 하셨소. 만약 그대들이 고언을 따르지 않는다면 서경은 다음을 기약할 수 없을 것이니 모든 과가 그대들로 인한 것임을 밝혀둔다고도 하시었소."

항복을 권유하기 위해 온 토벌군의 사절은 덜덜 떨면서도 거만한 체 연설했다. 부장들 사이에서 조롱이 터져 나왔다.

"그리 자신만만하면서 평서원수께서는 어찌 후방에 앉아 숨바꼭질만 하고 계시는가? 하늘의 뜻이 진정 개경에 있다면 성벽을 넘었어도 진즉에 넘었어야 하지 않는가?"

"김부식 오금으로 어디 가당키나 한 소린가? 병사들을 화살받이로 내세울 줄이나 알지. 성벽 넘으려다 가랑이 찢어질까 무서워 엄두도 못 낼걸?"

부장들의 한바탕 웃음이 막사를 채웠다. 토벌군 사절의 얼굴이 달아올랐다.

"평서원수를 모욕하지 마시오. 단숨에 서경을 쓸어버릴 군사를 거느리고도 그대들에게 거듭 항복을 권유하는 것은 원수께서 깊이 애민하시는 까닭이니 이제라도 숙고하여 받아들이는 것이 좋을 것이오."

"닥쳐라! 김부식이 제아무리 오합지졸로 머릿수를 채운다 한들 철갑 같은 천견충의군을 당할 수 있으리라 생각하느냐? 어떠냐? 말 나온 김에 나와 한번 붙어보는 게? 만약 네가 나를 이기면 내 너를 고이 보내주겠다. 아니, 내가 김부식 앞에 가서 무릎이라도 꿇어주지."

토벌군 사절의 항변에 부장 하나가 소매를 걷으며 나섰다. 하얗게 질린 토벌군 사절이 주춤거리며 뒷걸음질 치다 엉덩방아를 찧으며 주저앉았다. 가랑이 사이로 오줌이 줄줄 흘러나왔다. 비웃음소리가 다시금 막사를 채웠다. 나섰던 부장은 오줌 냄새 맡는 시늉까지 하며 토벌군 사절을 조롱했다.

그때 운이 칼을 뽑으며 중앙으로 나아갔다. 운의 칼은 크게 휘돌아 토벌군 사절의 목을 단번에 잘랐다. 몸에서 떨어진 사절의 머리가 피를 뿜으며 바닥에 굴렀다. 막사 안에 있던 모든 눈이 일제히 운에게로 향했다. 사절을 희롱하던 부장이 시뻘건 피를 뒤집어쓰고 눈을 껌뻑이다 버럭 소리를 질렀다.

"이, 이게 뭐 하는 짓인가!"

운은 말없이 품에서 베를 꺼내 칼날에 묻은 피를 닦았다.

"제아무리 순국지사의 아들이라도 그렇지, 감히 장수들 앞에서 이 무슨 무례한 짓인가?"

운은 칼을 갈무리하며 피식 웃었다.

"실컷 조롱하다 죽여야 예를 지킨다는 말씀이십니까?"

"뭐야?"

"후방에 숨어 숨바꼭질하는 김부식이나, 백면서생 같은 사절에게 격투를 하자 하는 귀장이나 다를 게 무엇입니까?"

"이, 이놈이?"

얼굴이 잔뜩 일그러진 부장이 스르릉 칼을 뽑아 운을 겨누었다. 운은 천천히 그를 향해 돌아섰다. 모든 부장의 낯이 험악해졌다. 운이 눈빛을 벼리며 칼을 잡으려는 순간 조광이 손을 들었다.

"그만들 하시오. 어차피 벨 목이었소. 뭣 하느냐? 저놈의 목을 성밖에 내다 걸어라."

조광의 명령을 받은 부관들이 들어와 사절의 시신을 수습했다. 부장은 달아오른 얼굴로 씨근덕거렸으나 운은 평정을 잃지 않았다. 조광이 말했다.

"달라진 것은 없소. 제장은 결전에 대비한 훈련과 점검에 매진해주시오. 또한 근자에 토벌군 첩자들이 속속 적발되고 있다 하니 내부 단속에 유념해주시길 바라오. 금일 회합은 이것으로 마치겠소."

조광이 자리를 파하자 부장들이 하나둘 막사를 빠져나갔다. 운에게 보내는 시선에 힐난이 서렸으나 개의치 않았다. 마지막으로 막사를 나서려는 운에게 조광이 물었다.

"자네는 계속 김부식만 쫓을 셈인가? 그러지 말고 지휘부로 들어오는 것이 어떤가?"

"저는 제 일을 하겠습니다."

"부장들이 겉으로는 떵떵 사자후를 쏟아내지만 실은 초조해하고 있다네. 싸우면 이길 수 있는데 적이 싸우려 들지 않으니 이길 방법이 없잖은가. 우리에게는 지금 새로운 전략이 필요해."

"김부식은 신중한 자입니다. 서경이 고립되어 힘이 빠지길 기다리고 있지요. 서경 스스로 말라죽을 무렵에야 승부를 볼 것입니다. 따라서 결전의 순간이 오기 전에 김부식을 제거해야 합니다. 그를 제거하는 데 성공한다면 싸우지 않고도 이길 방법을 찾으실 수 있을 겁니다."

"흠……."

조광이 그늘진 얼굴로 고개를 끄덕였다. 운은 생각했다.

서경이 이길 방법이란 없다. 일찍이 개경으로 진군했다면 새 하늘을 열 수도 있었겠으나 이미 고립된 지금에서는 난망한 일이다. 남은 길은 싸우다 죽거나 항복하고 죽거나 두 가지뿐. 백성을 생각한다면 하루라도 빨리 항복하는 것이 낫겠지만 조광을 비롯한 서경의 지휘부는 결코 그 길을 선택하지 않을 것이다. 두 길 모두 자신들에게는 죽음의 길이므로.

"자네 뜻대로 하게. 성과가 있기를 기대하겠네."

운은 조광에게 목례하고 막사를 나섰다. 어느새 해가 기울어 사위가 어두웠다. 가을로 접어들어서인지 바람도 서늘했다. 한 병사가 운의 말을 이끌어 대령했다. 운은 곧바로 말에 올라 삼군 병영으로 향했다.

반 시진 만에 삼군 병영에 닿았다. 한 무리의 병사들이 정찰을 위해 운을 지나쳐갔다. 병영 곳곳에 삼삼오오 모여 쉬는 병사들이 보였다. 말을 우리에 부렸지만 운의 발은 쉬 떨어지지 않았다. 자신의 막사로 가려면 부상자 막사를 지나야 했다. 부상자 막사에는 온요가 머물고 있다. 운은 며칠째 온요와 마주치지 않도록 피해 다녔다. 아직은 그녀와 대면할 용기가 나지 않았다.

말 우리에 멀뚱히 서서 부상자 막사를 바라보는데 누군가 밖으로 나왔다. 작고 호리한 여인이다. 횃불에 비친 얼굴을 보니 온요였다. 운은 숨을 삼켰다. 온요는 막사 밖에 서서 하늘을 보았다. 그녀의 눈길이 닿는 곳에 희미한 달무리가 보였다. 달려가 와락 끌어안고 싶은 충동이 일었다.

그때 웬 병사가 온요 곁으로 다가갔다. 말을 건네는가 싶더니 온요의 어깨를 툭툭 건드렸다. 온요는 놀란 얼굴로 뒷걸음질 쳤다. 병사는 한 걸음 더 다가서서 손을 뻗었다. 희롱하는 것이 분명했다. 일순, 온몸의 피가 역류했다. 운은 한달음에 달려가 병사의 목을 움켜쥐었다.

병사가 시커멓게 질린 얼굴로 운을 보았다. 자신의 목을 쥔 손목을 뿌리치려 버둥거렸으나 기운을 당해내지 못했다. 운은 이를 악물고 노려보며 손아귀에 힘을 주었다. 주변을 어슬렁거리던 병사들이 놀라 모여들었으나 운의 눈에는 오직 온요를 희롱하던 병사의 더러운 얼굴만 보였다. 병사는 나오지 않는 말을 뱉어내려 끙끙거렸다.

"사, 살려주……."

병사의 목을 부러뜨리려는 순간 온요의 손이 운의 팔을 움켜잡았다. 그녀의 손이 닿자 순식간에 힘이 빠져나갔다. 운의 손아귀에서 벗어난 병사는 맥없이 주저앉더니 납작하게 부복했다. 동료로 보이는 병사들까지 함께 엎드렸다.

"살려주십시오!"

운은 온요의 손을 내려다보았다. 불과 수개월 전만 해도 자신의 손안에서 꼼지락거리던 작고 어여쁜 손이다. 차마 고개를 돌려 온요의 얼굴을 볼 수 없었다. 운은 천천히 팔을 내렸다. 온요도 손을 거두었다. 조장으로 보이는 자가 부복한 채 고개를 들고 읍소했다.

"이 모자란 놈이 마님을 몰라뵈었습니다. 너그러이 용서해주십시오. 제가 다시는 무례를 저지르지 않도록 혼쭐을 내겠습니다."

운은 답하지 않고 자신의 막사를 향해 걸었다. 온요의 눈길이 느껴졌지만 뒤돌아보지 않았다. 몸을 돌리면 악귀가 되어버린 자신의 모습을 들킬 것만 같았다. 운은 도망치듯 빠르게 걸음을 옮겨 막사로 들어갔다.

막혔던 숨이 터졌다. 겨우 숨을 되찾은 뒤 병사의 목을 움켜잡았던 제 손을 내려다보았다. 언제든 사람의 목숨을 빼앗는 병기로 변해버린 흉측한 손이다. 작고 순결한 온요의 손을 잡을 자격이 없는 더러운 손이다.

입술을 깨물며 손을 말아 쥐는데 뒤에서 기척이 느껴졌다. 본능적으로 칼을 뽑으며 몸을 돌렸다. 막사 안의 공기가 증발해버린 듯 숨이 막혔다.

온요였다.

운이 뽑아 겨눈 칼끝에 놀라 커진 온요의 눈이 보였다.

❖ ❖ ❖

"다, 다친 곳을…… 살피러 왔어요."

온요는 떨고 있었다. 떨리는 목소리였으나 답할 수 없었다. 목에 돌멩이가 걸린 듯 말이 나오지 않았다. 온요는 공포에 질린 눈으로 운을 쳐다보았다. 온요의 작은 턱 바로 아래에 정확히 겨누어진 칼이 몸체를 떨며 울었다. 조금이라도 움직이면 가늘고 하얀 목에 붉은 피선이 그어질 것이다.

운은 화들짝 놀라 칼을 거두었다. 그러고는 황급히 몸을 돌렸다. 칼을 갈무리하는 손이 덜덜 떨렸다. 하마터면 토벌군 사절의 목을 자르듯 단칼에 온요의 목을 벨 뻔했다. 찰나의 순간 알아보지 못했다면 지금쯤 온요의 머리는 발밑에 구르고 있었을 것이다.

생각이 그에 미치자 눈앞이 캄캄해졌다. 현기증도 일었다. 몸을 기울이며 비틀거리자 온요가 다가왔다. 운은 손을 들어 제지했다.

내뱉지 못한 음소가 가슴을 웅웅 울렸다.

'제발 다가오지 마. 내 흉한 모습을 보지 말아줘.'

막사 안은 고요했다. 캄캄했던 눈앞은 조금씩 밝아졌다. 운은 숙였던 상체를 폈다. 어렵사리 목을 틔우고 입을 열었다.

"다친 데 없으니 돌아가라."

답이 없었다. 흉측한 몰골에 질려 나가버린 것일까. 운은 몸을 돌리다 깜짝 놀랐다. 어느새 바싹 다가선 온요가 왼팔을 덥석 잡아챘다. 운은 꼼짝하지 못했다.

온요는 찢어진 소매 사이로 상처를 확인했다. 삼군 병영이 기습을 당했을 때 토벌군의 살에 스친 곳이다. 얕은 상처가 아니었으나 돌보지 않고 내버려두었더니 곪기 시작했다. 상처 부위를 정확히 알고 있는 것으로 보아 누군가에게 들은 것이 분명했다. 하준일 것이다.

"상처가 꽤 깊어요. 이리로……."

온요는 팔을 잡아 침상으로 이끌었다. 운은 아무 말도 못 하고 이끌려 앉았다. 온요는 소매를 이로 찢어 벌린 뒤 가져온 바구니에서 베를 꺼내 상처를 닦아냈다. 곪아 욱신거리던 상처를 헤집고 있건만 통증이 느껴지지 않았다. 눈앞에 보이는 풍경이 도무지 현실 같지 않았다.

"아플 테니 조금만 참아요."

온요가 고개를 숙였다. 다음 순간, 운은 벼락을 맞은 듯 굳어버렸다. 온요는 입으로 상처에 맺힌 고름을 빨아냈다. 온요의 입술이 팔 위에서 오물거릴 때마다 온몸에 전율이 흘렀다. 숨을 쉴 수 없었다. 손을 뻗어 그만두라 밀어내고 싶었지만 그러지 못했다.

몇 번 고름을 뱉어낸 온요는 물병을 들어 입을 헹궜다. 그러고는 바구니에서 약초 가루를 꺼내 뿌렸다. 베를 둘러 상처를 꼼꼼하게 감싼 뒤에야 팔을 놓았다. 그제야 운의 숨도 돌아왔다.

그런데 야무지게 치료를 마친 온요는 엉거주춤 곁에 앉아 안절부절못했다. 이유를 몰라 고개를 기울이던 운의 눈에 피 묻은 피갑이 들어왔다. 항복 사절의 목을 벨 때 뒤집어쓴 핏물이 아직도 흐르고 있었다. 운은 벌떡 일어나 몸을 돌리고 서서 피갑을 벗었다. 피갑을 벗으며 어금니를 물었다. 기어이 흉한 모습을 보이고 말았다.

"혹시 상처가 또 있나요? 피를 너무 많이 흘린 것 같은데……."

온요의 목소리가 또다시 떨렸다. 피갑에 묻은 피를 운의 것으로 오해한 것이다.

"이 피는…… 내 것이 아니다."

운은 참담해졌다. 남의 목숨을 빼앗는 살인귀임을 고백하기는 죽기보다 싫었다. 여리고 고운 온요에게는 더더욱. 차마 말을 잇지 못해 낙담하는데 온요가 말했다.

"다행이에요. 당신 피가 아니어서."

운은 눈을 키우며 돌아섰다. 내 피가 아니어서 다행……이라고? 흉측하게 변해버린 모습을 보고도 내가 두렵지 않다는 뜻인가. 사람 죽이는 괴물이 된 나를 여전히 걱정하는 것인가.

온요는 고개를 숙인 채 앉아있었다. 운은 온요에게 다가갔다. 그리고 한쪽 무릎을 기울여 앉았다. 자신도 모르게 손이 온요를 향해 나아갔다. 하지만 온전히 뻗지 못하고 거두어들였다. 운은 온요를 보며 생각했다.

대륙의 사막 한가운데에서 모래 폭풍을 만난 적이 있었지. 너 닮은 빛을 쫓아 빠져나왔다고 생각했는데 그것이 아니었다. 나는 아직도 폭풍 속에 있다. 모든 것을 휩쓸어가던 잿빛 모래바람이 여전히 눈앞을 가리고 있다. 빛을 향해 가려는 발목을 붙잡고 있다. 앞으로 나아가고 싶지만, 손을 내밀어 너를 붙잡고 싶지만 그럴 수 없다. 못난 나로 인해 너마저 폭풍 속에 갇힐까 두렵다.

온요가 고개를 들었다. 맑은 눈에 눈물이 맺혔다. 그 눈물이 운의 가슴에 떨어졌다. 온요는 울음을 참으려는지 입술을 오물거렸다. 더러운 피고름을 기꺼이 빨아내던 고운 입술…….

더 이상 참을 수 없었다. 망설이던 손을 쭉 뻗어 온요를 끌어당겼다. 온요의 조붓한 어깨가 품 안에 들어왔다. 순결한 온요를 더럽힐까 저어하던 가슴속에서 뻔뻔한 욕심이 뱀처럼 꿈틀거렸다. 운은 온요를 안고 입을 맞추었다. 여리고 부드러운 입술을 헤집고 온요 속으로 들어갔다. 달큼한 혀를 감고 빨아들이자 온몸에 뜨거운 불길이 일었다. 적을 향해 달려들 때처럼 아찔한 현기증이 밀려왔다. 순간, 온요가 운의 가슴팍을 밀어내며 버둥거렸다.

온요의 저항이 뺨을 후려치듯 정신을 일깨웠다. 운은 그대로 굳어버렸다. 감싸 안았던 팔을 풀자 온요는 품 밖으로 도망쳐 물러났다. 그러고는 등지고 앉은 채 몸을 떨며 말했다.

"미안해요. 저는 이제 당신의 연모를 받을 자격이 없어요."

운은 눈을 질끈 감고 어금니를 물었다. 온요가 하는 말이 무슨 뜻인지 안다. 욕심 많은 부식의 피를 이은 돈후가 품 안에 들어온 온요를 가만히 놔두었을 리 없다. 지난여름 폭우가 내리던 날, 상처를 치료하는 온요를 향해 보내던 뜨거운 눈길을 기억한다. 애써 부정하고 싶었지만 수컷의 욕심이 잔뜩 배어있었다. 그래서 알았다. 온요를 개경에 붙잡아두었을 때 결국 범하리라는 것을……. 하지만 정조 따위가 무슨 상관인가. 온요의 순결이 처녀에서 온 것이 아니듯 온요를 연모한 것은 몸뚱이 때문이 아니다.

운은 잠긴 목소리로 입을 열었다.

"나에게 사과하지 마. 연모를 받을 자격이 없는 사람은 네가 아니라 나니까."

운은 온요가 가져온 것들을 바구니에 담았다. 피고름이 묻은 베와 약초 가루가 담긴 주머니를 갈무리한 뒤 온요에게 내밀었다. 온요는 주춤거리며 일어나 받았다.

"산채로 가. 여기는 네가 있을 곳이 아니야."

"……."

온요는 입을 꾹 다물고 답하지 않았다. 늘 침묵으로 고집부리던 온요. 지금도 그런 몸짓이다. 운은 한숨을 쉬었다.

온요는 아픈 사람을 그냥 지나치지 못한다. 어릴 때부터 그랬다. 갑을 데리러 왔다가 병들고 부상당한 병사들을 보았으니 떠나지 못할 것이다. 쫓아보낸다 해도 다시 돌아올 것이 분명했다. 온요든 갑이든 여인들 고집에는 도무지 당할 재간이 없다.

"부상자를 돌보고 싶다면 후방으로 가라. 장비 행수와 함께 민간에서 도울 방법을 찾든지. 날이 밝는 대로 내가 데려다주겠다."

"그러는 당신은 꼭…… 전장에 있어야 하나요?"

말문이 막혔다. 온요는 지금 운에게 꼭 복수를 해야 하는지를 묻고 있다. 하지만 어찌 답할 수 있으랴. 모든 것을 잃은 자신이 할 수 있는 일이란 복수밖에 없었다. 복수를 위해 닥치는 대로 베고 죽였다. 그러다 살인의 죄과를 씻을 수 없어 계속 나아갔고, 돌이키기에는 너무 멀리 왔다. 이제는 목숨을 나눈 부하들 때문에라도 전장을 떠날 수 없다.

"당신이 떠날 수 없다면 저에게도 떠나라 하지 마세요."

온요는 마치 하급 병사처럼 운을 향해 목례하고 막사를 나갔다. 운은 멍하니 서서 온요가 나간 막사 입구를 바라보았다. 막사 밖은 캄캄한 어둠이 내려앉아 아무것도 보이지 않았다.

회임

꿈을 꾸었다. 꿈에서 온요를 보았다. 소리쳐 불렀으나 온요는 자꾸 달아났다. 천마산 자락을 오르고 또 오르더니 깊은 계곡으로 빨려들 듯 도망쳤다. 돈후는 다리가 풀려 자꾸만 넘어졌다. 아무리 움직이려 해도 다리는 천 근 쇳덩이를 달아놓은 듯 무거웠다.

손을 뻗으며 온요를 부르려는데 폭포에 이른 온요가 돌아섰다. 돌아서 웃었다. 원망스러운 마음에 살을 쏘듯 노려보았다. 그런데 갑자기 온요 옆에 희끄무레한 무언가가 나타났다. 미간에 힘을 주어 살펴보니 늑대다. 늑대가 은회색 털을 빛내며 거만한 눈빛으로 돈후를 보았다. 마치 온요가 자기 것이라도 되는 양 내려다보더니 온요와 함께 몸을 돌려 폭포 속으로 사라졌다.

돈후는 가쁜 숨을 몰아쉬며 꿈에서 깨어났다. 침상의 요가 흠뻑 젖었다. 얼마나 발버둥을 쳤는지 이불은 저만치 달아나있었다. 돈후는 몸을 일으킨 뒤 머리를 감싸 쥐었다.

한동안 잠잠했는데, 다시 꿈을 꾸기 시작했다. 잡히지 않는 온요를 하염없이 뒤쫓는 악몽. 떠나보냈으나 떠나지 않았다. 온요는 꿈속에, 머릿속에, 가슴속에 자꾸만 나타난다. 온요를 감지하고 뜨거워진 몸은 그녀를 찾아내라 아우성친다.

온요를 떠나보낸 뒤 돈후는 미친 듯이 일에 매달렸었다. 숙직을 자원해 쪽잠을 자며 궐에서 살았다. 그러다 며칠 전 산채로 염탐을 보냈던 배달로부터 소식을 전해 들었다. 온요는 아직도 산채로 가지 않았다. 여전히 서경에 있다. 그때부터 돈후는 아무것도 할 수 없었다. 온통 온요 생각뿐이었다.

대체 무슨 생각이냐. 왜 산채로 가지 않는 것이냐. 운 때문이냐. 운이 서경에 있어 너도 남은 것이냐. 결국 나를 버리고 운에게 간 것이냐. 다른 사내에게 갈 것이면 미련까지 모두 가져갈 것이지, 너는 왜 아직도 내 속에 남아 나를 미치게 만드는 것이냐.

서경은 결국 무너질 것이다. 벌써 찬바람이 불기 시작했다. 가을이 지나고 겨울이 오면 서경은 풀기를 잃고 마를 것이다. 아버지는 시들시들 말라비틀어진 서경을 단숨에 쓸어버릴 것이다. 그런데 온요가 아직 서경에 있다. 살리기 위해 보냈건만 죽을 곳으로 찾아들었다.

돈후는 일어나 자리끼를 들이켰다. 단숨에 비웠지만 갈증은 사라지지 않았다. 한 동이라도 들이켜야 속이 시원해질 것 같다. 빈 그릇을 들고 침소를 나섰다. 삼복을 소리쳐 부르려는데 갑자기 서재에서 부스럭거리는 소리가 들렸다.

몸이 저절로 돌아갔다. 그럴 리 없다. 서경에 있는 온요가 서재에 있을 리 없잖은가. 가슴이 쿵쿵 뛰기 시작했다. 돈후는 떨리는 손으로 문을 열었다. 책상 아래 여인의 구부린 등이 보였다. 손에 들렸던 대접이 떨어졌다. 대접이 둔탁한 소리를 내며 대청 위를 굴렀다. 그 소리에 여인이 몸을 돌리며 일어났다.

"깨셨습니까? 곤하게 주무시어 조심하려 했는데 제가 부주의했나 봅니다. 송구합니다."

미령이다. 미령이 고개 숙이며 인사했다. 돈후의 얼굴은 삽시간에 굳었다.

"예서…… 뭐 하시는 게요?"

"서재를 구경하던 중이었습니다. 먼지가 많이 쌓였기에 소제를 하려던 참입니다."

눈길을 내리니 미령의 손에 걸레가 보였다.

"당장 나가시오!"

돈후가 소리치자 미령의 눈이 동그래졌다.

"당장 나가라는 말 못 들었소?"

미령이 하얗게 질린 얼굴로 주춤주춤 걸어 나왔다. 돈후는 고개를 숙인 채 지나쳐가는 미령의 손목을 낚아챘다. 미령이 놀란 눈으로 돌아보았다. 미령의 손에 온요의 띠가 들려있었다. 부들부들 떨리는 그녀의 손에서 야멸치게 띠를 빼앗았다.

"더러워진 듯하여……."

미령의 목소리에 울음이 배었다. 돈후는 이를 갈 듯 말했다.

"다시는 이곳에 발을 들이지 마시오."

돈후는 서재 안으로 들어가 문을 쾅 닫아버렸다.

행여, 온요의 체취가 사라질까 두려워 문조차 마음껏 여닫지 못했다. 그런 서재에 들어와 소제를 하려 들다니!

"저어…… 도련님, 삼복입니다요."

서재 밖에서 삼복이 아뢰었다. 주인의 심기를 눈치챘는지 목소리가 모기처럼 작았다. 돈후는 문을 열고 나가 삼복을 노려보았다.

"죽을죄를 졌습니다요. 마님께서 미령 아가씨는 정혼자시니 언제든 드나들어도 된다 허락하신 데다 아가씨가 서재를 꼭 한번 둘러보고 싶다 간곡히 말씀하시어……. 마침 도련님께서 곤히 주무셔서 고하지 못했습니다요."

돈후는 담장 너머 안채 쪽을 쳐다보았다. 유씨 부인은 운곡이 서경의 역당과 연루되었다는 소식을 뒤늦게 접했다. 기함한 그녀는 혹시 모를 구설을 막기 위해 노비들의 입을 단속했다. 그때부터 개경 바닥에는 돈후에 관한 새 구설이 떠돌았다. 별채에 들어앉아 돈후를 홀리던 양귀비 같은 기생이 유씨 부인의 호된 질책을 받고 쫓겨났다는 이야기였다. 구설에 살이 붙어 새 구설이 더해질 무렵 미령의 집안에 혼담도 넣었다. 돈후는 간여하지 않았다. 미령과 혼인할 생각은 없었으나 당분간은 온요를 위해 가림막은 되리라 싶어 내버려두었다. 그런데 서재까지 드나들 줄이야…….

돈후가 씩씩대며 대청을 내려서자 삼복이 팔 벌려 막았다.

"도련님, 참으셔야 합니다요. 마님이야 집안을 위해 그러시는 것이고, 미령 아가씨도 고운 분 아닙니까요. 실수라 생각하시고 용서해 주셔요."

"비키지 못하겠느냐!"

"이제껏 잘 참아 오셨잖습니까요. 도련님이 이러시면 대감마님 귀에도 들어갑니다요. 그러면 온요 아가씨에게도 안 좋습니다요. 도련님도 잘 아시지 않습니까요."

온요라는 말을 듣자마자 돈후는 삼복의 멱살을 그러쥐었다. 삼복이 고개를 끄덕였다.

"그러세요. 차라리 저를 때리세요. 마음껏 화풀이하세요."

삼복의 얼굴에 걱정과 안쓰러움이 묻어났다. 돈후는 삼복을 밀쳐냈다. 분은 여전했지만 삼복이 무슨 죄란 말인가. 유씨 부인이 집안을 위해 부리는 농간은 어제오늘의 일이 아니다. 꼬맹이 때부터 자신을 선망하듯 바라보던 미령의 눈길도 익히 알고 있었다. 화를 내야 할 대상은 그들이 아니라 못난 자신이다. 온요를 그리면서도 여전히 집안의 높은 담장 안에 숨어있는 비겁한 자신이다.

"앞으로는 제가 어떤 일이 있더라도 서재를 지키겠습니다요. 그러니 이번 일은 제발 너그럽게 넘어가 주셔요."

삼복은 제 잘못인 양 빌었다. 돈후는 삼복을 외면했다.

"가서 물이나 한 대접 떠오너라."

삼복이 사라진 뒤 돈후는 다시 서재로 들어갔다. 책상을 마주하고 앉아 서재 안을 둘러보았다. 상실감 때문인지 어린 시절부터 써온 방이 썰렁하고 낯설었다.

불과 석 달 전까지만 해도 이곳에 온요가 있었다. 이곳에 앉아 의서를 베끼고 아픈 노비들을 치료했었다. 하지만 온요의 손길을 기다리던 종이는 누렇게 변색되었고, 먹물로 촉촉했던 벼루는 잿빛으로 말라붙었다. 노비들의 병증을 적은 환보는 공란을 드러낸 채 오그라드는 중이다.

삼복이 물 대접을 놓고 나갔다. 조금 전까지 목을 태우던 갈증은 더 이상 느껴지지 않았다.

돈후는 책상 위에 놓인 온요의 띠를 집어 들었다. 신도의 칼에 긁혀 생긴 핏자국이 그대로 남아있었다. 급박하게 탈출을 시도했던 그날, 온요는 별채로 돌아오지 못할 것을 예감했던 것 같다. 선의문 앞에서 작별한 뒤 돌아와 보니 책상 한가운데에 반듯하게 접어놓은 띠가 있었다.

돈후는 손아귀에 힘을 주었다. 손안에서 띠가 구겨졌다.

전장으로 가야겠다. 이대로 온요의 띠나 움켜쥐고 앉아 그리워하지는 않겠다. 불벼락을 맞으며 죽어갈 온요를 내버려두지도 않겠다. 살라고 보냈지 죽으라고 보낸 것이 아니다. 온요의 목숨은 내 것이다. 내 허락 없이는 죽을 수 없다.

피 얼룩이 진 온요의 푸른 띠는 돈후의 손에서 더욱 이지러졌다.

곡물이 들어왔다. 이제나저제나 기다리던 군속들이 곡물을 실은 수레 주변으로 몰려들었다. 군속을 관리하는 병사의 낯에 그늘이 졌다. 기대했던 양에 크게 모자라는 눈치다. 군속들이 곡물 가마니를 내려 막사 구석에 부렸다. 갑은 중년 아낙처럼 혀 차는 소리를 냈다.

"보급이 줄어 걱정이네. 저 팔팔한 사내들이 죽만 먹고 어찌 싸우라고 자꾸 줄이는 건지 원……."

신도댁은 솥뚜껑을 열어 죽이 타지 않는지 살폈다. 구수한 수수 냄새 속에서 나물 비린내가 온요의 코끝을 자극했다. 울컥 욕지기가 올라왔다. 기다란 나무 주걱으로 휘휘 솥 안을 젓자 냄새는 더 강해졌다. 온요는 참지 못하고 막사 안으로 뛰어 들어갔다.

몇 번의 헛구역질 끝에 가까스로 속이 진정되었다. 가슴을 쓸며 돌아서는데 신도댁이 다가왔다. 그녀가 온요의 팔을 잡으며 조심스럽게 물었다.

"아가씨, 회임하신 거…… 맞지요?"

온요는 신도댁을 외면하며 돌아섰다. 누구도 눈치챌 수 없도록 각별히 조심해 왔는데 결국 들키고 말았다.

"회임? 누가? 온요가?"

등 뒤에서 한껏 높아진 갑의 목소리가 들렸다. 맙소사! 수다쟁이 갑까지 알게 되었다. 온요는 미간을 구기며 입술을 깨물었다.

"자꾸 마르시고 홍안에 난데없이 외꽃이 피시니 긴가민가했어요. 며칠 전부터 나물 냄새만 맡으면 구역질을 하시는 게…… 회임이 틀림없어요."

"진짜야? 너 회임했어?"

온요는 떨리는 손을 맞잡았다. 입덧을 가라앉히기 위해 약까지 지어 먹었다. 한동안 잠잠해서 다행이라 생각했는데 군량이 모자라 나물죽을 쑤기 시작한 뒤부터 다시 시작되었다. 남들은 초기에만 반짝 한다는 입덧이 이리 오래갈 줄은 몰랐다. 갑이 바짝 다가서며 물었다.

"누구 아이야? 운 도련님이야, 돈후 도련님이야? 입덧은 아기씨가 들어설 때 한다니 운 도련님이지? 그렇지? 운 도련님이라면 몰라도 돈후 도련님이라면……."

생각 없이 말을 쏟아내던 갑은 제 말에 제가 놀랐는지 손으로 입을 틀어막았다. 때마침 군속으로 일하는 한 아낙이 막사 안으로 들어왔다. 온요와 갑, 신도댁은 약속이라도 한 듯 동시에 입을 다물었다. 아낙은 배식에 필요한 세간 몇 가지를 챙겨 들고 막사를 나갔다. 아낙이 나가자마자 갑과 신도댁은 가슴을 쓸어내리며 안도의 숨을 내쉬었다. 온요가 둘을 피해 막사를 나서려 하자 갑이 팔을 낚아채며 물었다.

"말해 봐. 누가 아이 아버지야?"

온요는 갑의 손을 걷어내며 답했다.

"이 아이는 내 아이야."

"세상에 아비 없는 아이가 어디 있어? 솔직히 말해. 회임한 지 얼마나 되었어? 아비가 누구인지를 알아야 대책을 세울 거 아냐!"

"네가 왜 대책을 세우는데? 내가 어미야. 내가 키우면 돼. 대책 같은 것은 필요 없어."

갑이 답답한 표정을 지으며 다가서는데 갑자기 시커먼 형체가 막사 입구를 가렸다. 셋 모두 놀라 쳐다보았다. 나란이었다. 나란이 어두운 낯으로 서있었다. 표정을 보니 갑과의 대화를 들은 것이 분명했다. 온요는 황급히 몸을 돌려 외면했다.

"어, 언제 왔어? 나란, 그게 말이야……."

갑이 말을 더듬으며 막아섰지만 나란은 갑을 밀쳐내고 온요에게 다가섰다.

"두 사람은 나가 있어."

나란의 낮은 목소리에 화가 묻어났다. 갑은 나란을 붙잡고 변명하듯 말했다.

"내 말 좀 들어봐. 아직 확실한 것은 아니고……."

갑의 말이 채 끝나기도 전에 나란이 소리쳤다.

"나가 있으라고 했잖아!"

갑과 신도댁은 쭈뼛거리며 막사를 나갔다. 온요는 간이 침상에 털썩 주저앉았다. 배가 불러 더 이상 숨길 수 없을 때까지 최대한 감추려고 했지만 이제는 도리가 없다. 씨근덕거리던 나란이 물었다.

"언제 알았어?"

"두 달 전에."

"그런데도 계속 여기 있었던 거야?"

"여기 있는 게 어때서? 회임했다고 달라질 것은 없어."

"달라질 게 왜 없어? 만의 하나, 아이 아비가 누군지 알려지기라도 하면 어쩔 거야? 너와 뱃속의 아이가 얼마나 위험해질지 생각해봤어?"

"위험해질 일 없어. 이 아이는 내 아이야."

"그걸 말이라고……. 당장 일어나. 가자!"

나란은 온요의 손을 움켜잡고 밖으로 이끌었다. 온요는 있는 힘껏 뿌리쳤다. 나란이 낯을 구기며 소리쳤다.

"대체 어쩌자는 거야? 그 몸으로 전장에 있겠다는 뜻이야? 내가 그랬지? 데리러 오게 만들면 강제로 끌고 가겠다고. 고집 피우지 말고 얼른 산채로 가자."

"산채는 안 돼. 조금 있으면 배가 불러올 텐데, 배부른 모습으로 산채에 있으면 그 사람도 알게 될 거야. 그가 사람을 보내 살피는 것을 뻔히 알면서 산채로 갈 수는 없어. 게다가 여기에는 아직도 내가 돌봐야 할 아픈 사람들이 많아."

"지금 남 아픈 거 걱정할 때야? 그리고 돈후 녀석은 신경 쓰지 마. 내가 아이 아비라고 하면 돼."

"말이 되는 소리를 해. 너는 외숙이지 아비가 아니야."

"그럼 어쩔 건데? 돈후 녀석 피하자고 위험한 전장에서 아이를 낳겠다는 말이야?"

"산채보다는 여기가 더 안전해."

"너야말로 말이 되는 소리를 해. 어떻게 전장이 산채보다 안전할 수가 있냐?"

"그가 알면…… 결국 그의 아버지도 알게 될 거야. 너도 알잖아, 그의 아버지가 어떤 사람인지. 이 아이는 역당의 피가 섞였어. 그의 아버지는 역당의 피가 섞인 손자가 태어나도록 두고 보지 않을 거야. 나를 죽여 흔적을 없애려 들겠지. 나는 죽어도 상관없어. 하지만 아이는 안 돼. 이 아이는 내 아이야. 누구도 해치거나 빼앗아갈 수 없어."

나란은 더 이상 대꾸하지 못했다. 말 대신 욕지거리를 쏟아냈다. 그러고는 다른 침상을 마구 걷어찼다. 나란의 발길질을 받은 침상들이 제멋대로 부딪혀 파열음을 냈다. 온요는 담담히 앉은 채 나란의 분이 가라앉기를 기다렸다.

한참 화를 쏟아내던 나란은 제풀에 지친 듯 부서진 침상 위에 걸터앉았다. 그의 거친 숨소리가 막사 안을 휘저었다.

"산채에 못 가겠다면 해림에라도 가있어. 아픈 사람을 돌봐야 한다는 둥 속창 터지는 소릴랑 하지 마. 계속 고집부리면 내가 얼마나 미친놈인지 똑똑히 보여줄 테니까."

온요는 고개를 돌려 나란을 보았다. 나란은 고개를 숙인 채 계속 씨근덕거렸다. 화로 달아오른 나란의 이마에서 땀이 줄줄 흘러내렸다. 더 이상 물러서지 않을 것이다. 산채로 돌아갔다가 석 달 만에 온 것도 많이 봐주었음을 안다. 입덧이 잠잠해질 때까지 병영을 떠나있는 것도 나쁘지 않을 것이다.

"알았어. 그렇게 할게."

"말을 가져왔어. 밖에서 기다릴 테니 얼른 나와."

나란이 먼저 막사를 나갔다. 온요는 침상에 앉은 채 한숨을 쉬었다.

달거리가 없을 때만 해도 설마 했었다. 오랫동안 말을 탔으니 좀 늦어지려니 했다. 그러다 스스로 맥을 짚어 회임임을 알았을 때는 하늘이 무너지는 줄 알았다. 만월의 밤, 하필이면 돈후와 연을 끊던 날에 아기씨가 내리다니. 정말이지 잔인한 운명이 원망스러웠다.

하지만 운명만을 탓하며 돈후의 생모처럼 살지는 않을 것이다. 태어날 아이가 조부의 손에 죽임을 당하도록 내버려두지도 않을 것이다. 돈후와의 연은 이미 만월의 밤에 끊어졌다. 만약 변란을 딛고 살아남는다면 아이는 누구의 자식도 아닌 온요의 아이로 키울 것이다.

온요는 일어나 짐을 쌌다. 입덧이 가라앉으면 다시 돌아올 것이므로 입던 속옷가지만 담았다. 보따리를 갈무리한 온요는 단단하게 낯을 굳힌 뒤 막사를 나섰다.

오랜만에 열린 석전으로 온 개경이 시끄러웠다. 축제로 즐기는 석전이 변란 중에 열린 것은 도성 안의 흉흉해진 민심을 달래고 불만을 잠재우기 위함이었다. 호시절처럼 임금이 직접 나오지 않았음에도 개경의 귀족들은 기꺼이 재물을 내놓았다. 석전에 참가해 이긴 사람에게는 각각 곡물 한 자루가 주어졌다.

검점군 병사가 경기의 시작을 알리는 나발을 길게 불었다. 옆에 선 병사도 깃발을 맹렬하게 휘저었다. 동패와 서패로 갈린 수십의 사람들이 일제히 돌을 던졌다. 돌에 맞아 고꾸라지고 피를 흘리면서도 다시 일어나 던졌다. 오래지 않아 승부가 났다. 서패 쪽에 섰던 장정들이 하나둘 뒷걸음질을 치기 시작하자 대열은 순식간에 흐트러졌다. 동패 쪽에서 함성이 터져 나왔다. 일부는 앞으로 뛰어나가 과장된 몸짓으로 패한 이들을 조롱했다. 높은 자리에 앉아 석전을 구경하던 귀족들도 흥분해 소리를 질러댔다.

피를 철철 흘리면서도 겅중겅중 뛰며 좋아하는 이들을 보면서 돈후는 상을 찌푸렸다. 싸우고 죽이는 데 열광하는 것은 어쩌면 인간이 가진 본성인지도 모른다. 돈후는 자리에서 일어났다. 경기 시작 전에 임금의 격려를 전했으니 개경에서의 마지막 소임은 다했다. 한시라도 빨리 광기에 사로잡힌 격구장을 벗어나 전장으로 떠날 준비를 하고 싶었다.

귀족들만의 안락한 관람석을 벗어나 격구장을 나서는데 누군가 돈후를 불러 세웠다.

"자네, 명일 아침 전장으로 간다지?"

이름이 이진우라고 했던가. 연배는 위였으나 품계는 같은 동기였다. 내로라하는 귀족 자제들 틈에서 거의 눈에 띄지 않았던 이이기도 하다. 내시부를 오가면서 말 한 번 섞지 않던 자가 왜 갑자기 아는 척을 하는 걸까. 다른 하급 관원들처럼 돈후를 벗바리 삼고 싶어 아부라도 하려는 것인가. 돈후는 답하지 않고 무표정하게 쳐다보았다.

"험한 길 마다치 않는 결기가 부럽군. 자네마저 전장에 간다는 건 총공격을 앞당기겠다는 뜻인가?"

돈후는 미간을 찌푸렸다. 이 자가 바로 서경의 남은 끄나풀이군. 조정에서 서경과 관련 있는 자들을 대부분 솎아냈음에도 건재한 것은 임금의 은밀한 보호가 있었다는 뜻이겠지. 그런데 왜 정체가 드러날 위험까지 감수하며 접근하는 것일까.

"서경에 보고할 내용이 부족한가 보지?"

뾰족하게 되물었으나 진우는 빙그레 웃어 보였다.

"보고 때문이 아니라 자네에게 청이 있어서라네."

돈후는 진우의 눈을 똑바로 쳐다보았다. 아무것도 읽히지 않는 담백한 눈이다. 거짓으로 꾸미고 가린 적이 없는 자만이 가질 수 있는, 그래서 더 헤아리기 어려운 눈. 이런 눈을 가진 자를 본 적이 있다. 남호 정지상의 유일무이한 아들 정운. 온요가 마음으로 선택했던 사내……. 돈후는 몸을 돌리며 말했다.

"답답하군. 좀 걸을 텐가?"

돈후는 격구장을 나와 시전 방향으로 걸었다. 진우는 거리낌 없이 따라나섰다. 격구장 주변은 석전에 참여한 장정과 구경꾼으로 인산인해였다. 때를 맞추어 사찰에서 보시하는 죽을 얻어먹으려는 행렬까지 장사진을 쳤다. 둘은 북적대는 대로를 걸었다.

"말해보게. 청이 무엇인가?"

"서경의 피해를 줄일 수 있도록 자네가 나서주게."

"내가 왜 그래야 하지?"

"삼성이 연설하는 자리에서 자네를 여러 번 보았네. 자네가 평서원수와 다른 생각을 하고 있다는 것도 아네."

피식 웃음이 샜다. 고작 삼성의 연설 몇 번 들었다고 김부식의 아들을 믿는 것인가. 운만큼이나 순진하다. 그리고 그 순진함에 씁쓸한 기분이 든다. 돈후의 코웃음이 불쾌할 법도 하건만 진우는 아랑곳하지 않고 말을 이었다.

"나는 서경 사람이 아니네. 자네처럼 개경에서 태어나고 자랐지. 서경이 반란을 일으킨 방식이나 그 성급함에 동의하지는 않지만 나는 그들을 지지하네. 그들의 정신이 곧 고려의 혼이자 생명수라고 믿네. 만약 평서원수께서 서경을 철저히 짓밟아버린다면 이 나라는 결국 희망을 잃게 될 거야."

"……."

고구려의 기상을 잇자던 묘청의 연설이 생각났다. 대륙의 길을 열어야 고려의 미래가 있을 것이라던 묘청과 지상. 만약 그들처럼 생각하는 관리가 많았다면 개경이 지금보다 덜 혼탁했을까. 하지만 역설적이게도 서경의 반란으로 인해 개경은 더 썩어갈 것이다. 조정은 이미 개경의 부패한 권세가들로 완벽하게 채워졌다.

침묵하던 돈후가 물었다.

"내가 어떻게 해주길 바라는가?"

"방법은 나도 모르겠네. 단순 가담자들의 목숨을 보전해달라 설득해도 좋고 지나친 살상을 피하게 해주어도 좋겠지. 적어도 평서원수의 전횡만큼은 막아주게. 이는…… 폐하의 뜻이기도 하네."

돈후는 걸음을 멈추고 진우를 보았다.

임금의 뜻이라고? 자리보전을 위해 얕은 술수만 피우던 임금이 이제 와서 나라와 백성을 염려한단 말인가? 그럴 리 없다. 그랬다면 도박 같은 줄타기로 판을 키우지도 않았을 테지. 임금이 관심을 두는 것은 오직 옥좌뿐. 아버지가 토벌에 성공하면 또 다른 이자겸이 될까 두려운 것이다.

돈후의 찡그린 낯을 본 진우의 입에 엷은 미소가 떠올랐다.

"폐하는 여러 마음을 가지셨다네. 나는 그중에서 한 마음을 골라 받드는 신하이고."

돈후는 답하지 않았다. 작금의 상황을 만든 데에는 임금의 책임도 크다. 양지만 골라 앉는 임금의 뜻을 받들기 위해 무언가를 하기는 싫다.

"잘 다녀오게. 내가 그때까지 내시부에서 살아남는다면 다시 만날 수도 있겠지."

진우는 웃으며 손을 흔들어 보였다. 돈후는 시전으로 이어진 골목 초입에 서서 사라져가는 진우의 뒷모습을 바라보았다.

진우처럼 맑은 눈을 가진 자들의 소망이 이루어지기를 바라지만 상황은 이미 돌이키기 어려워졌다. 서경을 포위한 군사는 곧 십만을 채우게 된다. 아버지는 진우가 우려하는 대로 서경이 다시는 일어설 수 없도록 철저히 짓밟을 것이다. 과연 내가 진우의 청을 들어줄 수 있을까. 와류의 한가운데에서 변란의 파고를 조금이나마 잠재울 수 있을까. 노회하고 단호한 아버지를 생각하면 자신이 없다.

"퇴청하는 길이십니까."

진우가 사라진 길을 보고 있는데 뒤에서 여인의 목소리가 들렸다. 돌아보니 미령이 몸종을 거느린 채 서있다. 돈후는 표정 없이 목례했다.

"지난번에는 실례를 범하여 죄송했습니다. 다시는 그런 일로 실망시켜드리지 않겠습니다."

몽수를 어깨에 걸쳐 얼굴을 드러낸 미령이 고개 숙여 사과했다. 승낙한 적 없건만 돈후의 정혼녀가 된 여인. 언제나 그랬듯 곱고 단정한 모습이다. 뺨에는 발그레 홍조도 서렸다. 돈후에게서 대꾸가 없자 난감했는지 미령은 묻지도 않은 말을 늘어놓았다.

"격구장 옆에서 하는 보시를 거들러 왔다가 돌아가는 길입니다. 전장에 가시기 전에 인사드리고 싶었으나 쉬시는 데 방해될까 염려되어 찾아뵙지 않았습니다. 혹시 필요로 하시는 것들을 챙겨드려도 된다면……."

"갑시다. 댁까지 모시겠소."

돈후는 미령의 말을 자르고 몸을 돌렸다. 시전 뒷골목으로 들어서자 미령은 두세 보 뒤에서 조용히 따라왔다.

생각해보니 온요와 함께 산보하듯 시전을 걸어본 적이 없다. 천마산에서 자유롭게 생활하던 온요는 별채에 갇혀 사는 동안 얼마나 답답하고 힘들었을까. 오직 돈후만을 위해 살라 윽박질렀던 기억에 가슴이 쓰렸다.

시전 뒷골목을 지나 남산리에 이르렀다. 돈후는 미령의 집이 보이는 곳에서 멈춰 섰다. 몸종이 저만치 앞서가 기다렸고 미령은 몽수를 벗은 뒤 고개 숙여 인사했다.

"데려다주셔서 고맙습니다. 무탈하게 돌아오시기를 기다리겠습니다."

집까지 데려다준 호의에 감동했는지 미령은 상기된 얼굴이었다. 돈후는 정중하지만 단호하게 말했다.

"기다리지 마시오. 나는 그대와 혼인할 마음이 없소. 그대는 고운 사람이오. 상처 주고 싶지 않으니 예서 연을 마무리했으면 하오."

미령의 눈동자가 흔들렸다. 원망하는 듯도 하고 화가 난 것도 같다. 미안한 마음이 들었지만 냉정한 눈길로 마주 보았다. 잠시 입을 다물고 쳐다보던 미령이 말했다.

"제가 도련님을 모시기에 부족함이 많음을 알고 있습니다. 하지만 혼인은 집안의 일입니다. 제가 탐탁잖으셔도 어쩔 수 없으실 겁니다."

물러설 줄 알았던 미령이 당돌하게 다가섰다.

"서재의 손 때문에 저어하신다면 염려치 마셔요. 자매처럼 살피며 의좋게 지내겠습니다."

돈후의 미간이 꿈틀거렸다. 감히 온요를 첩으로 들여도 된다 도량을 보이려는 것인가. 심성이 곱고 반듯하다 여겨 예는 갖추고자 했건만 괘씸하기 짝이 없다. 오냐, 스스로 모욕을 자초한다면 어쩔 수 없지. 돈후는 입을 비틀며 웃어 보였다.

"지금 내 첩이 되겠다 말씀하시는 게요?"

미령의 낯이 하얘졌다. 자신의 말을 비틀어 받아쳤으니 당연한 반응이다. 대학자 집안의 영양으로 자란 그녀에게는 치욕적인 말이었으리라. 질린 얼굴을 감추려 고개 숙이는 미령을 향해 더욱 잔인하게 내뱉었다.

"모르셨나 본데, 우리 집안은 본디 첩을 들이지 않소. 게다가 폐하를 지근에서 모시는 내가 어찌 나라에서 금한 축첩을 하겠소? 하지만…… 뭐, 노는 계집을 마다할 사내는 없지. 그래도 생각이 있으시오?"

미령이 몽수를 썼다. 몽수 잡은 손이 부들부들 떨렸다. 돌아서는 등허리도 휘청거렸다. 몸종이 달려와 미령을 부축했다. 몸종은 영문을 모르겠다는 듯 눈을 키우며 돈후를 쳐다보았다. 돈후는 표정을 지운 채 바라보았다.

'잔악하게 말하여 미안하오. 더 큰 상처를 입기 전에 부디 마음을 잘라내시오. 나를 놓아야 당신도 편안해질 것이오.'

미령은 몸종의 부축을 받으며 대문을 넘어들어갔다. 미령의 모습이 사라진 뒤 돈후는 돌아섰다. 하지만 불현듯 스치는 기억에 옮기던 걸음을 뚝 멈추었다.

'제발…… 저를 놓아요.'

온요가 자신에게 했던 말이다. 더 큰 상처를 받기 전에 연모하는 마음을 잘라내라는 뜻이었다. 돈후는 쓰게 웃었다. 하지만 이내 눈빛을 버리며 숨을 들이마셨다. 그러고는 뚜벅뚜벅 걸어 시전 골목으로 들어갔다.

온요는 기대었던 몸을 일으켰다. 깜빡 잠이 든 새 꿈을 꾸었다. 꿈으로 인해 몸이 뜨거워졌고 흘린 땀에 옷이 젖었다.

부정한 꿈. 태 속에 아이를 품었음에도 자꾸만 부정한 꿈을 꾼다. 꿈을 꿀 때마다 돈후가 찾아온다. 돈후가 찾아와 입 맞추고 어루만지고 탐한다. 온요는 돈후의 뜨거운 손길에 사로잡혀 허우적거린다. 벽란정의 밤 이후 악몽은 사라졌지만 꿈에서 돈후를 만난 뒤에는 그의 품이 그리워진다. 그리워서 슬퍼진다.

온요는 젖은 옷을 벗고 새 옷으로 갈아입었다. 배는 어느덧 봉긋해져 산을 이루기 시작했다. 태동이 느껴지는 배를 부드럽게 쓸어 달랜 뒤 복대를 둘렀다. 그러고는 단단히 누빈 저고리를 꿰었다.

해림에 온 지 벌써 한 달. 해림과 광덕 사람들의 따뜻한 배려로 몸은 한결 좋아졌다. 덕우와 나란의 엄포 때문에 공주처럼 호사를 누리고 있지만 몸을 움직여 일하지 않으니 상념과 번민만 깊어져 괴로웠다.

온요는 방을 나섰다. 가을 한기를 담은 바람이 해림의 뒤뜰을 쓸며 지나갔다. 어둠이 내려앉은 마당을 지나 행랑 뒤편의 쪽마루에 앉았다.

돈후가 생모를 그리며 앉아 울던 곳. 온요는 매일 밤 이곳에서 돈후가 보았던 하늘을 바라본다. 강처럼 흐르던 구름도, 어둠을 사르던 달도 여전하지만 그는 이곳에 없다. 앞으로도 만날 수 없을 것이다.

온요는 눈을 감고 벽에 머리를 기대었다. 바람이 옷깃을 파고들었다. 한기를 막기 위해 팔로 몸을 감싸 안았다. 쌀쌀하지만 청량한 느낌에 기분은 한결 좋아졌다.

숨을 깊게 들이마시는데 몸 위로 따뜻한 것이 덮였다. 눈을 뜨자 운의 얼굴이 보였다. 운은 자신의 두툼한 포를 벗어 온요의 몸을 감싸고 있었다. 화들짝 놀라 몸을 세웠다.

"춥다. 고뿔 들지 않도록 덮고 있어라."

운은 포를 걷어내려는 온요의 손을 잠재우고 곁에 앉았다. 가깝지는 않으나 멀지도 않은 거리. 다가오지도 물러서지도 못하는 그의 마음이 느껴졌다.

"제법 운치가 있는 곳이구나."

운이 등을 벽에 기대었다. 눈길은 밤하늘을 더듬었다. 온요는 꼼짝없이 앉아 운을 쳐다보았다.

왜 갑자기 찾아온 것일까. 병영에서는 한사코 온요를 피해 다녔던 운이다. 마음을 끊어냈구나 싶었던 그가 예전처럼 따뜻한 얼굴을 하고 찾아왔다. 대체 왜…….

"나란에게 이야기 들었다. 네가 회임을 했다고."

운이 말했다. 눈길은 여전히 하늘에 두고 낮은 목소리만이 건너왔다. 가슴이 내려앉았다. 언젠가는 알게 될 일이었으나 운만큼은 가장 늦게, 아니 가능하다면 아예 모르길 바랐다. 자신을 배신한 계집이 회임까지 했다는 소식을 들었을 때 그가 느낄 분노가 두려웠다.

"혼인하자."

온요는 잠시 멍해졌다. 뭘…… 하자고? 눈을 키우며 운을 보았다. 하늘을 보던 운이 천천히 고개를 돌려 눈을 맞추었다. 흔들림 없이 온요를 쳐다보는 눈. 마치 천마산에서 대륙 이야기를 들려주던 때처럼 평온하다.

온요는 벌떡 일어났다. 감싸고 있던 포가 바닥으로 흘러 떨어졌다. 운이 일어나 다가왔다. 허리를 굽혀 바닥에서 포를 집더니 온요의 어깨에 둘러주었다.

"아이의 아버지가 누구인 줄 알고 하는 말이에요?"

운은 둘러준 포의 섶을 꼭꼭 여며주며 답했다.

"알고 있다."

"그런데 왜 저와 혼인을 하자 하나요?"

"너를 지켜주고 싶으니까."

"제가 혼자서는 살 수 없는 사람처럼 보여요?"

"개경이든 산채든 돌아갈 수 없는 처지가 되었다고 들었다."

"그렇다 한들, 왜 당신이 저를 지켜요?"

"너를 연모하니까."

"……."

이 사람을 어찌해야 하는가. 자신을 배신하고 다른 사내의 아이를 가진, 그것도 원수의 핏줄을 잉태한 계집을 끝내 감싸 안으려 한다.

운은 손을 뻗어 온요의 머리를 어루만졌다. 여전히 크고 따뜻한 운의 손……. 온요는 운의 손을 밀어냈다. 그러고는 포를 벗어 운에게 건넸다.

"그럴 수 없어요."

온요는 운을 지나쳐 마당으로 향했다. 몇 걸음 옮기기도 전에 운이 다가와 팔을 둘러 안았다. 밀어내려 했지만 운은 힘주어 감싼 팔을 풀지 않았다. 목 뒤에서 더운 숨이 느껴졌다.

"허락해줘. 너만은…… 잃고 싶지 않다."

온요는 입술을 깨물었다. 부정한 정인을 용서하려는 운. 그 마음이 고맙고 가여워 목이 멨다. 하지만 운의 청혼을 받고서야 비로소 선명해졌다. 돈후를 향한 마음의 정체가 무엇이었는지. 왜 그의 품에서 그리 안온했는지.

"당신이 알아야 할 것이 있어요. 제가 그에게 내준 것은 몸뚱이뿐이 아니에요. 저는 그에게 마음을 주었어요."

운의 품이 헐거워졌다. 헐거워진 공간에는 고통이 들어찼다. 온요의 어린 가슴에 홍조를 만들어준 운이었다. 비천한 온요를 고귀하게 은애해준 운이었다. 그런 운에게 이렇듯 지독한 악연이 될 줄은 몰랐다. 분노에 찬 욕지거리를 들으며 운의 칼에 베여 죽는다 한들 이보다 고통스럽지는 않을 것이다.

온요는 운의 품에서 벗어났다. 이제는 운을 보내야 한다. 그가 온요로 인해 더 이상 고통받아서는 안 된다.

침묵하던 운이 잠긴 목소리로 말했다.

"나를 연모하지 않아도 괜찮다. 너는 네 아이를 살펴라. 나는 너를 살필 테니."

온요는 놀라 돌아섰다. 운은 바닥에 떨어진 포를 집어 들더니 천천히 팔에 꿰었다. 그러고는 대를 둘러 여몄다. 마치 아무 말도 듣지 못한 것처럼 심상했다. 온요는 소리쳤다.

"당신 바보예요? 제가 다른 사내를 연모한다잖아요. 그런데 왜 저를 살펴요? 당신과 함께하겠다 약속해놓고는 배신하고 상처 주었잖아요. 차라리 더럽고 부정하다 욕을 해요. 내치고 버리란 말이에요."

운이 다가왔다. 뒷걸음질 쳐 물러나자 더는 다가오지 않았다. 그저 슬픈 눈으로 쳐다보기만 했다. 목울음이 올라왔다. 눈물을 보일 것 같아 외면하며 돌아섰다.

"나를 더 이상 연모하지 않는다고 해서 미안해하지 마라. 나는 어차피 연모나 동정을 받을 수 없는 괴물이야. 매일 누군가의 지아비이고 아들인 자들의 목숨을 빼앗으며 사니까. 그러니 다른 사내를 연모한다고 해서 저어할 필요 없다. 너는 그저 나를 이용하면 된다."

청송처럼 맑고 푸른 혼을 가져서, 누구보다 따뜻한 마음을 가져서 더 가여운 사람. 스스로 걸어 들어간 늪에서 자학하며 몸부림치는 그가 안쓰럽다. 당장 돌아서 보듬고 위로하고 싶지만 참아야 한다. 운을 위해서라도 냉담해져야 한다.

등지고 선 온요가 끝내 외면하자 운이 말했다.

"가뜩이나 힘든 너를 번민케 할 생각은 없다. 내키지 않는다면 혼인 이야기는 잊어버려라."

운은 성큼성큼 걸어 온요를 지나쳐갔다. 문을 나서려는 운을 향해 물었다.

"포기할 수는 없나요?"

운이 걸음을 멈추었다.

"아버지 복수하는 거, 전장에서 사람들 죽이는 거 그만둘 수 없냐고요. 당신…… 힘들잖아요. 많이 아프고 괴롭잖아요. 그러니 포기하면 안 돼요?"

"……."

"미안해요. 아픈 당신을 더 아프게 해서……."

기어이 울음이 터지고 말았다. 운은 돌아보지 않고 나갔다. 온요는 울며 해림의 뒤뜰에 서있었다.

적(敵)

돈후는 적토의 고삐를 당겨 멈춰 섰다. 서편 하늘에 검푸른 놀이 저승사자의 옷자락처럼 내려앉고 있었다. 끝없이 펼쳐진 들판에는 시든 무청 한 오라기 보이지 않았다. 황량한 벌에 넘치는 것이라고는 눈발 섞인 바람뿐. 폐부까지 얼릴 기세로 부는 이 바람은 온요가 있는 서경성 안에도 불고 있을 것이다.

돈후는 저도 모르게 소리 내어 중얼거렸다.

"무탈한 것이냐……."

서경의 관문을 물샐틈없이 틀어막은 지 한 달째. 굶주림이 시작되었을 것이다. 서경성은 본디 비축 식량이 많은 곳이지만, 그렇다 해도 머잖아 바닥을 드러낼 것이다. 온요가 광덕에 기대 지내고 있다면 배는 곯지 않겠지만 그마저도 여의치 않을 날이 다가온다.

한 무리의 군마가 내는 요란한 말굽 소리가 돈후의 상념을 날려 보냈다. 안북대도호부의 또 다른 관사 쪽이다. 배달이 경계하며 앞으로 나아갔다. 군마 중앙에 위치한 자를 보니 아는 얼굴이었다.

"숙부님이시다. 물러서라."

숙부 김부철은 좌군을 이끄는 좌장임과 동시에 금번 토벌 작전의 전략을 책임지고 있다. 총공격을 앞두고서는 부식 곁에 머무르는 시간이 더 많다고 들었다. 돈후의 명을 받은 배달이 뒤로 물러났다. 곧이어 군마들이 돈후 앞에 도열했다.

"먼 길 돌아오느라 고생하지는 않았느냐? 전장에서 보니 더 반갑구나."

부철이 껄껄 웃으며 돈후를 맞았다. 돈후는 적토 위에서 허리를 숙였다.

"젊은 조카가 편히 지냈으니 송구할 따름입니다. 편찮으시다 들었는데 직접 마중까지 나오셨습니까?"

"네가 온다는데 어찌 가만히 앉아 기다리겠느냐. 여독이 심하겠구나. 어서 가자."

부철은 말머리를 돌려 앞서나갔다. 돈후는 적토를 움직여 부철의 곁으로 다가갔다. 배달과 말 탄 병사들이 돈후와 부철을 호위하며 따랐다.

"상의 격려를 전달하느라 좌우군을 모두 거쳐 오는 길이라지? 둘러본 소감이 어떠하냐?"

"무기나 군량 상태는 좋아 보였습니다. 허나 출전한 지 오래된 탓에 병사들의 고충이 커 보였습니다."

"잘 보았다. 하지만 멀지 않았다. 새봄에는 모두 그리운 고향으로 돌아갈 수 있을 게야."

총공격을 위한 준비가 순조롭다는 뜻이다. 돈후의 얼굴에 거미가 졌다. 온요를 구할 시간이 충분할지 모르겠다.

돈후와 부철은 부식이 거처하는 곳으로 향했다. 날은 금세 어두워졌으나 부식의 거처는 개경의 이름난 주루처럼 밝고 북적거렸다. 안주의 중랑장을 비롯해 중군의 부장들이 모두 모였다고 했다. 경계를 서는 병사들과 시중 드는 관비들이 바쁘게 마당을 오갔다. 부철과 함께 사랑채로 들어서자 시립해있던 익환이 돈후를 보고 웃으며 다가왔다.

"도련님 오셨습니까?"

익환과 인사를 나누는데 부철이 물었다.

"들어가 뵙겠느냐?"

"아닙니다. 어른들 자리에 제가 들어가면 흥이 깨지지 않겠습니까. 모임을 파하시면 그때 인사 올리겠습니다."

부철은 빙그레 웃었다. 사랑채 안에서 금의 선율이 흘러나왔다. 춤을 추는 관기의 그림자가 언뜻 창호에 비쳤다 사라졌다. 왁자한 웃음소리도 울려 퍼졌다.

"부장들의 노고를 모처럼 풀어주시는 자리다. 이해해라."

"알고 있습니다. 물러가 쉬며 기다릴 것이니 숙부님은 합석하십시오."

부철은 돈후의 등을 두드려주고 사랑으로 들어갔다. 익환은 돈후를 별채로 이끌었다. 배달에게는 별채에 딸린 곁방을 내주었다. 돈후는 방에 들지 않고 대청에 걸터앉았다. 담장 너머 보이는 풍광이 제법 좋았다. 그런데 익환이 물러가지 않고 쭈뼛거렸다.

"제게 하실 말씀이 있습니까?"

"얼굴이 많이 상하셨습니다. 도련님의 근심을 덜어드리지 못해 죄송합니다."

익환이 허리를 숙여 사죄의 뜻을 보였다.

"그러지 마십시오. 다 제가 못나 벌어진 일 아닙니까."

익환은 온요의 일로 내내 미안해했다. 하지만 온요의 일은 익환의 잘못이 아니다. 그가 눈감아주지 않았다면 온요를 나란과 함께 떠나보낼 수도 없었을 것이다.

"이번에는 언제 귀경하십니까?"

"토벌이 마무리될 때까지 있으려 합니다. 폐하께 재가를 받고 왔습니다."

"아가씨는…… 안전한 곳에 계십니까?"

돈후는 담장 너머에서 눈길을 거두고 익환을 보았다. 떠보는 것일까? 아니면 온요가 서경에 있음을 알고 묻는 것일까? 표정만으로는 짐작하기 어렵다. 돈후는 웃으며 되물었다.

"아저씨가 모르시는 것도 있습니까?"

익환은 머쓱한 표정을 지으며 답했다.

"아가씨 뒤는 일부러 추적하지 않았습니다."

온요의 소재를 모른다는 뜻이다. 온전히 믿기는 어려우나 진심으로 들렸다. 돈후는 한숨을 내쉬며 말했다.

"저도 모릅니다. 저 역시 추적하지 않았습니다. 어디 있는지 알면 참을 수 없을 것 같아서요."

익환의 눈에 측은함이 서렸다. 돈후는 빙긋 웃어 보였다.

그때였다. 멀리서 나발 소리가 들렸다. 서편 하늘에서 불화살도 길게 날아올랐다.

"기습 신호입니다. 외곽이긴 하나 본영까지 들어온 것을 보니 대감마님을 노리는 것 같습니다."

돈후는 벌떡 일어나 사랑을 향해 달렸다. 익환도 뒤따랐다. 사랑채에는 이미 부장들이 뛰어나와 병사들에게 명령을 하달하고 있었다. 일부는 부리나케 뛰어나갔고 일부는 마당에 남아 서편 하늘을 주시했다. 다시 불화살이 날았다. 이번에는 왼편으로 길게 포물선을 그렸다. 한 부장이 누마루 위에 선 부식에게 아뢰었다.

"몇 놈 안 되는 모양입니다. 이군장이 갔으니 곧 진압될 것입니다."

부식이 고개를 끄덕이다 돈후를 발견했다. 돈후는 부식을 향해 머리를 조아렸다. 부식은 비상 상황임에도 아랑곳없이 환하게 웃어 보였다. 곧이어 자신의 옆자리로 올라오라 손짓했다. 돈후는 대청에서 이어진 누마루로 올라갔다.

"오느라 고단했겠구나. 집에는 별일 없느냐?"

"모두 무고합니다. 평안하셨습니까?"

"보는 대로 잘 지내고 있다. 네가 오니 참 좋구나."

부식은 돈후의 어깨를 두드리더니 커다란 손으로 힘주어 잡았다. 가슴은 뭉클했으나 입안에는 쓴 물이 고였다.

마당에 남은 부장들은 연신 병사들의 보고를 받았다. 몇은 경계를 강화하기 위해 사랑을 나섰고 한 명의 부장만이 남아 부식을 보좌했다. 돈후가 물었다.

"이런 일이 자주 있습니까?"

"자주 있어서야 되겠느냐? 이리 소란 떠는 것은 꽤 오랜만이구나. 저들도 다급해졌다는 뜻이겠지."

전에 익환이 했던 말이 떠올랐다. 운이 전위군을 이끌고 살상을 일삼고 다닌다고 했다. 외곽이라지만 중군 본영까지 침탈했다면 실력이 높은 자들일 것이다. 그들 중에 운도 있을까? 운은 아직도 복수를 위해 내달리고 있을까? 올곧은 성품이라 쉬 포기하지는 못하겠지만 온요를 만났다면…… 그녀를 위해 접었겠지. 본디 성품은 착하고 따뜻한 녀석이니까. 돈후의 눈이 흐려졌다.

불현듯 섬뜩한 기분이 들었다. 만약 포기하지 않았다면 어찌했을까? 운은 외곽이나 쑤시고 다닐 위인이 아니다. 중군 병영을 침탈한 이들 중에 운이 있다면 직접 심장부를 겨냥했을 것이다. 머릿속에 벼락이 쳤다. 성동격서! 눈길을 돌려놓고 급소를 타격하려는 전략이다. 만약 운이 함께 왔다면 그는 분명, 이곳에 있으리라.

돈후는 고개를 번쩍 들고 사위를 둘러보았다. 병사들이 담을 치듯 둘러서 횃불을 밝혔으나 곳곳에 뭉치 같은 어둠이 보였다. 돈후는 유독 그늘진 곳들을 골라 살피기 시작했다.

그러다 보았다. 늑대처럼 파란 불을 내뿜는 두 개의 눈. 곁의 담장을 넘어, 삼삼오오 모여 웅성거리는 사람들의 뒤편, 커다란 나무 둥치에 몸을 숨긴 채 살을 겨눈 운이 보였다. 운도 돈후와 눈을 마주쳤다. 부식을 겨누었던 살이 비틀어지며 돈후 쪽으로 이동했다.

날카로운 눈빛이 살보다 먼저 건너왔다. 살기가 느껴졌다. 운은 분노하고 있다. 이 세상에서 오직 돈후만이 제대로 이해할 수 있는 분노. 원수의 아들놈이 제가 연모하는 여인을 가로챘으니 당연한 일이다. 나란을 만났다면 돈후가 온요를 범했다는 사실도 들어 알았을 것이다. 그러니 곧 살이 날아올 것이다. 자신은 운의 살에 목이 꿰어 피를 뿜고 죽을 것이다. 두렵지만 어쩔 수 없다. 녀석이 끝내 쏘고자 한다면 받아들이는 수밖에…….

돈후는 숨을 멈추고 기다렸다. 하지만 기다려도 살은 날아오지 않았다. 살 끝에 매달린 쇠촉이 반짝 빛을 내더니 다시 부식 쪽으로 틀어졌다.

조심스럽게 한 보 앞으로 나섰다. 부식의 우람한 몸을 다 가릴 수는 없어도 급소에 꽂히는 것은 막을 수 있을 것이다. 부식과 어깨를 나란히 한 뒤 몸을 돌려 운을 보았다. 운의 눈이 더욱 파랗게 빛났다.

돈후는 천천히 눈을 감았다.

살을 잰 손에서 경련이 일었다. 쏘려는 힘과 거두려는 힘이 맞부딪혀 피울음을 만들어냈다.

팽팽하게 당긴 시위를 놓으면 돈후의 매끈한 목을 꿰뚫은 살이 부식의 투박한 목에 박힐 것이다. 부식의 목숨을 거두기는 어렵겠지만 돈후의 명줄은 확실히 끊어놓을 수 있다. 온몸의 근육이 어서 쏘라 으르렁댔다.

돈후는 소리를 질러 살수의 존재를 알리지도, 제 아비를 밀쳐 구하지도 않았다. 그저 운을 똑바로 쳐다보더니 조용히 눈을 감았다. 쏘라는 뜻이다. 아비 대신 제가 죽겠다는 것이다.

나쁜 자식! 내 모든 것을 빼앗아간 도적놈!

운은 한껏 당긴 시위를 더 끌어당겼다. 어느새 맺힌 땀이 등골을 따라 흘러내렸다. 시위가 금처럼 떨며 울었으나 살은 끝내 시위를 떠나지 못했다. 손끝에서 힘이 빠져나갔다. 운은 질끈 눈을 감아버렸다.

죽일 수 없다. 목숨보다 소중한 여인을 빼앗아갔지만, 내 아비를 죽인 원수의 아들이지만 온요가 연모하는 사내다. 온요가 잉태한 아이의 아비다. 돈후를 쏘아 죽이면 온요가 슬퍼 울 것이다. 아이의 아비를 앗아간 나를 원망할 것이다. 온요가 슬퍼하고 원망하는 것만큼은 견딜 수 없다. 설령, 모든 것을 포기하고 죽는 한이 있더라도…….

운은 당겼던 시위를 풀고 활을 내렸다. 고개가 꺾였다. 눈물이 차올랐다. 떨어진 눈물이 섶을 적셨다. 하지만 가슴속의 태풍은 서서히 가라앉았다. 눈앞의 세상도 고요해졌다.

어차피 덧없고 외로운 생이었다. 거두고 멈추면 된다. 멈추고 사라지면 그만이다. 미물보다 못한 생이었으나 온요를 위해 거두고 멈춘다면 그것만으로도 의미는 있으리라.

운은 마지막으로 지상을 향해 속죄하듯 빌었다.

'아버지, 부디 당신의 못난 아들을 용서해주십시오. 복수를 위해 혼을 팔고 살인귀가 되었지만 저는 여전히 나약하고 쓸모없는 아들입니다. 당신의 한을 풀어드리지 못했으니 목숨으로나마 불효를 갚겠습니다.'

운은 활을 내려놓고 품에서 단도를 뽑았다. 날 끝을 귀밑에 세우고 숨을 멈추었다.

그때였다. 누군가가 훌쩍 뛰듯 운 앞을 가로지르며 손을 후려쳤다. 칼이 떨어져 바닥에 굴렀다. 운은 본능적으로 나무 둥치에 몸을 숨겼다. 손을 치고 지나간 자는 마을 사람들 틈에 섞이더니 흘긋 돌아보았다. 앵계에서 보았던 자다. 을지라는 자의 수하라 했다. 그가 히죽 웃더니 사람들 틈으로 사라졌다.

남녘 하늘에서 불화살이 날았다. 반빗간 앞마당에 선 사람들의 시선이 일제히 돌아갔다. 부원들이 퇴로를 확보하기 위해 남쪽의 군량 창고에 불을 지른 것이다. 운은 둥치에서 나와 재빨리 단도를 갈무리한 뒤 사랑채를 건너다보았다. 돈후는 여전히 누마루 위에서서 운을 보고 있었지만 부식은 보이지 않았다.

운은 하늘을 보고 선 사람들 사이를 빠져나와 뒷담을 넘었다. 장독이 늘어선 뜰을 지나자 다시 기와가 덮인 담장이 나타났다. 기와 담장마저 뛰어넘은 뒤 바람처럼 달렸다. 게딱지처럼 붙어 늘어선 초가의 흙 담장을 거푸 넘었다. 좁은 골목을 돌아나가자 다시 초가들이 이어졌다.

"대장, 여깁니다."

한 초가의 흙 담장 아래 몸을 숨긴 하준이 낮은 목소리로 운을 불렀다. 운은 단숨에 담장을 뛰어넘은 뒤 하준과 함께 불 꺼진 방으로 들어갔다.

"잡히신 줄 알았습니다. 무사하셔서 다행입니다."

하준이 운의 팔을 잡고 반겼으나 운은 굳은 낯을 펴지 못했다. 부원들이 목숨을 걸고 만든 기회를 자신이 날려버렸다. 죄책감에 고개를 들 수 없었다. 지금 상황에서 최선은 부원들이 다치지 않고 중군 병영을 빠져나갈 수 있도록 이끄는 일이다.

"군량 창고에 불을 낸 듯하니 모두 퇴각 지점으로 가고 있을 것이다. 어서 움직이자."

운과 하준은 베옷을 벗고 토벌군 군복으로 갈아입었다. 그러고는 살그머니 초가를 나와 동남쪽 방향으로 달리기 시작했다. 토벌군 병사 몇과 부딪혔으나 팔에 맨 띠를 가리키며 급한 전령인 듯 위장했다.

하지만 퇴각은 마냥 순조롭지 못했다. 이미 토벌군 복장을 하고 숨어든 적이 있는 탓에 의심하는 눈길이 있었다. 영민한 토벌군 군관이 수하 서넛을 이끌고 뒤쫓았고 금세 수가 늘어났다. 마을을 벗어난 뒤부터는 아예 추격전이 벌어졌다.

어둠이 내려앉은 평원을 전력으로 달렸다. 다행히 밤하늘을 뒤덮은 검은 구름이 운과 하준의 모습을 가려주었다. 돌아보니 멀리 횃불 무리가 보였다. 토벌군이 추격대를 꾸리고 있는 것이다. 운과 하준은 서경 서북쪽 산지로 이어진 등성이를 끼고 내달렸다. 그곳에 말을 숨겨놓은 집결지가 있었다.

집결지에 도착하자 부원들이 모습을 보였다. 부상당한 부원이 둘, 성한 부원이 넷, 말을 지키던 부원이 하나……. 두 명이 보이지 않았다. 운이 눈으로 나머지의 안위를 묻자 부원들이 일제히 고개를 숙였다. 운의 낯이 구겨졌다.

운과 부원들은 말을 타고 달리기 시작했다. 추격하는 토벌군과의 거리가 좁혀졌다. 기병들이 따라붙은 것이다. 요란한 말굽 소리가 평원을 울렸다. 날이 밝기 시작했다. 쫓기는 자들의 모습이 드러나자 살이 날아들었다. 운과 부원들은 박차를 가해 더욱 속력을 높였다. 하지만 얼마 못 가 후미의 한 부원이 말과 함께 고꾸라졌다. 말이 살에 맞은 것이다. 운은 재빨리 고삐를 당겨 말머리를 돌렸다.

"안 됩니다!"

하준이 소리쳤으나 운은 되돌아 달리기 시작했다. 쓰러진 부원이 말을 버리고 절뚝거리며 뛰어오고 있었다. 어깨에는 이미 살을 두 개나 달고 있었다. 추격병과의 거리는 더욱 가까워졌다. 운은 달리며 손을 내밀었다. 부원의 팔을 붙잡아 당기는 순간 옆구리가 타는 듯 뜨거워졌다. 하마터면 놓칠 뻔한 부원을 간신히 당겨 등 뒤에 태웠다. 그러고는 다시 말을 돌려 달리기 시작했다.

앞으로 내달리는데 말머리를 돌리고 선 부원들이 일제히 살을 쏘았다. 운의 머리 위를 날아간 살이 토벌군 기병들의 선두를 쓰러뜨렸다. 운이 지나가자 부원들도 다시 돌아서 달리기 시작했다.

운과 부원들은 해가 중천에 이를 즈음에야 삼군 병영으로 돌아왔다. 부원들도 말도 녹초가 되었다. 병영에 들어서자 병사와 군속들이 뛰어나왔다. 말에서 뛰어내린 하준이 운을 향해 달려왔다.

"대장!"

뒤에 태운 부원이 쓰러져 떨어졌다. 그를 붙잡으려던 운의 몸도 기울었다. 달려온 하준이 운을 받치며 주저앉았다. 병사들이 몰려

들어 떨어진 부원을 들쳐 업고 부상자 막사로 향했다.

"살을 맞으셨습니다."

하준의 말에 아래를 내려다보니 옆구리에 꿰인 살이 보였다. 흘린 핏자국이 다리까지 길게 이어졌다. 부원을 들어 올릴 때 뜨끈했던 기억이 났다. 운이 살을 잡아 뽑으려 하자 하준이 손을 붙잡았다.

"안 됩니다. 뽑으면 출혈이 심해집니다."

운은 아랑곳하지 않고 손에 힘을 주었다. 살을 뽑아 피 흘리다 죽은들 무슨 상관인가. 자신으로 인해 부원이 둘이나 헛되이 목숨을 잃었다. 어차피 남은 부원들을 모두 안전하게 귀영시키면 스스로 죽을 생각이었다. 목표가 사라진 지금, 운은 살아있을 이유가 없다.

그런데 하준에게 잡힌 손목이 맥을 못 추었다. 힘을 주어도 살을 뽑기는커녕 자꾸 헛돌았다. 눈길을 내려 초점을 모아보니 팔에도 살이 꿰여있었다. 들판을 달려올 때만 해도 몰랐는데 손을 움직이려 할 때마다 통증이 느껴졌다. 헛손질을 거듭하면서도 살을 뽑으려 애쓰자 하준이 소리쳤다.

"왜 이러십니까. 제발 그만두십시오!"

하준의 목소리가 점점 가물가물하게 멀어졌다. 운은 필사적으로 정신을 모으며 살을 뽑기 위해 안간힘을 썼다. 팔을 뻗으며 다리를 버둥거리는데 뒷목에서 강한 충격이 느껴졌다.

운은 까마득한 낭떠러지로 떨어졌다. 낭떠러지가 얼마나 깊은지 하염없이 떨어지기만 했다. 운은 드디어 자신이 죽어가고 있음을 깨달았다. 마음이 편안해졌다. 눈을 감고 온몸을 경직시켰던 긴장을 풀었다. 이대로 떨어져 영원히 사라질 것이다.

그런데 어느 순간 몸에서 떨어지는 느낌이 사라졌다. 운은 감았던 눈을 떴다. 낯익은 풍경이 눈에 들어왔다. 천마산의 잇꽃밭이다. 자신은 온요가 기대어 잠들었던 나무 밑에 앉아있다. 이상했다. 지금은 겨울인데 잇꽃이 흐드러지게 피었다. 여름날처럼 따뜻한 기운에 몸도 나른했다. 잇꽃 사이에서 아낙들과 함께 꽃을 따는 온요가 보였다. 운과 눈이 마주친 온요는 수줍게 웃었다. 바라만 보아도 느꺼운 온요. 운의 입에도 미소가 걸렸다.

극락인가. 벌써 저승 강을 넘어 극락에 온 것인가. 아니다. 숱한 목숨을 빼앗은 내가 극락에 왔을 리 없다. 그렇다면…… 꿈이구나. 내가 꿈을 꾸고 있구나. 꿈이라면 깨고 싶지 않다. 이대로 영원히 잠들고 싶다.

운은 깨어나지 못했다. 가까스로 출혈은 멈추었지만 온몸이 불덩이처럼 끓었다. 약을 먹여도 내리지 않았다. 치명상이 아니었음에도, 고작 두 대의 살이었음에도 그가 이토록 쉽게 저승 강 앞에 서게 될 줄은 몰랐다. 마음은 여려도 몸만은 바위처럼 단단했었다. 그런데 쇠보다도 강하다 믿었던 운이 쓰러져 사경을 헤매고 있다.

운의 손을 잡고 내려다보던 온요는 무너지듯 그의 가슴에 얼굴을 묻었다.

"운, 제발 일어나줘. 이대로 떠나지는 말아줘. 이렇게 가버리면 당신이 너무 가엾잖아. 너무 가여워 견딜 수가 없잖아."

하준이 그늘진 낯으로 찾아왔을 때 온요는 직감했다. 운이 세상을 버리려 한다는 것을. 부식을 암살하기 위해 중군 병영에 잠입했다가 실패하고 부원 둘이 목숨을 잃었다고 했다. 하준은 운이 부원을 잃고 작전에 실패하여 낙담한 나머지, 스스로 살을 뽑아 죽으려 했다고 전했다.

하지만 그것이 전부는 아닐 것이다. 어쩌면 운은 복수에 실패한 것이 아니라 포기한 것인지도 모른다. 해림에서 운에게 복수를 멈춰달라 했던 말이 후회되었다.

운이 답하지 못한 이유를 이제야 알 것 같다. 원수의 씨를 잉태한 자신에게 혼인하자, 지켜주겠다 말했던 이유도 알 것 같다. 운은 모두를 용서하고 싶었던 것이다. 용서하여 자신도 살고 싶었던 것이다. 살기 위해 미약한 끈이나마 잡으려던 그를 그 누구도 아닌 자신이 짓밟고 내쳐버렸다.

"으으……."

운이 신음을 냈다. 사흘 만에 처음 입 밖으로 밀어낸 소리다. 온요는 벌떡 몸을 일으켜 맥을 짚었다. 미약했던 맥이 다소나마 강해졌다. 운이 입을 움찔거렸다. 온요는 운의 입에 귀를 댔다.

"온……요……."

희미하게 자신의 이름이 새어 나왔다. 온요는 운의 손을 움켜쥐었다.

"운, 저 여기 있어요. 당신 옆에 있어요. 제발 돌아와요. 돌아와서 저를 봐줘요."

온요가 애원하듯 소리쳤으나 움찔거리던 운의 입은 다시 잠잠해졌다. 맥도 약해졌다. 온요는 절망했다. 운의 손을 움켜쥔 채 엎드려 흐느꼈다.

"아버지, 운을 살려주세요. 운을 이렇게 보낼 수는 없어요. 이대로 운을 보낸다면 저도 살 수 없을 것 같아요. 제발 운에게 힘을 주세요."

온요의 흐느낌이 잦아들 무렵 누군가 뒤에서 기척을 냈다. 추스르고 일어나 보니 의원이었다. 조광이 운을 위해 보낸 궁의라 했다. 젖은 눈을 훔치는 온요를 향해 그가 말했다.

"정 군장께서 의식을 찾지 못하시는 이유를 알아냈습니다."

"정말입니까? 이유가 무엇입니까?"

"화살촉에 독을 바른 것 같습니다. 증상으로 보아 맥독입니다. 맥독은 치명적이지는 않지만 체력을 떨어뜨립니다. 그래서 적군의 세력을 약화시키기 위해 씁니다. 토벌군이 전위군을 잡으려고 작심한 모양인데, 오랑캐들도 아니고 같은 고려 사람끼리 독을 쓰다니 원……. 꽤 까다로운 독이라 걱정입니다. 의식을 찾을 수는 있겠으나 후유증이 있을 것입니다."

"후유증이요?"

"머리가 빠지거나 피가 잘 굳지 않거나 뭐, 그런 증상이 나타날 겁니다. 오래 살기도…… 어려울 것이고요."

말문이 막혔다. 의원은 온요를 안쓰럽게 쳐다보았다.

"너무 낙담하지는 마십시오. 전시라 쉽지는 않겠으나 약을 꾸준히 먹고 몸을 보하면 생을 늘릴 수 있습니다. 기적이 따라준다면 천수를 누릴 수도 있습니다. 허나, 가장 중요한 것은 더 이상 상처를 입지 않는 것입니다. 상처를 입으면 회복하기 어려울 테니까요. 그리고 부인께서도 그만 쉬십시오. 부군 걱정하시는 마음은 이해하지만 회임하신 몸 아닙니까. 웬만한 일은 군속에게 시키시고 몸을 보중하십시오."

온요는 당황했다. 의원은 온요가 운의 아이를 가진 것으로 오해하고 있다. 온요는 당황한 빛을 감추며 짧게 답했다.

"저는 괜찮으니 개의치 마셔요."

"약은 지어왔습니다. 해독초를 넣어 달였으니 두어 차례만 드셔도 깨어나실 겁니다."

온요는 고개 숙여 인사했다. 달여온 약을 건넨 의원이 막사를 나갔다. 온요는 약을 들고 운의 곁으로 가 앉았다. 약을 떠 운의 입에 흘려 넣으면서 생각했다.

의식을 찾을 수 있다는 것만으로도 되었다. 후유증에 대한 처방은 그 이후에 궁리하면 될 것이다. 독에 대해서는 배운 바가 없어 잘 모르지만 그래도 방법을 찾아낼 것이다. 반드시 내 손으로 운을 살리고야 말 것이다.

의원이 다녀간 지 사흘이 흘렀다. 운은 조금씩 예전의 낯빛을 찾아갔다. 열이 내렸고 맥도 돌아왔다. 하지만 깨어나지는 못했다. 함께 살을 맞아 부상당했던 부원은 의식을 찾고 문안까지 다녀갔으나 운은 아직도 죽은 듯이 누워있다.

"도련님은 아직이셔?"

갑이 미음을 들고 왔다. 온요는 말없이 고개만 끄덕였다.

"곧 깨어나실 거야. 너를 두고 돌아가실 분이 아니지."

온요는 쓰게 웃었다. 갑의 말이 반대로 들렸다. 어쩌면 운은 온요 때문에 일부러 깨어나지 않는 것인지도 모른다.

"그런데 너는 어쩔 거야? 산달이 다가오잖아. 병영에 계속 머무를 수 있겠어?"

"일단 이 사람부터 살리고 봐야지. 해산은 아직 멀었어."

온요는 힘주어 답했다. 억지로라도 힘을 내야 한다.

"나 전위군영에 참 나르러 갈 거야. 먹을 죽도 없는데 운 도련님 깨어나시라고 본영에서 특식을 보냈어. 네 것도 넉넉하게 가져왔으니 두었다 먹어. 아이 생각도 해야지."

병영마다 군량 사정이 나빠진 지 이미 오래다. 병사가 우선이라 군속에게 돌아올 것이 없었을 텐데 꼬박꼬박 온요부터 챙기는 갑의 마음 씀씀이가 고마웠다. 온요는 시큰한 코를 비비며 물었다.

"전위군영에는 남정네들만 가던데 왜 네가 가니?"

"모두 식량 구하러 나가서 갈 사람이 없대. 군속 대신 병사 두 분과 함께 가니 걱정하지 마. 이래 봬도 내가 열 장정 몫을 해내는 소녀 장사 갑이라고!"

갑이 양 주먹을 불끈 쥐어 보였다. 온요는 쿡쿡 웃었다. 아이 같았던 갑이 언제 저렇게 컸는지 모르겠다. 요즘엔 자신이 아니라 갑이 형님 같다.

갑이 떠난 뒤 온요는 미음을 들고 운이 누운 침상으로 다가갔다. 미음을 한 술 떠 입에 흘려 넣으려는데 운이 눈을 번쩍 떴다. 온요는 숟가락을 든 채 놀라 내려다보았다.

"정신이 들어요? 저 알아보겠어요?"

운이 고개를 돌려 온요와 눈을 맞추었다. 온요는 미음을 내려놓고 운의 손을 덥석 잡았다.

"고마워요. 깨어나줘서."

온요는 모아 쥔 운의 손을 품에 안고 안도의 숨을 내쉬었다. 다행이다. 의식이 돌아왔으니 이제는 운을 잃지 않을 것이다.

그런데 벙벙해하던 운이 정색하며 손을 뺐다.

"네가 왜 이곳에 있는 것이냐?"

목소리가 차가웠다. 당황하여 우물거리는 사이, 몸을 일으키려던 운이 풀썩 쓰러졌다. 온요는 화들짝 놀라 붙잡았다.

"아직은 안 돼요. 회복되려면 멀었어요."

운은 온요의 손을 걷어냈다. 그러고는 다시 몸을 일으켰다. 살을 맞았던 옆구리에서 통증이 느껴지는지 잠시 주춤했지만 기어코 일어나 앉았다. 온요가 부축하려 하자 손을 들어 보였다. 자신의 몸에 손대지 말라는 뜻이다.

"해림으로 돌아가."

운은 온요를 쳐다보지 않았다. 부들부들 떨리는 손으로 침상을 짚고 일어났다. 기둥처럼 곧고 기다란 몸이 휘청거렸다. 걱정스러워 한 걸음 다가섰으나 운은 완강히 거부했다. 그러고는 허청허청 걸어 막사 입구로 향했다. 막이 걷히자 찬바람이 밀려들었다. 운은 쿵 소리와 함께 쓰러졌다. 온요는 달려가 부축했다. 운은 또다시 온요의 손을 걷어냈다.

"물러나라."

운은 바닥을 짚고 몸을 일으키려고 안간힘을 썼다. 온요는 운의 겨드랑이에 제 어깨를 밀어 넣고 부축했다. 운이 밀어내려 하자 허리를 단단히 둘러 감고 버텼다. 몇 번 더 밀어내던 운이 움직임을 멈추었다.

"몰랐어요? 부상자 막사에서는 의원이 대장이에요. 당신이 아니라 임금님이 오신다 해도 제 명을 따라야 한다고요."

온요가 힘을 주어 일으키려 했으나 운은 꿈쩍도 하지 않았다. 부른 배 때문에 힘을 주기도, 균형을 잡기도 어려웠다. 뒤뚱거리며 용을 쓰는데 운이 온요의 어깨를 지그시 눌렀다. 고개를 돌리니 운이 물끄러미 보고 있다. 언제나 그랬듯 청명하고 깊은 눈길이다. 온요도 운을 쳐다보았다. 쳐다보며 생각했다.

내가 다른 사내를 연모한다 해도 당신은 여전히 내게 소중한 사람이야. 그런데 아무리 궁리해봐도 당신에게 줄 것이 없어. 당신은 모든 것을 잃었는데, 나로 인해 고통받고 있는데, 당신의 고통을 덜어주기 위해 할 수 있는 것이 없어. 그저 약이나 짓고 이렇게 곁에 있어주는 것밖에는…….

운은 온요의 생각을 읽기라도 한 듯 손을 뻗어 머리를 어루만졌다. 입에는 엷은 미소가 물렸다. 온요도 운을 향해 웃어 보였다.

"여기서 뭐 하는 거야? 보나마나 밖으로 기어 나오려다 붙잡힌 거겠지?"

막이 걷히고 나란이 들어섰다. 나란을 따라 청량한 바람도 밀려들었다. 운이 피식 웃었다. 나란은 운의 겨드랑이에 손을 넣어 번쩍 일으켰다. 운은 저항 없이 나란이 이끄는 대로 침상으로 가 앉았다. 온요는 목소리를 높여 물었다.

"성이 완전히 막혔다고 들었는데 어떻게 들어왔어?"

나란은 이를 드러내며 웃었다.

"배달 형님께 개구멍 있는 곳을 알아두었거든. 밀거래하는 놈들만 아는 통로라더라. 성 아래로 토굴을 판 것이라 위험은 하지만 그런대로 쓸만하던걸?"

"산채는 어찌하고 왔어? 너라도 산채를 지켜야 하잖아."

"겨우살이 준비는 예전에 끝냈어. 천지에 서경보다 배고픈 데가 있는 줄 알아? 내가 없으니 살 맞고 뒤질 뻔한 저놈 꼴을 봐라. 그러니 내가 어떻게 산채에서 밤이나 까먹고 있겠냐."

나란이 오자 막사 안에 금세 온기가 찼다. 온요는 눈물이 찔끔 나올 정도로 나란이 반갑고 고마웠다.

"운은 이제 회복이 된 거냐?"

나란이 물었으나 답할 수 없었다. 온요가 굳은 표정으로 우물거리자 운이 답했다.

"다 나았으니 걱정하지 마라."

온요는 운을 쳐다보았다. 운은 아직 모른다. 자신이 중독되었음을, 의식은 찾았으나 후유증으로 고생할 수 있음을, 어쩌면 시름시름 앓다 죽을 수도 있음을…….

온요는 근심을 내비치고 싶지 않아 화제를 바꾸었다.

"배고프지? 먹을 것 좀 가져올게. 운도 미음을 먹어야 해."

온요의 말에 운과 나란의 눈길이 동시에 날아왔다. 온요가 왜 그러느냐 눈으로 묻자 나란이 웃음을 참느라 입을 삐죽대며 답했다.

"그렇지. 운도 미음을 먹어야겠지."

온요는 자신이 운의 이름을 동무 부르듯 했다는 것을 뒤늦게 깨달았다. 셋이 한 자리에 있으니 천마산의 어린 시절로 착각했던 듯하다. 온요가 얼굴을 붉히자 운이 미소 지었다.

온요와 운, 나란은 함께 둘러앉아 갑이 챙겨준 밥을 나누어 먹었다. 곡기라기에는 부족한 미음이지만, 겨가 섞여 거친 밥이지만 달게 먹었다. 나란이 입 안 가득 밥을 물고 말했다.

"너희 기억 나냐? 운이 천마산에 와서 지낼 때 말이야. 구안정 뒤의 앵도가 감쪽같이 사라졌었잖아. 누가 따 먹었냐 난리가 났는데 모두들 내 짓이라 의심했지. 영감탱이한테 종아리 맞기 직전에 운이 나서서 그랬어. 곰이 내려와 다 따 먹었다고. 아, 변명을 하려면 제대로 해야지, 천마산에 곰이 산다고 하면 누가 믿냐?"

나란의 말에 운은 겸연쩍은 표정을 지었다. 기억한다. 운이 앵도를 모두 따서 온요에게만 몰래 주었다.

"결국 온요가 울면서 고백했잖아. 저 혼자 먹으려던 것은 아니었다고……. 그런데 사람들이 말이야, 온요가 자기 짓이다 털어놓으니 태도를 싹 바꾸는 거야. 어차피 땄어야 했는데 참 잘했다나? 얼마나 억울하고 분통이 터지던지 내가 사흘 밤을 못 잤다."

운의 막사 안에 웃음꽃이 피었다. 나란의 추억담은 계속되었다. 셋은 그렇게 오래도록 함께 있었다.

◈ ◈ ◈

전위군 병사들이 묵는다는 곳. 서경성 밖에 위치한 병영 가운데 적과의 거리가 가장 가까운 전방이다. 삼군 병영과의 거리는 얼마 안 되지만 느껴지는 긴장감에는 역시 차이가 있다. 개경 가는 길에 들렀을 때와도 달라졌다.

나란은 전위군영 입구에서 패를 보였다. 운이 내어준 것이다. 겁 없는 갑이 참을 들고 예까지 왔다기에 기가 막혀 쫓아왔다. 입구를 지키는 병사가 손으로 한 막사를 가리켰다. 몇 걸음 걸으니 갑이 보였다.

갑이 한 병사로부터 활 재는 법을 배우고 있었다. 화가 치밀었다. 병사들에게 줄 특식을 가져왔으면 냉큼 주고 돌아설 일이지 싸움질이나 배우고 있다니. 나란이 낯을 굳히며 다가가는데 돌아가는 꼴이 점입가경이었다.

건장한 병사가 갑의 어깨와 허리, 그리고 디디고 선 발목을 잡아가며 자세를 가르쳐주고 있었다. 갑은 무엇이 그리 좋은지 깔깔대며 웃었다. 병사가 과녁을 가리키자 제법 진지한 표정으로 입을 앙다물더니 시위를 당겨 살을 쏘았다. 살은 쐐애액 바람소리를 내며 날아가 과녁 한가운데에 꽂혔다. 초심자들은 과녁은커녕 굽통 쑤시기가 다반사인데 제법이다. 병사가 잘했다며 갑의 어깨를 두드려주었다. 나란의 상이 일그러졌다.

"너 예서 뭐 하는 거야?"

벼락같은 소리에 놀란 갑이 동그래진 눈으로 쳐다보았다. 시뻘겋게 달아오른 얼굴로 씩씩대는 나란과 달리 갑은 보자마자 함박웃음을 지으며 달려왔다.

"네가 여기를 어떻게 왔어? 나 보러 온 거야?"

갑은 달려오자마자 나란의 목을 끌어안고 매달렸다. 병사들 모두가 그 모습을 지켜보았다. 나란은 화들짝 놀라 갑의 팔을 뜯어 풀었다. 갑은 아랑곳하지 않고 말했다.

"내가 위험할까 봐 데리러 온 거 맞지?"

"위험한 데인 줄은 알고 있었어? 시퉁머리가 터져도 유분수지. 사내가 없다고 꼬맹이 계집이 냉큼 나서?"

"또 그놈의 꼬맹이 소리……."

"쉰 소리 말고 얼른 돌아가자."

나란은 갑의 손을 덥석 잡고 이끌었다. 갑은 다른 손을 들어 병사들을 향해 흔들었다. 전위군 병사들도 웃으며 답례했다. 나란은 얼굴이 화끈 달아올랐다. 병사들의 표정이 마치 어린 색시를 강제로 끌고 가는 늙은 남편 보듯 빙글거렸다.

군영을 나서자 얕은 등성이 사이로 구불구불한 길이 길게 이어졌다. 병사들이 더 이상 보이지 않자 갑이 나란의 팔에 대롱대롱 매달렸다. 나란이 걷어내려 하자 아예 껴안으려 들었다.

나란은 걸음을 멈추고 훈계하듯 노려보았다. 갑은 부루퉁 입을 내밀고는 앞서 걸었다. 괜스레 돌멩이를 툭툭 걷어차는 것을 보니 골이 난 모양이다. 너무 퉁명스러웠나 싶어 조금은 미안한 마음이 들었다. 나란은 뚱한 목소리로 물었다.

"활은 왜 배웠냐? 사냥이라도 할 작정이냐?"

"활을 왜 배웠겠어? 싸움이 불리해지면 나라도 나서서 쏘려고 배웠지."

"뭐야?"

"살이나 칼이 사내 계집 가리는 거 봤어? 맞으면 똑같이 죽잖아. 싸움도 마찬가지야. 계집이 쏘든 사내가 쏘든 시위를 당겼다 놓으면 날아가는 것이 살이야. 계집이 쏜 살이라도 맞으면 죽는다고."

"보자 보자 하니 못 하는 소리가 없네?"

"운 도련님이 그러더라. 대륙에는 서하라는 나라가 있는데 그곳에서는 계집도 전쟁터에 나가 싸운대. 계집으로만 이루어진 부대도 있다고 했어. 그 부대를 마괴라고 부른대. 고려라고 해서 다를 게 뭐 있어? 계집도 활 들고 나가 살 쏘면 마괴가 되는 것이지. 나 활 다 배우면 창도 배우고 칼도 배울 거야."

"당장 집어치우지 못해?"

나란이 앞서가던 갑을 거칠게 돌려세웠다. 정말 대책 없는 계집애다. 역을 지고 새 신분을 얻은 뒤 떳떳하게 살고 싶다기에, 하는 일이 그저 밥이나 짓고 부상자들 돌보는 일이라기에 위험해도 눈 꾹 감고 봐주었더니 전장에 나가 싸울 궁리를 하고 있었다.

나란이 범 같은 낯으로 으르렁대자 갑은 자라목이 되어 움츠러들었다. 하지만 그것도 잠시뿐, 원망스러운 눈초리로 쏘아보더니 더 거세게 맞섰다.

"강해지려는 게 뭐가 나빠? 싸움질 잘하면 제 몸 지킬 수 있으니 오히려 좋은 거 아냐? 내가 당장 전장에 나가 병사들처럼 싸우겠다는 것도 아닌데 뭐가 잘못되었다는 거야?"

"칼을 배우면 칼 맞아 죽는 법이야. 싸움질을 배우면 싸움질하다 죽는 거라고!"

"그러는 너는 왜 살 쏘고 칼을 휘두르는데? 살에 맞고 칼에 베여 죽으려고 배웠어?"

"내가 너하고 같으냐? 나야 사냥하고 산채 식구들 지키려고 배운 거잖아."

"너는 되는데 왜 나는 안 돼? 나도 너처럼 사냥하고 산채 식구들 지키면 되잖아!"

나란은 말문이 막혔다. 꼬맹이인 줄만 알았는데 악머구리처럼 또박또박 말대꾸하는 품새가 여간 아니다. 이제 말로는 당할 재간이 없을 듯하다. 나란이 씩씩대며 노려보는데 갑이 조그만 입을 씰룩이더니 울먹거렸다.

"나도 쓸모 있는 사람이 되고 싶어. 온요는 어르신한테 글과 의술을 배웠고, 너는 외인들 말이며 사냥이며 상단 일이며 이것저것 못하는 게 없잖아. 나는 울 어매처럼 밥이나 짓고 그늘에 엎드려 살기는 싫어. 나도 산채에 도움이 되고 싶단 말이야. 내가 사람 구실을 해야 네가 나를 봐줄 거 아냐."

갑의 뺨 위로 눈물이 흘러내렸다. 수밀도처럼 동그랗게 부푼 뺨에 가는 물길이 났다. 갑자기 가슴이 뜨거워졌다. 어디서 그런 용기가 솟았는지 모르겠다. 나란은 갑에게 성큼 다가가 뺨을 감싸 쥐고 입을 맞추었다. 갑이 눈을 동그랗게 키웠다. 혀로 아물린 갑의 이를 벌리고 입속을 훑었다. 다래처럼 달콤한 타액이 넘어왔다.

처음에는 얼어붙은 듯 굳어있던 갑이 나란을 힘껏 감싸 안았다. 그제야 정신이 들었다. 놀란 나란은 화닥닥 갑을 떼어냈다. 갑은 떨떨한 낯으로 쳐다보았다. 나란은 달아오른 뺨을 감추기 위해 돌아섰다. 돌아서 눈을 질끈 감았다.

내가 미쳤구나. 미쳐도 단단히 미쳤어. 꼬맹이 같은 갑에게, 누이동생 같은 갑에게 입을 맞추다니…….

나란은 한참 동안 씨근덕거리며 돌아서 있었다. 숨은 가라앉았으나 갑을 마주할 용기가 나지 않았다. 놀라 상처라도 받았으면 어떻게 해야 하나 근심이 밀려왔다. 그런데 어쩐 일인지 등 뒤에 선 갑에게서는 아무런 반응이 없었다.

조심스럽게 몸을 돌리자 갑의 얼굴이 보였다. 생긋 웃어 보이기까지 했다. 나란은 그대로 굳어버렸다. 거친 입맞춤 때문에 빨갛게 부풀어 오른 입술을 오물거리며 갑이 말했다.

"안 갈 거야? 얼른 가자며?"

갑은 다시 한 번 생긋 웃더니 팽글, 몸을 돌려 걸어갔다. 기생처럼 넘실넘실 걷는 것이, 한껏 기분이 좋아진 품새다. 나란은 어이가 없어 웃음이 나왔다. 하지만 방망이질하는 가슴은 쉽사리 진정되지 않았다. 자신이 갑을 계집으로 보게 될 줄은 상상도 하지 못했다. 나란은 갑을 뒤따라가며 소리쳤다.

"아무 데서나 그렇게 걷지 말랬지?"

갑이 돌아보며 혀를 내밀었다.

"지금 여기는 우리 둘밖에 없는데, 뭐."

두리번거려보니 진짜 그렇다. 슬며시 나란의 입꼬리가 올라갔다. 갑에게서 콧노래가 흘러나왔다. 유곽에 팔리기 전에 늙은 기생에게서 배웠다는 권주가다.

"한 잔 부으니 짙푸른 계곡 물에 달이 잠기고
두 잔 부으니 짙붉은 치마폭에 내가 잠겼구나……."

전에는 흥얼거리기만 해도 소리를 질러 혼을 냈지만 오늘만큼은 듣기에 나쁘지 않다. 굽은 길을 따라, 불어오는 바람을 따라 갑의 노래가 냇물처럼 흘렀다.

노래가 끝난 뒤 나란이 말했다.

"살 쏘는 걸 배우려거든 그놈에게 배우지 마. 내가 직접 가르쳐줄 테니까."

갑이 돌아보고 웃으며 고개를 끄덕였다. 그러고는 다가와 나란의 팔에 매달렸다. 나란은 갑의 손을 내려 잡았다. 작지만 굳은살이 느껴지는 거친 손. 군속으로 일하며 얼마나 물질을 많이 했는지 손끝에 거스러미가 허옇게 일었다. 하지만 비단같이 보드라운 기생들 손보다 훨씬 어여쁘다. 나란은 잡은 손에 힘을 주고 걸었다. 멀리, 저녁 어스름이 내려앉는 삼군 병영이 보이기 시작했다.

전야

돈후는 서경성 근처의 외딴 초가 마당을 서성였다. 초조한 마음에 엉덩이를 붙이고 앉아 기다릴 수가 없었다. 사흘 전 안주에 도착한 을지가 배달과 함께 서경으로 들어갈 길을 알아보러 갔다. 해가 기울어 유시가 다 되어가는데 마을 어귀에는 개미 새끼 한 마리도 보이지 않았다.

보름 후면 총공격이 시작된다. 전장에 오자마자 서경성 안으로 들어가 온요를 찾으려 했는데 무려 한 달 반 동안 꼼짝하지 못하고 부식의 곁을 지켰다. 부식은 돈후를 데리고 다니며 진지를 돌아보고 최종 전략을 점검했다. 어젯밤에야 가까스로 좌군을 돌아보겠다는 핑계로 병영을 빠져나올 수 있었다.

멀리 마을 어귀에 을지와 배달의 모습이 보였다. 돈후가 나와 기다리는 것을 발견했는지 속도를 높여 달려왔다.

"눈에 띄면 어쩌려고 나와계십니까."

을지가 타박했지만 돈후는 아랑곳하지 않고 물었다.

"들어갈 길은 찾았습니까?"

을지는 답하지 않고 초가 안으로 들어갔다. 돈후는 답답한 표정을 지으며 따라 들어가 다시 물었다.

"토굴이 온전히 보전되어 있었습니까?"

서경의 밀수꾼들이 이용한다는 토굴. 외성 밖 논바닥에서 성안의 후미진 초가 안마당으로 연결된다는 통로가 무너지지 않고 온전한지를 물은 것이다.

"기어코 직접 가시겠습니까?"

을지의 답을 듣지 않아도 알 것 같다. 토굴은 건재한 것이다. 돈후는 답하지 않고 배달에게 일렀다.

"변복할 옷을 가져오너라."

배달이 을지 눈치를 살피다 벽장에서 커다란 보따리를 꺼내 앞으로 내밀었다. 돈후는 보따리를 끌러 옷을 갈아입었다. 성근 베에 짐승의 털을 섞어 누빈 평민의 옷. 때가 묻어 꼬질꼬질 더럽고 냄새도 났다. 돈후는 옷을 갈아입고 말했다.

"갑시다."

을지는 여전히 낯을 굳힌 채 앉아있는데 배달이 히죽 웃으며 다가와 숯을 내밀었다.

"옷만 갈아입는다고 달라지겠소? 우리 같은 천것은 나리처럼 하얗지 않소."

돈후는 두말없이 숯을 받아들고 얼굴에 문질렀다. 배달이 마무리하는 것을 도와주었다. 준비를 마친 돈후는 벌떡 일어났다. 마음이 급했다. 배달도 따라 일어섰다. 하지만 을지는 방바닥에 정좌한 채 꼼짝하지 않았다. 돈후가 말했다.

"산채로 보낸 뒤 미련 없이 물러나겠습니다. 약속합니다."

돈후가 간절한 눈빛으로 쳐다보자 을지는 한숨을 짓고 일어났다. 돈후는 하얀 이를 드러내며 웃었다.

돈후는 을지, 배달과 함께 어둠이 내려앉은 논바닥을 기었다. 언 땅에서 올라온 한기에 몸이 얼음장처럼 차가워졌다. 두툼하게 누빈 옷을 입었음에도 팔꿈치와 무릎이 쓸려 생채기가 났다. 을지가 자꾸만 돌아보았으나 돈후는 고갯짓으로 계속 가라 재촉했다.

논 끝의 작은 둔덕에 돌과 짚 무덤이 보였다. 짚을 걷어내자 한 사람이 겨우 들어갈 만한 구멍이 보였다. 배달이 먼저 들어갔고 을지는 몸을 비켜 돈후가 들어가도록 배려했다. 돈후는 주저하지 않고 토굴로 기어들어갔다.

토굴은 어둡고 길었다. 입에서 단내가 났다. 격구를 위해 말을 타고 수박을 수련한 정도의 체력으로는 감당하기 어려울 만큼 힘들었다. 들숨 날숨도 없어 신음이 터져 나올 때쯤 빛이 보였다. 토굴

밖으로 나간 배달이 손을 내밀어 돈후를 끌어냈다. 온몸이 흙투성이가 되었다.

마지막으로 빠져나온 을지는 입구를 갈무리한 뒤 돈후를 이끌고 어딘가로 나아갔다. 초가가 넝쿨진 마을을 지나 빈집으로 들어갔다. 이곳에서 밤을 보낸 뒤 날이 밝으면 서경성 안을 돌아볼 계획이라고 했다.

돈후는 쪽방에 홀로 앉아 노루잠을 잤다. 날이 밝으면 온요를 만날 수 있다는 생각에 진득하니 눈을 붙이기 힘들었다. 비록 서경에서 산채에 이르는 길뿐이지만 잠시나마 그녀와 함께 지낼 수 있다는 생각에 가슴이 설렜다.

동이 트자 성안의 사람들이 깨어나기 시작했다. 을지가 어디선가 밥덩이를 구해왔다. 겨가 섞여 거칠었지만 달게 씹었다. 성안을 뒤지고 다니려면 먹고 기운을 비축해야 했다. 방을 나서려는데 배달이 복면을 내밀었다.

"나리, 검댕이만으로는 안 되겠소. 아예 가리시오. 겨울이라 복면을 해도 이상타 여기지 않을 것이오. 누가 물으면 고뿔 들었다 하시오."

돈후는 순순히 복면을 넘겨받아 얼굴을 가렸다. 을지는 여전히 못마땅한 낯으로 지켜보았다.

의욕적으로 나섰음에도 온요는 쉬 찾지 못했다. 시전의 광덕과 해림에서 낯익은 얼굴들을 확인했지만 온요는 없었다. 여각을 뒤지고 광덕 사람들을 미행해 그들이 가는 곳을 모두 살펴도 보이지 않았다. 그렇게 꼬박 이틀을 헤매고 다녔다.

돈후는 초조해지기 시작했다. 용문산 산채에는 분명 오지 않았다고 했다. 그렇다면 서경성 안에 있는 것인데 대관절 어디에 있다는 말인가. 온요를 찾으며 둘러본 서경성의 사정은 참담했다. 여러 날 굶어 비루먹은 개처럼 버짐 핀 사람들의 낯이 온요의 얼굴과 겹쳐 보였다. 온요도 저들처럼 굶주리고 있을 것 같아 거친 밥덩이조차 넘기기 힘들었다. 밤에는 초가의 구석방에 웅크린 채 온요가 비렁뱅이들 틈에 끼어 구걸하는 꿈을 꾸었다.

사는 게 팍팍해서 그런지 성안에서는 걸핏하면 시비가 붙어 싸움질이 벌어졌다. 결전이 임박했음이 알려지면서 두려움이 팽배했다. 하지만 더 나쁜 것은 서경 사람들의 결기였다. 허기진 배를 움켜쥐고도 개경에 대한 원성은 하늘을 찌를 듯했다. 많은 이들이 병영에 자원해 역을 지고 있었고 민가마다 돌이나 화살을 만들어 병영으로 날랐다. 돈후는 마음이 무거웠다. 이들이 결사항전 한다면 두 진영 모두 큰 피해를 입을 것이다.

이제 그만 돌아가자는 을지를 설득해 병자들을 살피는 크고 작은 구제소들을 돌아보기 시작했다. 온요는 아픈 사람들을 그냥 지나치지 못한다. 광덕과 해림 주변에 없다면 필경 다쳤거나 병든 이들을 돌보는 곳에 있을 것이다.

외성부터 돌기 시작해 마지막으로 중성에 있는 가장 큰 규모의 구제소를 찾았다. 돈후는 줄지어 앉아 기다리는 병자들 틈에 끼어

들었다. 배달과 을지는 구제소 전체를 둘러보기 위해 자리를 떴다.

"줄을 서봐야 뭐 하나. 예전엔 멀건 미음이라도 내주더니 요즘엔 그마저도 없네. 쓴 약이라도 받을 수 있을지 모르겠어."

"아침나절에는 약을 받아 갔다고 합디다. 그래도 여기가 약재가 모이는 곳이라니 한번 기다려봅시다."

한탄하듯 주고받는 소리가 들렸다. 한눈에 보기에도 병색이 완연한 사람들. 돈후의 낯이 어두워졌다. 부식의 바람대로 서경은 풀기 없이 바짝 말라버렸다. 말라버린 정도가 아니라 병들고 있다. 입바람만 훅 불어도 모두 날아갈 것 같다.

돈후는 한숨을 내쉰 뒤 고개를 들어 주위를 둘러보았다. 병자들과 간병하는 의관들이 기운 없이 마당을 오갔다. 병사 옆에는 배부른 임부도 보였다. 난리통에 가장 불쌍한 존재는 여인과 아이들이다. 찬바람을 맞으면서도 꼿꼿하게 선 저 아낙은 무사히 아기를 낳을 수 있을까. 뱃속 아기는 서경의 태양을 볼 수 있을까.

그런데 가만히 보니 임부의 모습이 왠지 낯이 익다. 단정하게 빗어 묶은 머리를 말총처럼 늘어뜨리고 짐승 털로 된 귀마개를 했다. 가늘고 매끈한 목과 조붓한 어깨……. 가슴에서 찌르르 통증이 느껴졌다.

임부에게 의관으로 보이는 자가 다가갔다. 임부는 의관과 말을 주고받더니 작은 보따리 하나를 건네받았다. 고개 숙여 인사한 임부가 몸을 외로 틀자 얼굴이 드러났다. 임부의 얼굴을 확인한 돈후의 입이 함지처럼 벌어졌다.

온요다!

갑자기 세상이 정지한 듯 고요해졌다. 온요는 부른 배가 힘겨운지 허리를 짚고 두드렸다. 돈후는 벌떡 일어났다. 볼일이 끝난 온요가 건물 뒤편으로 걸음을 옮겼다. 돈후는 다급하게 소리쳤다.

"온요!"

부르는 소리를 들었는지 온요가 멈춰 섰다. 고개를 돌려 마당을 휘둘러보았지만 돈후를 발견하지는 못했다. 고개를 갸웃거리며 가려고 해 더 크게 소리쳐 불렀다. 마당을 메우고 앉은 병자들이 일제히 돈후를 쳐다보았다. 온요도 다시 돌아보았다.

돈후는 복면을 천천히 내렸다. 내가 왔다고, 네 사내가 찾아왔다고 알리고 싶었다. 초점을 모으며 쳐다보던 온요의 눈이 동그랗게 커졌다.

돈후는 앞으로 나아갔다. 병자들이 많아 발을 내딛기 힘들었다. 간신히 빈 공간을 찾아 디디며 나아가는데 온요가 뒷걸음질 치는 모습이 보였다. 눈에는 공포까지 서렸다. 돈후는 미간을 구기며 멈춰 섰다.

왜지? 왜 도망치려는 거지? 왜 나를 보고 두려워하는 거야?

돈후는 가지 말라 손을 뻗었다. 온요는 고개를 가로젓더니 몸을 돌려 뛰었다. 순간, 머릿속이 하얘졌다. 돈후는 온요를 붙잡기 위해 달려나갔다. 돈후의 발에 밟힌 사람들이 비명을 질러댔다.

누군가 돈후의 발목을 잡아챘다. 기우뚱 몸이 기울었다. 돈후는 바닥에 쓰러져 굴렀다. 사람들의 비명과 발길질이 날아들었다. 일어나려 했지만 배와 가슴팍을 파고드는 발길질에 몸을 펴지 못했다. 잠시 후 배달이 달려와 돈후를 감싸며 웅크렸다.

"제발 용서해주시오. 이놈이 난리 통에 가족을 잃고 실성을 해서 그렇소. 불쌍히 여겨 봐주시오. 부탁이오."

배달의 애원 덕분인지 발길질이 사라졌다. 하지만 돈후는 배달의 품 안에 갇혀 계속 버둥거렸다.

"당장 놓지 못하겠느냐? 저기 온요가 있다. 온요를 봤단 말이다!"

저항은 오래가지 못했다. 일순간 까만 어둠이 눈앞에 내려앉았고 돈후는 의식을 잃었다.

온요는 벌벌 떨며 구제소 뒷문을 빠져나왔다. 기다리던 갑이 쫓아와 보따리를 건네받으며 물었다.

"낯빛이 왜 이래? 어디 아파?"

턱이 제멋대로 부딪혀 소리를 냈다. 돈후다. 돈후가 왔다. 산채에 없으니 서경성 안까지 직접 찾아온 것이다. 평민으로 위장하고 복면으로 가린 탓에 금방 알아보지 못했다. 아직도 온요를 부르던 그의 목소리가 귓가에 쟁쟁했다.

온요는 개미굴처럼 구불구불 이어진 시전 뒷골목으로 숨어들었다. 돈후는 서경 지리를 잘 모르니 쉬 뒤쫓지 못할 것이다. 하지만 마음은 급해도 몸이 무거우니 허방다리를 짚은 것처럼 비틀거리느라 걸음이 더뎠다. 갑이 걱정하며 부축했다.

"산기가 있는 거야? 해림으로 갈까?"

"해림은 안 돼!"

온요는 우뚝 멈춰 서며 소리쳤다. 갑이 영문을 모르겠다는 표정을 지었다. 해림은 돈후도 알고 있는 곳이다. 제일 먼저 그곳부터 살필 것이다. 삼군 병영으로 돌아가야 한다. 돈후가 아무리 서경을 이 잡듯 뒤진다 해도 군사들이 있는 병영 안까지 찾아오지는 못할 것이다.

"대체 왜 그러는 거야? 이유라도 말해봐."

"잠시 배가 뭉쳐서 그랬어. 해림에 가면 아재가 걱정하실 거야."

갑은 미심쩍은 듯 미간을 모았지만 온요는 표정을 지우고 서둘러 걸었다.

그리운 얼굴이었다. 꿈에서나마 볼 수 있기를 바라던 얼굴이었다. 하지만 그를 만나서는 안 된다. 배부른 모습까지 보았으니 집착은 더 심해질 것이다. 돈후의 집착이 결국은 아이를 위험에 빠뜨릴 것이다. 온요는 이를 악물고 빌었다.

'제발 돌아가줘. 나를 잊어줘. 당신과 나는 이미 끝났잖아. 당신은 당신의 세상에서, 나는 나의 세상에서 살아야 해. 그래야 아이도 나도 살 수 있어.'

온요는 고개를 숙이고 달리듯 걸었다. 행여, 돈후가 사람들을 첩자로 풀어놓았다면 온요를 발견할지도 모를 일이다. 누군가 온요를 잡아채 돈후 앞에 끌고 갈지도 모를 일이다. 발걸음이 더욱 빨라졌다.

"아가씨."

누군가의 발이 앞을 가로막았다. 고개를 들어보니 을지다.

"어? 을지 아재네? 아재도 서경에 계셨던 거예요?"

천마산에서 서경까지 데려다준 탓에 안면이 있는 갑이 반색하며 인사했다. 온요는 핏기 가신 얼굴로 을지를 보았다. 결국 잡히고 말았다. 을지의 눈길이 부른 배로 향하자 눈앞이 캄캄해졌다.

"잠시 뵈어도 되겠습니까?"

갑에게 양해를 구한 을지가 인적 드문 골목으로 온요를 이끌었다. 서경 사람이라 그런지 시전 골목에 대해 잘 아는 듯했다. 초가와 초가 사이에 밖에서는 잘 보이지 않는 은밀한 공간이 있었다. 온요는 골목에 들어서자마자 애원했다.

"숙부님, 제발 저를 보내주세요. 모른 척해주세요."

"도련님의 아이가 아닙니까. 어찌 핏줄을 보고도 모른 척하라 하십니까."

"이 아이는 역당의 피가 섞였잖아요. 어머니 때와는 달라요."

돈후 생모를 언급하자 을지의 얼굴이 금세 굳었다.

"그가 저를 놓지 않으면 결국 그의 아버지가 나설 거예요. 그의 아버지는 역당의 핏줄이 태어나도록 놔둘 리 없어요. 숙부님, 이 아이는 김가의 피만 흐르는 게 아니에요. 숙부님의 피붙이이기도 하잖아요. 제발 아이를 살려주세요. 저는 아이가 죽게 놔둘 수 없어요. 어머니처럼 빼앗기고 싶지도 않아요. 아이를 제 손으로 키우며 살 수 있도록 부디 저를 도와주세요."

"……."

을지는 입을 다물었다. 바라보는 눈길이 흔들렸다. 갈등하는 것이다. 온요는 계속 애원했다. 온요의 읍소를 묵묵히 듣기만 하던 을지가 입을 열었다.

"알겠습니다. 하지만 서경은 위험합니다. 제가 도련님을 성 밖으로 모신 뒤 다시 오겠습니다. 혹시 제가 돌아오기 전에 위급한 상황이 생기거든 제 집으로 가십시오. 뒤편 창고에 숨어계시면 반드시 돌아와 원하시는 곳으로 보내드리겠습니다."

온요는 안도의 숨을 내쉬었다. 다행이다. 짐작대로 을지는 온요의 처지를 헤아려주었다. 거듭 고개 숙여 감사하다 인사하는데 을지가 확인하듯 물었다.

"정녕 도련님을 만나지 않으시겠습니까?"

"……."

보고 싶다. 당장 달려가 품으로 뛰어들고 싶다. 하지만 그래서는 안 된다. 온요와 돈후 사이에는 너무 많은 장애물이 있다. 그 장애물을 걷어내려면 많은 사람이 피를 흘려야 한다. 모두를 위해, 그리고 서로를 위해 온요와 돈후는 자신의 길을 가야 한다. 자신의 세상에서 살아야 한다.

온요는 끝내 답하지 않았다. 답하지 않았건만 답을 들은 듯 을지가 말했다.

"약속하십시오. 제가 돌아올 때까지 무사하시겠다고."

온요는 힘주어 고개를 끄덕였다. 걱정스럽게 보던 을지도 엷은 미소를 지었다.

온요는 골목을 나와 걸었다. 갑이 을지를 향해 손을 흔든 뒤 따라붙었다.

"무슨 일이야? 을지 아재와 무슨 이야기 했어?"

"이 아이는 돈후 공자님의 아이가 아니라고 했어."

"……."

수다쟁이 갑이 입을 다물었다. 의외다 싶어 쳐다보니 그저 낫낫하게 웃어 보였다.

"그 문제는 네가 알아서 해. 얼른 가자."

갑은 온요의 손을 힘주어 잡고 이끌었다. 고맙고 뭉클했다. 철없고 행동이 가볍다 여겨 마음 나누기를 저어했던 지난날이 미안해질 만큼.

온요는 갑과 함께 종종 걷는 속도를 높였다. 삼군 병영까지 가려면 서둘러야 했다.

◈ ◈ ◈

돈후는 닥치는 대로 부수고 밟았다. 얼마 되지도 않는 세간이 모두 부서지고 짓이겨졌다. 그래도 분이 풀리지 않았다.

토굴이 무너졌다. 서경으로 들어갈 길이 막혀버렸다. 구제소에서 잃은 정신을 회복했을 때 돈후는 토굴 속에 있었다. 을지와 배달이 밀고 끌며 나아가는 중이었다. 다시 돌아가기 위해 버둥거리다 또다시 정신을 잃었는데, 돈후의 발버둥으로 인해 토굴이 무너졌다고 했다.

열에 들떠 거친 숨을 몰아쉬는 돈후의 눈에 배달이 눈에 들어왔다. 저놈 때문이다. 구제소에서 온요를 뒤쫓았어야 했는데 저놈이 혈을 짚어 정신을 잃었다. 돈후는 배달에게 달려가 주먹을 날렸다. 일격이었음에도 무방비한 상태에서 맞은 탓인지 배달은 바닥에 나동그라져 굴렀다.

"너 때문이야. 네놈이 막는 바람에 다 틀어졌어."

돈후는 쓰러진 배달을 향해 발길질을 했다. 하지만 닿지 않았다.

을지가 다가와 돈후를 감싸 안으며 말렸다. 배달은 턱을 어루만지며 일어나 허리를 숙이고는 초가를 나갔다.

"배달이 아니었다면 도련님은 서경의 옥에 계셨을 겁니다."

을지의 말에 돈후는 목소리를 더욱 높였다.

"차라리 그게 나았습니다. 이 꼴이 뭡니까. 온요가 성안에 있는데, 며칠 후면 죽을지도 모르는데 저만 살아남으면 뭐 합니까. 저는 단 하루를 살더라도 온요와 함께 살아야겠습니다."

"아가씨를 산채에 모셔다드린 뒤 미련 없이 물러나신다 약속하지 않으셨습니까?"

"사정이 달라졌습니다. 온요가 제 아이를 가졌습니다."

"아기씨가 도련님 핏줄인지는 어찌 아십니까?"

돈후는 눈을 부라리며 소리쳤다.

"온요를 모욕하지 마십시오!"

보는 순간 알았다. 돈후의 자식이었다. 배의 크기를 보고 안 것이 아니다. 온요를 보는 순간 자신의 핏줄임을 느낄 수 있었다.

"도련님의 핏줄이라 확신하면서 왜 아가씨는 믿지 못하십니까?"

돈후는 을지를 등지고 돌아섰다. 그러고는 제 손을 내려다보았다. 기뻐하며 달려와 잡아줄 줄 알았는데 차갑게 외면당했다. 잡으려 뻗었으나 옷자락조차 붙잡지 못했다. 붙잡혀 죽을 위험을 감수하고 적지 한가운데로 뛰어들었는데 야박하게 내쳐졌다. 돈후는 빈손을 힘주어 말아 쥐었다.

화가 난다. 분노가 치민다. 내 자식을 가졌으면서 아비인 나에게 알리지 않았다. 알리지 않은 것만이 아니라 감추고 속이려 했다. 나를 본 뒤에 도망까지 쳤다. 아무리 내게 마음이 없다 해도 내 자식을 뱃속에 품고 달아나다니!

"아가씨에게도 피치 못할 사정이 있을 겁니다."

"알고 싶지 않습니다. 분명한 것은 뱃속의 아이가 제 자식이라는 사실입니다. 무슨 수를 써서라도 데려올 겁니다."

"……."

돈후는 숨을 가다듬었다. 생각을 해야 한다. 화만 쏟아낸다고 방법이 찾아지는 것이 아니다. 나란도 알고 있었을 것이다. 온요가 만삭이 되도록 몰랐을 리 없다. 이 나쁜 자식이 알고 있었으면서도 전해주지 않았다.

"나란부터 만나야겠습니다."

돈후는 초가를 나와 적토에 올랐다. 밖에 시립했던 배달을 향해 소리쳤다.

"배달! 산채로 길을 잡아라!"

배달은 곤란한 표정으로 을지를 쳐다보았다. 을지가 고개를 끄덕이자 훌쩍 뛰어 말에 오르더니 곧바로 달려나갔다. 돈후도 적토의 배를 걷어찼다. 을지까지 뒤따르면서 세 마리의 말이 마을을 빠져나와 들판을 달리기 시작했다. 말로 바삐 달리면 하루 거리라 했다. 더 재촉하고 서두르면 해 지기 전에 도착할 수 있을 것이다.

두 번의 검문이 있었지만 거침없이 달려갔다. 서경성 밖은 이미 토벌군 천지였다. 안주에 진주했던 중군은 서경 북쪽에 남하해 진을 갖추었다. 흙산은 성벽 높이만큼 쌓였고, 흙산 위에 설치해 성문을 깨부술 석포와 사다리를 장착한 운제도 이동하고 있었다. 돈후는 마음이 더욱 조급해졌다.

멀리 산자락이 보였다. 시작은 높지 않지만 갈수록 거대하고 용맹한 기세를 이어 뻗은 산줄기다. 배달이 넓게 휘돌아 한 골짜기를 향해 나아갔다. 돈후와 을지도 뒤를 따랐다.

돈후 일행이 골짜기로 들어서기 직전, 갑자기 휙 바람을 가르며 살이 지나갔다. 살은 돈후의 머리를 아슬아슬하게 비켜갔다. 놀란 돈후는 황급히 적토를 멈춰 세웠다. 말에서 내린 배달과 을지가 달려와 살이 날아온 곳을 가늠하며 활을 잼다.

"한 발자국이라도 더 나서면 이번에는 진짜 죽인다!"

나란의 목소리였다. 어디서 들려오는지 두리번거리는데 이십여 장 떨어진 등성이 위에 나란이 모습을 드러냈다. 돈후를 향해 살을 겨눈 채였다. 배달과 을지가 동시에 나란을 겨냥했다.

"아우님, 물러서시게. 내 살은 백발백중이라네."

배달이 소리치자 나란이 맞받았다.

"형님은 형님대로 쏘시오. 이 아우는 돈후만 맞추면 되니."

배달과 을지는 난감한 표정을 지었다. 누구든 조금이라도 움직이면 세 개의 살이 동시에 날 것이다. 팽팽한 긴장감이 흘렀다. 돈후는 적토에서 내린 뒤 나란을 향해 소리 높여 말했다.

"할 이야기가 있어서 왔다. 잠깐이면 된다."

"네놈만 나타나면 나쁜 일이 생기니 썩 꺼져!"

불끈, 분이 솟았다. 산채 사람들을 살려 보내준 이가 바로 나인데 산채에는 발도 들이지 말라고? 돈후는 피를 토해내듯 소리 질렀다.

"당장 내려와! 군사들 끌고 와서 다 때려 부수기 전에."

"마음대로 해! 너 죽이고 나 죽으면 그만이야."

"그게 내 자식 빼돌린 놈이 할 소리냐? 네놈이 뭔데 감히 내 자식을 빼돌려!"

"……."

나란에게 답이 없었다. 겨냥한 살은 흔들림이 없으나 마음에 동요가 있는 것은 분명했다. 돈후는 낮게 말했다.

"활을 거두세요."

주저하던 을지와 배달이 활을 내렸다. 하지만 나란은 여전히 돈후를 겨냥했다. 돈후는 움직이지 않고 버텼다. 설령 살을 맞는 한이 있더라도 물러서지 않을 것이다. 한 치의 흐트러짐 없이 버티자 결국 나란도 활을 거두었다.

돈후는 등성이를 내려온 나란을 향해 달려가 냅다 주먹부터 날렸다. 나란은 턱을 얻어맞고 비틀거렸다. 하지만 핏물 밴 침을 퉤, 뱉어내고는 범처럼 노려보며 말했다.

"잘 만났다 자식아, 지난번에 두들겨준 걸로는 분이 영 안 풀리더라."

나란의 주먹이 배를 푹 찌르며 들어왔다. 숨이 턱 막히고 허리가 꺾였다. 곧바로 나란의 발이 가슴을 쳐올렸다. 돈후는 그대로 나자빠졌다. 나란은 돈후를 깔고 앉아 멱살을 잡고 흔들며 말했다.

"네놈이 뭐 잘한 게 있다고 큰소리를 쳐? 네놈과 네놈 아비 때문에 온요도 운도 산채도 다 망가졌어. 건드리지 않고 놔두었으면 모두 잘 살았을 텐데 네놈 부자가 다 망가뜨렸다고! 그런데 이제 와서 무슨 자격으로 아비입네 헛소리야?"

"그래도 내가 아비야. 내 핏줄이야. 왜 숨겼어? 네놈이 뭔데 내게서 자식을 빼앗느냐고!"

돈후가 소리치자 나란이 목을 조르기 시작했다.

"너 같은 아비는 없는 게 나아. 온요와 아이 명줄 위협하는 게 바로 너야. 차라리 죽어. 죽어 없어지란 말이야!"

죽일 기세로 누르는 나란의 손에 정신이 아득해질 즈음 배달이 달려와 나란의 가슴팍을 걷어찼다. 나란은 돈후의 발치로 나가떨어졌다. 나란에게 다가가려는 배달을 을지가 잡아 말렸다. 나란은 대자로 누워 일어나지 않았다. 돈후는 가까스로 몸을 일으킨 뒤 엉금엉금 기어 나란 위에 올라탔다. 그러고는 나란의 멱살을 잡고 흔들며 말했다.

"온요 어디 있는지 말해. 서경에서 보긴 했는데 어디서 지내는지 알 수가 없어. 토굴이 무너져서 이젠 서경으로 들어갈 수도 없단 말이야."

외면하고 있던 나란이 고개를 돌려 돈후와 눈을 맞추었다.

"뭐? 토굴이 무너졌다고?"

"보름, 아니 열흘 후면 총공격이야. 빨리 말해. 온요가 어디 있는지 알아야 대책을 세울 거 아냐!"

"총공격?"

나란은 돈후를 밀쳐내고 일어나 앉았다. 낯은 흙빛이 되었다. 돈후가 재촉하자 어두운 목소리로 답했다.

"온요는 삼군 병영의 부상자 막사에 있다. 서북쪽 전방이야."

돈후는 다시 나란의 멱살을 움켜잡았다.

"뭐? 병영? 회임한 계집이 왜 병영에 있어? 온요 죽이려고 작정했어? 산채로 데려가라 했더니 서경성에 밀어 넣고, 그것도 모자라 전장에 보냈다고?"

"우라질! 내가 미쳤냐? 온요를 전장에 보내게? 아픈 사람 보면 환장하는 온요 고집을 누가 말리냐? 간신히 해림에 데려다 놨는데 배가 불러오니까 다시 돌아간 거야. 서경성 안에 첩자들이 득시글댄다더라. 혹시라도 네놈 아비가 회임한 거 알아채면 죽일까 봐 숨은 거라고!"

돈후는 머리를 얻어맞은 듯 멍해졌다. 아버지가 회임한 온요를 죽일까 봐 숨었다고?

"그리 솔발 치듯 돌아다니면 네 아비는 앉은 자리에서 천 리를 보겠다. 사냥 나왔다 봤기 망정이지 네놈이 여기서 더 들어왔으면 산채 위치도 드러났을 거야. 아직도 모르겠냐? 네놈이 온요 찾는다 설치면 그 길로 네 아비가 살수를 보낼 거야."

회임하여 배부른 온요를 본 뒤 너무 흥분하여 생각지 못했다. 그럴 것이다. 만약 아버지가 온요의 회임 사실을 알게 된다면 그리하고도 남을 것이다. 돈후는 고개를 꺾었다.

그래서 알리지 않은 것이냐. 나로 인해 뱃속 아이를 잃게 될까 봐? 나를 보자마자 도망친 것도 그 때문이냐. 못났어도 내가 아이의 아비인데 나 없이 살겠다는 뜻이냐. 저를 구하기 위해 목숨 걸고 적지까지 찾아갔건만 기어이 나를 따돌리겠다고? 설마…….

돈후는 나란을 노려보며 물었다.

"운은 어디 있어?"

나란은 답하지 못했다. 거듭 물었다.

"운은 어디 있냐고 묻잖아!"

"운이 어디 있든 네가 무슨 상관이냐?"

나란의 표정만 보아도 알 것 같다. 사정이 아무리 어렵게 되었다 해도 온요를 위험한 전장에 내버려둘 나란이 아니다. 온요 곁에 운이 있는 것이다. 온요는 아이 아비인 내가 아니라 정인의 보호를 받고자 병영으로 간 것이다. 내 자식을 뱃속에 품고 다른 사내를 찾아가다니! 서운하다. 괘씸하다. 서운하고 괘씸해서 분이 치솟는다.

돈후가 벌떡 일어서자 나란이 따라붙었다.

“넌 빠져. 네가 나서 보았자 괜히 일만 꼬여. 너와 온요의 연은 이미 지난여름에 끊어졌잖아.”

돈후는 눈심지를 돋우며 돌아섰다.

“누구 마음대로 연을 끊어? 온요 목숨 살리자고 보낸 거지 연 끊은 적 없어. 이제는 절대로 놔주지 않을 거야.”

“너 기어이…….”

나란이 달려들려 하자 을지가 몸으로 가로막았다. 어찌했는지는 모르지만 씩씩대던 나란은 순순히 물러났다.

돈후는 나란을 등지고 뚜벅뚜벅 걸어가 적토에 올랐다. 오르자마자 배를 걷어찼다. 적토는 왔던 길을 힘차게 달리기 시작했다. 배달이 돈후의 뒤를 따랐고 을지는 나란을 경계하다 뒤늦게 말에 올라 쫓아왔다.

어느덧 벌판에는 짙은 어둠이 내려앉았다. 어둡더라도 서둘러 가야 한다. 서북쪽 공격이 어떻게 이루어질지 세세히 파악해야 온요를 구할 방책을 찾을 수 있다. 돈후는 거듭 적토를 재촉하며 달려나갔다.

여명이 느껴지지 않는 어두운 새벽. 운은 눈을 떴다. 화로의 숯이 불기를 잃었는지 막사 안이 썰렁했다. 이제껏 추위와 더위를 느끼지 못하고 살았는데 몸 상태가 나빠진 모양이다. 겨울 끝자락임에도 한기 때문에 잠을 설쳤다.

몸을 일으키는데 옆구리에서 통증이 느껴졌다. 내려다보니 저고리에 피가 배었다. 손톱만 한 구멍이 났을 뿐인데 아직도 온전히 아물지 않았다. 침상에서 다리를 내렸다. 쇠 주머니라도 단 듯 무겁다. 이렇게 무거운 다리로 전장을 달릴 수나 있을지 걱정이다.

운은 정신을 일깨우기 위해 머리를 쓸었다. 무언가가 우수수 떨어졌다. 부싯돌을 쳐 불을 밝히고 살펴보니 머리카락이다. 운은 우두커니 앉아 떨어진 머리카락을 내려다보았다.

역시…… 중독된 것인가. 그래서 온요가 나를 볼 때마다 슬픈 눈빛을 한 것인가. 결전이 임박했는데 해림으로 돌아가지 않는 것도, 고집 피우며 병영에 남아 내 약을 꼬박꼬박 챙기는 것도 이것 때문인가. 내가 독으로 인해 죽어가는 것을 막아보려고?

온요는 내가 이미 오래전에 죽었다는 걸 모른다. 난생처음 사람 목숨을 빼앗았던 때를 생생히 기억한다. 서경성 근처까지 척후를 나온 토벌군 병사였다. 병영 주변을 염탐하던 그의 목을 움켜쥐고 단도로 혈을 끊었다. 찰나였지만 손아귀에서 펄떡이던 그의 맥이 일깨워주었다. 복수를 위해 든 칼이 결국은 나 자신을 향하게 되리라는 것을. 그리고 병사에게서 생명이 빠져나가는 순간 똑똑히 느꼈다. 나의 혼도 그와 함께 죽었다는 것을.

나의 혼은 이미 죽었는데 온요는 내가 계속 살아가길 원한다. 껍데기 같은 삶이라도 이어가길 바란다. 온요의 바람을 들어주고 싶지만, 바람대로 살아 그녀를 편안하게 해주고 싶지만 이제는 점점 버거워진다. 지치고…… 고단하다.

운은 다시 머리를 쓸었다. 마른 풀 같은 머리카락이 또 한 줌 빠져 바닥에 떨어졌다. 운은 남은 머리를 쓸어 올린 뒤 상투를 틀고 띠를 둘렀다. 띠 위에 건까지 썼다. 머리가 더 빠지면 온요가 눈치 챌 것이다. 그리고 더 슬픈 눈으로 볼 것이다.

토벌군이 전진 배치되었다. 곳곳에 흙산도 높이 쌓였다. 운이 있는 서북쪽에서는 해자 너머로 토벌군 부대의 이동이 확인될 정도다. 결전이 임박했으니 오늘은 목책을 점검하고 전술훈련을 마무리 지어야 한다. 운은 일어나 포를 꿰고 대를 둘렀다. 일과가 시작되기 전에 병영을 돌아볼 참이다.

"벌써 일어났어요?"

막이 걷히고 찬바람이 밀려들었다. 바람과 함께 온요가 들어왔다. 부른 배를 내밀고 선 온요의 손에 숯 바구니가 들렸다. 운은 다가가 숯 바구니를 낚아챘다.

"나를 화나게 하려고 작정을 했구나."

"설마 화나게 하려고 왔겠어요? 따뜻하게 해주려고 왔지."

온요는 웃으며 답한 뒤 침상으로 가 앉았다. 화로를 방치한 탓에 막사 안이 한데처럼 찼다. 운은 바구니에서 숯을 꺼내 화로에 얹었다. 가물가물한 불씨를 향해 훅훅 입바람을 불어 넣었다. 다행히 불기가 살아났다. 불을 피운 김에 차라도 한잔 내어주면 좋으련만 마신 지 오래되어 가진 게 없다. 따뜻한 물이라도 마시게 할까 싶어 돌아보는데 온요가 바닥에 떨어진 머리카락을 내려다보고 있었다. 운은 속으로 빌었다.

제발 슬픈 눈으로 보지 마라. 네가 나를 슬픈 눈으로 볼 때마다 나는 더 슬프다. 슬퍼서 아프다. 머잖아 죽어질 몸이지만 함께 있는 동안은 네가 웃는 모습을 보고 싶다. 그러니 제발 슬퍼하지 마라.

걱정과 달리 온요는 내색하지 않았다. 대신 품에서 작은 주머니를 꺼내 내밀었다. 받아서 열어보니 찻잎이 들어있다. 상품은 아니지만 오랜만에 맡아보는 다향에 머릿속이 맑아졌다.

"구제소에 약재 구하러 갔다가 얻었어요."

운은 미소 지었다. 화로에 물 단지를 올렸다. 다기를 구할 수 없으니 대접이라도 가져와야 할 것 같다. 제가 하겠다며 나서는 온요를 말리고 군속 막사에서 큰 대접 하나와 작은 대접 두 개를 구해 왔다. 막사 안으로 들어서는데 온요가 눈물을 닦으며 황급히 고개를 돌렸다. 운은 모른 척했다. 그저 덤덤한 낯으로 찻잎을 꺼내 대접에 담고는 온요 옆에 앉아 물이 데워지기를 기다렸다.

"청이 있다."

운이 입을 떼자 온요가 고개를 돌려 보았다.

"오늘 갑을 데리고 후방으로 가라. 이제 해림으로 가란 말은 하지 않겠다. 후방에 있어도 내 병증은 살필 수 있으니 그렇게 해다오."

"……."

"만약 청을 거절하면 나는 병영을 옮길 것이다."

온요의 눈빛이 날카로워졌다. 그러면서도 답은 하지 않았다. 상관없다. 답을 들으려 한 말이 아니다. 운은 손을 뻗어 온요의 머리를 쓸었다. 온요는 손길을 피하지 않았다.

그간 전위군영을 나와 삼군영에 머무른 것은 온요를 지키기 위해서였다. 하지만 결전이 시작되면 더 이상 온요의 안위를 장담할 수 없다. 온요를 후방으로 가게 한 뒤 병사들을 시켜 해림으로 보낼 것이다. 이후에는 장비 행수와 나란이 온요를 서경에서 빼낼 것이다. 또 그 이후에는…… 돈후 녀석이 온요 살릴 방법을 찾아내겠지.

물동이에서 김이 올라왔다. 운은 일어나 차 달일 준비를 했다. 찻잎을 넣은 대접에 데운 물을 붓자 향긋한 차 냄새가 퍼지기 시작했다. 초록으로 물든 찻물을 다시 작은 대접에 옮겨 담아 온요에게 건넸다. 온요는 차를 받아 향을 맡더니 고개를 숙여 한 모금 마셨다. 차를 마실 때마다 하얗고 동그란 정수리가 보였다.

다행이다. 생을 다하기 전에 온요와 함께 따뜻한 차를 나눌 수 있어서. 오늘의 기억만으로도 기쁘게 죽을 수 있을 것이다.

"저도 청이 있어요."

온요가 대접을 든 채 말했다. 목소리가 담담했다.

"제가 후방으로 가더라도 매일 저를 만나러 와줘요. 당신의 얼굴을 내게 보여줘요. 그리고 약속해줘요. 죽지 않겠다고, 살아남아 저를 보러 오겠다고."

"……."

"만약 청을 거절하면 저는 다시 전방으로 나올 거예요. 당신이 있든 없든 상관없어요."

피식 웃음이 샜다. 제 안위를 걸고 겁박하여 나를 살리고자 하는 온요. 제 앞날도 풍전등화면서 나를 지키겠다고 한다. 기실, 온요를 지키기 위해 삼군 병영에 머물렀다는 것은 거짓이다. 온요가 보고 싶었다. 잠시라도 온요의 안온한 손길에 기대어 숨 쉬고 싶었다. 그래서 죽지 않고 버텼다. 내가 온요를 지킨 것이 아니라 온요가 나를 지켜준 것이다.

답을 재촉하며 바라보는 온요를 향해 운은 고개를 끄덕였다. 그제야 온요가 웃어 보였다. 운이 물었다.

"서경이 패하면 너는 어찌하려느냐?"

"……."

온요는 답하지 못했다. 고민스러울 것이다. 온요도 운만큼이나 고단한 처지가 되어버렸다. 역당의 굴레를 쓰고 아이까지 품었으니 그 막막함을 어찌 말로 다 할 수 있을까. 침묵 끝에 온요가 입을 열었다.

"어릴 때 천마산에서 길 잃고 노숙했던 일, 기억해요? 당신과 저,

나란 셋이서 벌집을 캐러 나섰다가 길을 잃었잖아요. 날은 저물어 어두운데 아무도 부싯돌을 챙겨가지 않아 불을 피울 수 없었어요. 설상가상 산짐승들이 밤새 울어대서 얼마나 무서웠던지……. 그때 알았어요. 어둠 속에서도 빛만 있으면 살 수 있다는 것을. 어둡고 무서웠지만 달빛 덕분에 그 밤을 견뎠잖아요. 지금도 그때와 같아요. 앞날을 가늠할 수 없는 처지이지만 어떤 시련이 닥친다 해도 견딜 거예요. 저에겐 태중의 아이와 병자들, 그리고 당신이 빛이니까요. 그러니 당신도 죽지 말아요. 죽지 말고 살아남아 제게 빛이 되어줘요."

나도 온요에게 살아갈 이유가 된 것인가. 사내로는 받아줄 수 없으니 돌봐야 할 사람으로 끼워준 것인가. 따뜻한 마음이 고맙지만 서운한 마음이 든다. 내가 온요에게 바라는 것은 연민이 아니다.

하지만 온요는 그런 여인이었다. 남을 돌보며 사는 데서 생의 이유를 찾는……. 그래, 그럴 것이다. 과거에도 그랬듯이 앞으로도 남을 돌보며 살아갈 것이다. 아무리 힘들고 괴로워도 꺾이지 않을 것이다. 밟히고 치여도 씩씩하게 생을 이어가는 들꽃처럼.

"알았다. 네가 죽어도 된다고 할 때까지 죽지 않으마."

온요가 다시 웃었다. 운도 웃었다.

어느새 사위가 밝아지고 있었다.

함락

금상 재위 십사 년 이월.• 평서원수 김부식은 토벌군을 오군으로 나누어 서경의 역을 진압하기 위한 총공격 태세를 갖추었다.

서경은 삼면이 물로 둘러싸인 곳이다. 천연의 해자 덕분에 성문만 닫아걸면 누구도 넘보기 힘든 요새가 된다. 하지만 역설적으로 물길만 막으면 독 안에 든 쥐 형세가 되기도 한다. 부식은 지난여름 대동강 전투에서 얻은 경험을 바탕으로 수로부터 단단히 틀어막았다. 동원된 군선만 일백사십여 척. 대동강은 평지나 다름없이 메워졌다. 성문을 깨부술 방책으로는 성벽만큼 높은 흙산을 쌓았다. 흙

• 1136년 2월.

산 위에 석포를 설치해 커다란 돌이나 불덩이를 날리기로 했다. 효용이 크진 않아도 적의 이목을 분산시키고 공포를 주기에는 충분할 것이다.

관건은 아군의 피해를 최대한 줄이면서 성벽에 근접하는 일이었다. 서경민은 훈련된 병사뿐 아니라 아낙이나 어린아이까지 살을 잘 쏘았다. 그들은 달려드는 토벌군을 향해 살과 돌을 비처럼 뿌려댈 것이다. 하지만 토벌군은 피갑을 둘러 만든 충차를 방패 삼아 길을 뚫고, 사다리를 얹은 운제로 성벽 위에 길을 낼 것이다. 기병들은 날카로운 창을 꽂은 운괴를 앞세워 성문을 통과하고, 보병들은 열 지어 성벽을 넘을 것이다.

돈후는 해자 역할을 하는 하천 인근에서 광덕문을 바라보았다. 그리고 토벌군의 진입 계획을 복기했다. 특별할 것은 없는 공성 전략이지만 토벌군은 착실히 유리한 조건을 만들어왔다. 서경 주변에 퍼져있던 반란군을 압박하여 성안으로 몰아넣었고 물길과 밥길을 모조리 끊어놓았다. 게다가 토벌군은 수십 배가 넘는 무기를 가졌다. 본디 농성이 공성보다 유리한 법이지만 굶주린 반란군의 손에서 살과 돌이 떨어지면 결국 성은 함락될 것이다.

"원수께서 돌아오셨습니다."

군속이 다가와 부식의 귀영을 알렸다. 이미 오군 진영을 모두 둘러보며 독려한 부식은 마지막으로 윤언이를 만나고 왔다. 윤언이에게 이웃한 성문인 칠성문의 공격을 담당케 한 것도 부식의 전략

중 하나다. 윤언이는 부식과 껄끄럽다고는 해도 전술에 능하고 용감한 위인이니 협곡처럼 깊은 칠성문을 잘 뚫어낼 것이다.

돈후는 부식의 막사로 들어갔다. 총공격이 임박했지만 부식의 낯은 밝았다. 자신감에 찬 부식을 보는 돈후의 마음은 편치 않았다. 곧이어 저녁상이 들어왔다. 하얀 쌀밥과 몇 가지의 찬을 올린 간소한 상이다. 돈후는 부식과 함께 이른 저녁을 먹었다. 상을 물릴 즈음 부식이 물었다.

"별채 계집이 서경에 있느냐?"

돈후는 답하지 않았다. 그저 예사로운 낯으로 부식을 보았다.

"어차피 네 연이 아니었다. 서경은 곧 지도에서 사라질 테니 계집도 함께 묻어라."

"서경은 고려의 땅입니다. 고려가 고려 땅을 지운다 하심은 이치에 맞지 않습니다."

"서경은 오랑캐나 다름없는 놈들 때문에 더러워진 땅이야. 고구려의 기상을 잇겠다는 주장 자체가 불손하기 짝이 없는 일이었다."

"고구려를 잇겠다는 것은 태조대왕의 유훈입니다."

"고려는 신라의 맥을 이은 나라다. 천 년 왕조의 피를 이어받은 내가 각고의 정성을 쏟는 것도 그 때문이지. 허나, 더 중요한 것은 오랑캐 같은 놈들이 더 이상 이 나라를 흔들지 못하도록 싹을 자르는 일이다. 아비 뜻을 거역하려거든 당장 개경으로 돌아가거라."

"역을 진압고자 하는 것은 폐하의 뜻입니다. 저는 고려의 신하로

서 폐하의 뜻을 받들기 위해 왔습니다. 성이 함락되지 않는 한 돌아가지 않겠습니다."

부식은 안타까운 표정으로 돈후를 보았다. 돈후는 더 이상 대꾸하지 않았다.

늦은 밤 돈후는 부식의 뒤편에 서서 진격 준비를 마친 병사들의 열병을 지켜보았다. 광덕문 앞에는 수만의 중군 병사가 땅과 해자 모두를 새까맣게 뒤덮었다. 서경의 주요 성문 앞 풍경이 모두 이와 같을 것이다.

평원을 내달려 온 북풍이 토벌군 진영을 지나 성벽을 넘어갔다. 성벽 위에는 활을 멘 반란군 병사들이 뱀처럼 길게 진을 쳤다.

자시를 넘어 축시에 이르자 토벌군 진영에서 진격을 알리는 효시가 날았다. 길게 피리 소리를 내며 살이 날아오르자 사방에서 둥둥 북이 울렸다. 병사들이 성벽을 향해 함성을 질러댔다. 반란군을 심리적으로 위축시키기 위한 계산된 행동이었다.

석포에 장전한 불덩이가 성문을 향해 날아갔다. 앞줄에 선 궁수들이 불화살도 날렸다. 하지만 미치지 못한 채 성벽 앞에 떨어져 부서졌다. 전투를 지휘하는 장수가 깃발로 신호하자 병사들이 전진했다. 다시금 불덩이와 불화살이 어둠을 가르며 날아갔다. 북소리와 함성이 지축을 흔들었다.

돈후는 목울대가 출렁이도록 침을 삼켰다. 광덕문을 지키는 반란군 속에 운이 있을 것이다. 후방 어딘가에는 온요가 있을지도 모른다. 돈후는 중얼거렸다.

"운, 설마 온요를 전장에 그대로 두지는 않았겠지. 설령 네가 나에게 받아야 할 빚이 있다 한들 그녀를 이용하지는 않겠지. 만약 온요가 잘못되면 너를 용서치 않을 것이다."

성벽에 늘어선 반란군은 꼼짝하지 않았다. 눈앞에 불화살이 떨어지는데도 흐트러짐이 없었다. 살을 아끼기 위해 토벌군이 근접하기를 기다리는 것이다. 진중하고 영리한 지휘관을 둔 것이 틀림없다.

석포를 떠난 불덩이가 처음으로 성문에 닿아 부서졌다. 방어용으로 쌓아놓은 목책 더미에 불이 붙자 성루 근처에 있던 반란군 병사들이 물동이를 기울여 불을 껐다. 충차를 앞세우고 나무 방패를 든 토벌군이 납작하게 몸을 낮추고 성벽으로 전진하다 신호에 맞추어 함성을 지르며 달려갔다. 때를 기다린 반란군이 일제히 몸을 일으켜 살을 쏘았다. 쏟아지는 살에 토벌군이 우수수 쓰러졌다. 돈후 곁에 선 군관 몇몇의 입에서 탄식이 흘러나왔다.

예상대로 반란군의 저항은 만만치 않았다. 어렵사리 성벽에 닿은 병사가 있었으나 여지없이 반란군의 살과 돌에 맞아 나가떨어졌다. 성벽 위에서 부은 기름을 뒤집어쓰고 도망치다 불화살을 맞은 병사는 커다란 불덩이가 되어 굴러다니며 진을 헤집었다. 토벌군의 한 군관이 살을 쏘아 고통을 없애주었다.

성벽으로 다가가려는 토벌군과 막으려는 반란군 사이의 일진일퇴는 사위가 밝아지도록 계속되었다. 하지만 성문은 건재했다. 파도처럼 몰아붙였으나 성과를 얻지 못한 것이다. 이윽고 진을 물리라는 명령이 떨어졌다. 토벌군이 더 많이 상했지만 예상했던 일이다. 토벌군이 해자 밖으로 물러나자 반란군 쪽도 잠잠해졌다. 숨죽이며 지켜보던 돈후의 손에 식은땀이 배었다.

"나란이 찾아왔습니다. 보시겠습니까?"

배달이 다가와 낮게 속삭였다. 돈후는 고개를 끄덕인 뒤 배달을 따라 후방으로 향했다. 가는 동안 소란한 부상자 막사를 지났다. 살에 꿰이거나 돌을 맞아 머리가 터진 병사들이 피를 흘리며 신음했다. 부상자 막사 끝에 나란이 있었다. 돈후는 나란과 함께 빈 막사에 들었다. 나란이 말했다.

"성에 들어가야겠다. 네가 길을 찾아라."

"네 눈으로 직접 전장을 보고도 그런 소리가 나오냐? 십만의 군사들이 성을 에워쌌다. 지금은 개미 새끼도 드나들 수 없어."

"굽도 젖도 할 수 없다면 대체 네놈이 할 수 있는 게 뭐냐? 큰소리 뻥뻥 치는 것 말고 할 수 있는 게 있기는 하냐?"

돈후는 성큼 다가가 나란의 멱살을 쥐었다.

"온요를 서경에 밀어 넣은 놈이 누군데 그따위 소리야? 사지인 줄 알았으면 진즉에 데리고 나왔어야지!"

나란도 돈후의 멱살을 맞잡았다.

"네놈이 무너뜨린 토굴이 바로 온요가 나올 길이었어. 온요뿐인 줄 알아? 갑이도 있고 산채와 광덕 식구들도 있어. 그걸 네놈이 막아버린 거야. 네놈은 항상 그런 식이야. 제가 뭐라도 되는 양 깝치다가 일만 더럽게 꼬이게 만들어. 네놈이 바로 사달의 원흉이라고!"

돈후는 씩씩대다 멱살을 풀고 돌아섰다. 할 말도, 면목도 없었다. 둘 사이에는 거친 숨만 감돌았다. 돈후가 말했다.

"지금은 기다리는 수밖에 없어. 내시부 이름으로 병사와 군속을 몇 뽑아놓았다. 성문이 열리면 배달과 병사들을 데리고 곧바로 들어가 찾을 거야. 합류하고 싶으면 너도 예서 기다려. 나를 보좌할 내시부 군속으로 위장하면 될 테니."

"성문이 언제 열리는데?"

"칠성문은 벌써 성 밖 진지들을 부쉈다니 머잖아 뚫릴 것이다. 하지만 문을 뚫는다 해도 곧바로 성벽을 넘을 수 있는 것은 아니야. 성문 아래쪽 비탈에도 겹 진지를 세워 방어할 테니까. 광덕문은 저항이 거세 더 걸릴 것 같다. 지켜보다 칠성문이 먼저 뚫리면 그곳을 통해 들어갈 계획이다."

나란은 한동안 말이 없었다. 돈후도 입을 닫았다. 대책이 알량하니 자괴감이 들었다. 나란이 잠긴 목소리로 입을 열었다.

"토벌군이 성을 치면 운이 온요를 강제로라도 해림에 보낸다 했다. 장비 행수가 다른 식구들과 함께 안가로 데려갔을 거야. 중성 안에 가옥 두 채를 사들여 개조해놓은 곳이다. 본래는 밀수품 창고로 쓰려 했는데 난리가 나는 바람에 비어있었다. 아무튼 성이 함락되면 그곳을 은신처 삼기로 했으니 거기 숨어있을 거야. 들키지만 않는다면 한 달은 견딜 수 있다."

등졌던 돈후는 천천히 돌아섰다. 나란은 여전히 통명스러운 낯이었다. 다행이다. 전장에서 돌아다니지만 않는다면 무사히 구해낼 수 있을 것이다. 조이고 막혔던 숨길이 조금은 터지는 듯하다.

배달이 막사로 들어왔다. 그가 나란에게 흑의를 건넸다. 내시부를 뜻하는 문양이 달린 띠도 건넸다. 나란이 흑의와 띠를 받아들었다. 돈후는 전보다는 밝아진 낯빛으로 고개를 끄덕였다.

"대체 전장에 가서 무얼 하겠다는 것이냐?"

얼굴이 벌게진 덕우가 버럭 소리를 질렀다. 해림의 뒤뜰을 뒤흔드는 소리에 놀란 갑이 달려나왔다. 손에는 안가로 가져갈 커다란 짐 보따리가 들려있었다.

"네 모습을 좀 봐라. 언제 해산할지 모를 만삭의 몸이야. 애는 고사하고 네 목숨조차 보존할 수 있을지 모를 판국에 부상자들이 뭔 대수냐. 안 된다. 그것만은 절대 안 된다."

덕우는 두툼한 손을 휘휘 내저으며 돌아섰다. 화가 단단히 났는지 숨을 내쉴 때마다 등짐이 들썩거렸다. 동그랗게 눈을 키운 갑이

다가와 물었다.

"온요 너, 삼군영으로 돌아가려고?"

온요는 답 없이 갑과 눈을 맞추었다. 온요의 굳은 표정을 본 갑의 눈은 더욱 커졌다.

운과 했던 그날의 약속은 어그러졌다. 성 밖의 군사들을 모두 성 안으로 철수시키던 날, 온요와 갑을 실은 마차는 후방의 부상자 막사가 아닌 해림으로 향했다. 온요는 갑과 함께 짐처럼 해림에 부려졌다. 그리고 운은 온요를 만나러 오지 않았다.

"혹시 운 공자 때문이냐? 그렇다면 염려하지 마라. 여러 날 전에 운 공자가 광덕에 찾아왔었다. 너를 해림으로 보낼 테니 꼭 붙잡고 있으라 부탁하더구나. 상황이 나빠지면 운 공자도 안가로 오겠다 했으니 게서 기다리자. 지금은 그게 최선이야."

온요의 입에 쓴웃음이 물렸다. 운이 안가로 온다고? 그럴 리 없다. 온요를 해림에 보낸 것은 홀로 전장에 남아 죽겠다는 뜻이다. 온요는 덕우를 향해 한 걸음 다가섰다. 그러고는 덕우의 두툼한 손을 잡고 말했다.

"아재, 제가 전장에 가려는 것은 운 도련님 때문만은 아니에요. 생전에 운곡 아버지가 그러셨잖아요. 남이 필요로 하는 것은 내 것이 아니라고. 그렇게 다 내주신 덕분에 우리가 살 수 있었잖아요. 저는 아버지의 딸이에요. 의술도 아버지께 배웠고요. 저는 제 의술이 필요한 곳으로 가겠어요."

운곡 이야기를 하자 덕우의 목소리가 한결 누그러졌다.

"아무리…… 그렇다 해도 너는 태중에 아이를 품은 어미가 아니냐. 어떡해서든 아이를 살려야지, 그 위험한 곳에 가서 어찌 아이를 지킬 수 있겠느냐?"

"생과 사는 하늘의 일이에요. 원한다고 얻을 수도, 피한다고 피할 수도 없어요. 아재, 제가 아버지의 딸로 살 수 있도록 도와주세요. 부상자 막사는 후방에 있으니 큰 위험은 없을 거예요. 상황이 나빠지면 안가로 갈 테니 걱정 마세요."

덕우가 입을 움찔거리는 사이 갑이 끼어들었다.

"좋아, 함께 가자. 사실 나도 비겁하게 도망친 거 같아서 찜찜했거든. 나란이 네 옆에 꼭 붙어있으라 해서 어쩔 수 없었지만 네가 간다는데 내가 어떻게 안 가? 그리고 설마 성벽이 무너지겠어? 충의군이 어떤 군사들인데 호락호락 당하겠냐고."

덕우는 기가 막힌다는 듯 혀를 찼다. 갑은 들고 있던 짐 보따리를 덕우의 품에 건넨 뒤 손을 탁탁 털었다.

"행수님은 먼저 안가로 가세요. 그럴 리야 없겠지만, 만에 하나 성벽이 무너지면 그때 도망치면 되잖아요. 온요와 뱃속에 든 조카는 내가 지킬 테니 걱정일랑 붙들어 매세요."

갑이 눈을 찡긋거리며 웃었다. 온요도 미소 지으며 고개를 끄덕였다. 덕우는 거듭 안 된다 만류했지만 둘의 고집을 당해내지 못했다. 결국, 안가가 정돈되는 대로 둘을 데리러 가겠노라 다짐하는 선에서 물러났다.

실랑이 끝에 덕우와 헤어진 온요는 갑과 함께 삼군영으로 향했다. 치료에 쓸 커다란 베 보따리를 짊어진 갑은 씩씩하게 앞장서 걸었다. 미안하면서도 든든했다.

광덕문으로 연결된 대로에는 사람들의 긴 행렬이 이어졌다. 성벽에 올라 돌이라도 던지기 위해 자원한 이들이었다. 다리를 절룩이는 백발노인부터 솜털 가시지 않은 어린 소년까지 다양했다. 가슴이 먹먹했다.

부상자 막사에 이르자 낯익은 군속이 온요를 발견하고 달려왔다. 그가 퀭한 눈에 눈물을 매달며 반겼다.

"아이고, 마님 잘 오셨습니다. 부상자는 넘치는데 의원들이 죄다 도망을 치는 바람에 생지옥이 따로 없습니다."

군속은 인사를 마치자마자 막사로 들어가 온요가 왔음을 알렸다. 잠시 후 의원으로 보이는 자가 나타났다.

"어서 오시오. 병영에 여의(女醫)가 계셨다는 말을 듣기는 했소만, 염치없어 도움을 청하지도 못했소. 장정들도 도망치는 판국에 이리 선뜻 오셨으니 뭐라 감사를 드려야 할지 모르겠소."

의원의 복색을 살펴보니 궁의나 군의가 아니었다. 부상자들을 치료하다 나왔는지 옷에는 핏물이 잔뜩 배어있었다.

"보다시피 나는 시전에서 일하다 불려온 터라 전장 사정에 대해서는 아는 게 없소. 군속들도 절반은 도망쳐 경험 없는 사람들뿐이라오. 부디 잘 이끌어 주시오."

간단히 인사를 나눈 온요는 의원과 함께 부상자들이 있는 곳으로 갔다. 광덕문에서 가까운 낡은 기와집 한 채를 얻어 병사 겸 반빗간으로 쓰고 있었다.

온요는 먼저 군속을 불러 모았다. 약재를 준비하거나 부상자를 돌보고 베와 옷가지를 빨래할 이들을 나누어 일하게 했다. 그런 다음 의원에게 일렀다.

"전시라 외상을 입은 자가 대부분일 것입니다. 염증을 막을 약재와 베가 모자랄 테니 부상의 경중을 살펴 치료해야 합니다. 전투가 가능한 자와 불가능한 자를 구분해 표기하시고 치료가 끝난 자는 입구에 있는 군속에게 보내시면 됩니다."

설명을 들은 의원이 고개를 끄덕이고는 부상자 사이로 들어갔다. 둘러보니 곳곳에서 신음이 들렸다. 온요는 심호흡을 한 뒤 부상자들에게 다가갔다. 갑이 약재와 베를 들고 따라붙었다.

핏물을 닦고 상처를 씻어내고 약초를 바르는 일이 계속되었다. 한 시진쯤 흐른 뒤 어깨를 다친 병사가 들어왔다. 이미 제 손으로 뽑아냈는지 살은 보이지 않았다. 다행히 피는 멈추었고 뼈도 상하지 않았다. 피를 닦아낸 뒤 약초 가루를 뿌리고 베를 둘러 감았다.

"정 군장 나리의 부인이시지요?"

치료 받던 병사가 말을 건넸다. 온요는 놀란 눈을 했다. 그러고 보니 전위군 복색을 하고 있다.

"소식을 아십니까?"

"대장과 함께 문루 근처에 있었습니다. 무사하십니다."

온요는 눈을 감고 고개를 숙였다. 병사가 말을 이었다.

"대장께서 아시면 걱정이 크실 텐데 병영에 계셨습니까? 하준 형님께 듣기로는 댁으로 돌아가셨다 했는데……."

"의원이 없다 하여 다시 왔습니다. 저는 걱정하지 마세요. 이렇게 다쳐가며 성을 지키는 분들도 계신걸요."

병사의 눈이 물큰해졌다. 온요는 눈길을 피하며 감은 베에 매듭을 지어 마무리했다. 병사가 일어났다.

"그만 가보겠습니다. 대장께 전할 말씀이 있으십니까?"

온요는 고개를 저었다.

"아니요. 혹 만나시더라도 제가 예 있다는 말씀은 전하지 마세요. 전황이 급한데 저까지 걱정 끼치고 싶지 않아요."

병사는 깊어진 눈으로 온요를 보았다. 온요는 웃어 보였다. 병사는 허리를 굽혀 인사하고는 부상자 막사를 떠났다.

부상자들을 돌보는 사이 해가 기울었다. 전투는 간간이 이어졌으나 총공세는 아니라고 했다. 본격적인 전투는 밤에 이루어질 것이라고도 했다. 시커먼 구름이 하늘을 뒤덮더니 비가 흩뿌리기 시작했다. 동장군의 기세가 가시지 않은 이월, 부상을 입은 몸으로 또다시 버거운 전투를 치르기 위해 성문으로 향하는 병사들이 안쓰러웠다.

갑이 온요를 위해 밥덩이를 들고 왔다. 군량이 바닥난 줄 알았는데 요행히 쌀을 구했나 보다. 그러고 보니 종일 먹은 게 없다. 온요는 처마 밑에 갑과 함께 앉아 밥덩이를 씹었다. 군속들도 삼삼오오 둘러앉아 밥을 먹었다. 어쩌면 마지막 끼니가 될 지도 모를 저녁 시간, 막사의 공기는 무겁고 고요했다. 갑이 입을 열었다.

"성벽에 밥을 나르러 갔던 아지매가 그러더라. 토벌군이 성 밖을 떼처럼 뒤덮었는데 성벽에는 한 놈도 발을 붙이지 못했대. 서경성은 튼튼하니 걱정하지 말라 하더라. 너도 마음 편히 가져."

물어보지도 않은 말을 늘어놓는 것을 보면 갑도 불안한 모양이다. 온요는 미소 지으며 고개를 끄덕였다. 갑은 온요의 어깨를 두들기고는 일어나 반빗간으로 갔다. 온요는 봉긋한 배를 어루만지며 생각했다.

만약 성이 함락되면 어떻게 해야 할까. 어떻게 해야 아이를 살릴 수 있을까. 나란을 따라 산채로 가고 싶지만 모두를 위험에 빠뜨릴 것 같아 내키지 않는다. 덕우 아재를 따라 밀선을 타는 것이 그나마 나은데 만삭의 몸으로 군사 작전 하듯 배에 오를 일이 부담이다. 밀선에 오른다 한들 어선으로 위장한 배에 임부가 타고 있으면 검문을 통과하기 난망하리라. 어디 가나 짐이요 폐만 될 처지니 앞날이 막막하다. 차라리 을지의 제안을 따라볼까. 그를 믿어도…… 될까.

빗방울이 굵어졌다. 온요는 손을 내밀어 떨어지는 빗방울을 받았다. 얼음처럼 찬 빗물이 손바닥 위에서 부서졌다.

비 내리는 밤하늘을 쳐다보는데 담장 너머 성문 쪽에서 섬광이 일었다. 이어 북소리와 함성이 들리기 시작했다. 일을 보던 군속들이 마당에 뛰어나와 웅성거렸다. 온요도 허리를 짚고 일어났다.

"곧 부상자들이 밀려들 것이오. 다들 준비합시다!"

늙수그레한 군속이 소리쳤다. 온요도 아낙들과 함께 약재와 베를 점검하고 준비했다. 모두들 두려움과 긴장감에 굳은 낯이었다.

초조하게 기다리길 반 시진, 부상자를 실은 첫 수레가 들어왔다. 모두 달려가 부상당한 병사들을 대청으로 옮겼다. 낮과 달리 화상을 입은 병사들이 많았다. 붉은 속살을 드러내며 너덜거리는 상처에 베를 감을 수도 없어 난감했다.

누군가 비명을 질렀다. 부상자를 돌보던 이들이 다시 마당으로 뛰어나왔다. 한 아낙이 손가락으로 광덕문을 가리키며 소리쳤다.

"성루 쪽에 불이 났어요!"

사람들의 입에서 탄식이 흘러나왔다. 더러는 주저앉아 땅을 치며 흐느꼈다.

"아이고 어쩌나, 아이고 어쩌나……."

온요도 마당으로 내려가 섰다. 멀리 시뻘건 불꽃이 보였다. 한 차례 뿌린 비 때문인지 솟아오른 불꽃은 하늘 높이 검은 연기를 게워냈다. 가슴이 방망이질했다. 상처를 치료했던 전위군 병사는 운이 문루에 있다고 했었다. 온요는 섶을 부여잡고 빌었다.

"제발…… 무사해줘요."

성문이 불탔다. 부슬비 덕분에 문과 문루의 몸체는 보전되었지만 문 앞에 쌓아둔 목책들이 불타면서 재가 날렸다. 검댕을 뒤집어쓴 병사들의 뺨에는 하얀 눈물이 선을 그었다. 자책감은 전투에 자원한 백성들도 마찬가지였다. 조상들이 지은 성문 앞에서 재보다 짙어진 낯으로 화염의 부산물을 치웠다. 검게 그을린 성문은 마치 패장의 피갑처럼 흉측한 몰골로 서있었다.

운은 성벽 위에 걸터앉아 재 묻은 얼굴을 쓸었다. 간밤의 전투는 치열했다. 토벌군은 마치 계단을 하나씩 오르듯 세기를 더하며 밀려들었다. 간신히 침탈은 막아냈으나 이제는 얼마나 버틸 수 있을지 장담하기 어렵다.

지난밤 성 동편의 부벽루와 대동문 쪽에서도 불길이 일었다고 했다. 성 주변에 설치한 목책이 대부분 뽑혔으니 토벌군은 거침없이 달려들었을 것이다. 가장 많은 군사가 지키고 있는 대동문까지 무너진다면 그 길로 서경은 함락될 것이다. 길고 지루했던 싸움이 막바지를 향해 빠르게 내달리고 있다.

운은 일어나 성문 안쪽을 휘둘러보았다. 지치고 부상당한 병사들이 기대어 쉬는 모습이 보였다. 그 뒤로 기와와 초가지붕이 얼크러진 집촌이 넓게 펼쳐졌다. 아버지 지상과 묘청의 꿈이 서린 곳. 오랑캐가 아닌 동족의 말굽에 짓밟혀 스러질 서경의 운명이 자신의 모습처럼 쓰리고 처연했다. 운은 깊이 숨을 들이마셨다.

피할 곳 없는 들판에서 바람이 불어온다면 맞을 수밖에 없다. 스러질 운명이라면 맞서 싸우다 스러지면 될 것이다. 언젠가는 스러져 밟힌 곳에서 다시 움틀 날이 오겠지. 바람에 스러지는 것이 나의 운명이라면 기꺼이 받아들일 것이다.

불타거나 부서진 것들을 미처 수습하기도 전에 토벌군 진영에서 긴 나발 소리가 울려 퍼졌다. 다시금 전투를 위한 대오 정비에 들어간 것이다. 충의군 병사들의 낯이 어두워졌다. 두려운 기색이다. 성벽 위에 올라 토벌군의 움직임을 살피는 중에 하준이 다가와 아뢰었다.

"대장, 지난 새벽에 조 원수가 집에서 가족들과 함께 스스로 분사• 했다고 합니다. 낭중 유휘후를 비롯해 부장 중에도 자결한 자가 많다는 전언입니다."

운은 놀란 얼굴로 돌아보았다. 하준이 고개를 끄덕였다. 묘청의 목을 벤 일로 대화궁에 찾아갔을 때 조광이 했던 말이 생각났다. 서경이 패하면 스스로 죽겠다고 했었다. 아직도 병사와 백성들이 성벽에 붙어 몸부림치고 있건만 장수라는 자들이 그리 쉽게 목숨을 끊어버리다니, 비겁하고 못난 짓이다. 운의 미간이 잔뜩 구겨졌다.

• 焚死. 불에 타서 죽음.

"칠성문은 사실상 뚫린 것 같습니다. 토벌군 일부가 성안으로 진입해 성내에서도 전투가 벌어졌다 합니다. 서남쪽에서도 투석으로 성문이 부서져 조만간 침탈이 이루어질 것이라는 말이 돌고 있습니다. 온전한 곳은 우리 쪽과 대동문뿐입니다. 그리고……."

하준은 말을 멈추었다. 운이 쳐다보았으나 맺지 않았다. 무슨 말인지 재촉하자 균은 눈빛으로 고개를 가로저었다.

"아닙니다."

마침내 전세의 균형추가 기울었다. 오늘 밤은 성문을 지키지 못할 것이다. 고민하던 운은 하준을 향해 일렀다.

"모두 불러 모아라."

하준이 읍하고 성벽을 내려갔다. 잠시 후 병사와 백성들이 문 주변으로 모여들었다. 운은 성벽에 서서 소리쳤다.

"해가 기울었으니 곧 토벌군이 침범할 것이다. 이제는 그대들의 안위를 장담할 수 없다. 목숨을 보전코자 한다면 지금 당장 이곳을 떠나라. 군적을 불태울 것이니 병사들도 떠나는 것을 허락하겠다. 전장을 떠나 목숨을 보전하라. 목숨을 보전하여 서경의 피를 이어라. 서경의 피를 잇는 것도 그대들에게 남겨진 중요한 임무다."

모여든 무리 전체에 술렁임이 일었다. 운은 굳은 표정으로 내려다보았다. 반면 군관들은 낯을 구기며 쳐다보았다. 새벽부터 고위 장수들의 모습이 사라진 마당에 지위를 따져 물을 일은 아니나 운의 말이 주는 파장이 컸으리라.

웅성대던 병사들 중 일부가 병장기를 내려놓고 대열에서 이탈하기 시작했다. 처음에는 한둘에 불과했던 이들이 무리를 이루어 사라졌다. 짧은 시간이었지만 충의군 대오는 절반으로 줄어들었다. 더 이상 돌아서는 자가 없어지자 운은 우렁한 목소리로 연설했다.

"천견충의군은 들어라! 그대들이야말로 개마 무사의 진정한 후예다. 우리에게 고구려의 기상이 살아있는 한, 우리가 우리의 정신을 포기하지 않는 한, 그 누구도 우리에게서 혼을 빼앗아갈 수 없다. 우리는 오늘, 이 성벽을 사수할 것이다. 우리의 몸을 성벽에 묶어 피 흘리고 목숨을 바칠 것이다. 충의군이여, 서경을 위해 싸우자! 우리의 혼을 지키기 위해 기꺼이 전우들 곁으로 가자!"

운의 연설이 끝나자 병사들이 우레 같은 함성을 질렀다. 병장기를 땅땅 부딪치고 쿵쿵 발도 굴렀다. 기다렸다는 듯 토벌군 진영에서 둥둥 북소리가 울리기 시작했다. 침탈을 부추기는 소리다. 문루에 선 충의군 병사가 대오를 갖추라는 신호로 깃발을 휘둘렀다. 신호를 본 병사들이 일사불란하게 흩어져 진을 쳤다.

전진하는 토벌군 대오를 내려다보던 운은 품에서 주머니를 꺼냈다. 온요가 지니고 다녔다는 행운의 옥돌. 이제 더는 행운을 가져다줄 수 없겠지만 온요의 온기가 느껴졌다. 운은 중얼거렸다.

"부디 살아남아라. 살아남아서 내가 못다 한 생까지 누려다오."

해자를 넘는 토벌군의 수는 계속 늘어났다. 대오의 뒤까지 가늠해보니 이전과는 비교할 수 없을 정도로 많은 숫자다. 가장 높이 선 군관이 손을 들었다. 성벽을 지키는 충의군 모두가 숨을 죽였다. 거리가 더 좁혀졌다. 군관이 손을 내림과 동시에 살이 바람을 가르며 날아갔다. 앞선 토벌군이 우수수 쓰러졌다. 그러나 뒤이은 토벌군이 쓰러진 병사들을 넘어 달려왔다. 다시금 살이 날았다.

운은 살 끝에 불을 붙여 선두의 충차를 향해 날렸다. 불붙은 충차에서 토벌군 병사가 나와 불을 껐다. 운의 살이 불 끄는 병사를 향해 정확히 날아가 목을 꿰었다. 병사가 쓰러지자 다음 병사가 나와 불을 껐다. 이번에는 하준의 살이 날아가 병사의 가슴팍에 박혔다.

살을 비처럼 쏟아부었으나 토벌군은 거대한 파도처럼 밀려왔다. 그리고 마침내 성벽에 도달했다. 부서진 목책 대신 성문을 수호하기 위해 쌓아둔 돌과 수레가 순식간에 걷혀나갔다. 때를 맞추어 긴 사다리가 성벽에 걸쳐졌다. 사다리를 밀어내고 기름을 부었으나 새로운 사다리가 침범했다.

운은 활을 버리고 칼을 뽑았다. 전위군 병사들이 가장 먼저 칼을 휘둘러 사다리를 기어오르는 토벌군을 베었다. 앞선 토벌군이 칼을 맞고 굴러떨어졌다. 옆에 선 백성들이 돌을 던져 토벌군의 머리를 맞추었다. 돌을 맞은 자들이 피 뿜는 머리를 쥐고 쓰러졌다. 그래도 기어오르는 토벌군의 수는 줄지 않았다.

격렬하게 맞섰으나 한 시진도 못 되어 성벽은 온통 병장기 부딪히는 소리로 가득 찼다. 베고 찌르는 병장기들이 대장간처럼 불똥을 만들었다. 백병전이 벌어진 성벽 위에서 운은 닥치는 대로 베었다. 토벌군들이 쓰러지며 온몸에 피가 튀었다.

주변의 토벌군을 모두 베어 쓰러뜨리고 나자 어린 병사가 웅크린 모습이 눈에 들어왔다. 날아오는 살에 맞을까 덜덜 떨고 있었다. 운은 피갑을 벗어 그에게 입히고 퇴각하라 일렀다. 두려움에 찬 눈으로 운을 보던 어린 병사가 눈물을 보이며 성벽을 내려갔다.

운이 다시금 칼을 고쳐 잡는데 전위군 하나가 어깨에 살을 맞으며 나동그라졌다. 살이 날아온 쪽을 보니 토벌군 궁수 부대가 쇠뇌까지 동원해 무차별적으로 살을 날리고 있었다. 성벽 위에서 싸우는 제 편이 살을 맞는다 해도 수 싸움에서 유리하다는 판단일 것이다. 부식다운 전법이다.

곧이어 하준을 향해서도 살이 날아왔다. 운이 칼을 휘둘러 살을 쳐냈으나 또 날아왔다. 재차 쳐내는 순간, 다른 살이 운에게 날아와 퍽 소리를 내며 박혔다. 움찔 경련이 일더니 몸에서 힘이 빠져나갔다. 운은 그대로 주저앉았다. 살이 하나 더 날아와 복부에 박히자 몸이 기울었다.

하준이 날아오는 살을 쳐내며 운을 감싸 안았다. 성벽을 넘어온 토벌군 병사가 하준을 향해 칼을 치켜들었다. 운은 모든 기를 손끝에 모아 칼을 내질렀다. 운의 칼이 토벌군 병사의 배를 뚫었다. 토벌군 병사는 칼과 함께 고꾸라지며 운의 어깨를 베었다.

"대장!"

하준의 절규에 전위군 병사들이 나무 방패를 세우며 운 주변으로 다가왔다. 다가서며 토벌군들을 베어 넘겼다. 갑자기 귀가 멍멍해졌다. 소리가 사라지자 병사들의 움직임이 한바탕 춤처럼 보였다. 그리고 춤은 한동안 계속되었다.

하준이 운의 배에 꽂힌 두 개의 살대를 꺾었다. 내려다보니 검붉은 피가 저고리 위로 배어 나왔다. 하준은 운을 와락 껴안았다. 운의 몸이 허깨비처럼 흔들렸다. 하준을 밀어내려 했지만 손이 움직이지 않았다.

간신히 정신을 모으자 소리가 돌아왔다. 병장기 부딪히는 소리가 났으나 전처럼 요란하지는 않았다. 일차 저지는 성공한 모양이다.

울컥 피를 게웠다. 흐려진 시야에 눈물 흘리는 하준이 들어왔다. 웃으며 손을 뻗었다. 맥없이 떨리는 손으로 하준의 어깨를 두드렸다. 충의군 병사들이 경계하며 활을 쟀고, 전위군 몇도 하준 뒤에 부복하며 눈물을 흘렸다.

"모두 고마웠다. 먼저 가서…… 미안하다."

운은 피를 문 채 웃어 보였다. 이제는 정말 죽음이 눈앞에 다가왔다. 운은 눈을 감았다. 눈을 감는 순간 몸이 들렸다. 눈을 뜨니 하준의 등이다. 하준이 운을 업고 뛰어가고 있었다. 운은 중얼거리듯 말했다.

"소용……없다. 당장 내려라."

하준은 답하지 않고 달렸다. 운을 치료하기 위함일 것이나 부질없는 짓이다. 운은 이미 치명상을 입었다. 자신은 성벽에서 죽어야 하는데 하준이 그를 방해하고 있다. 훌쩍 뛰어내리고 싶었지만 몸 어디에도 힘이 들어가지 않았다.

하준의 보폭만큼 세상이 흔들렸다. 공포에 질린 사람들의 얼굴과 부상을 입어 피 흘리는 병사들도 흔들리며 지나갔다. 시야는 점점 흐려졌다. 운은 눈을 감았다. 다시금 귀가 멍멍해지고 소리가 잦아들었다. 누군가 흐느끼는 소리를 끝으로 적막이 찾아왔다. 비로소 죽음이라 생각하는 순간 날카로운 소리가 어둠의 장막을 찢었다.

"운!"

빛처럼 밀려든 소리에 힘겹게 눈을 떴다. 빛이 만들어 낸 안개가 시야를 가렸다. 맥없이 내려앉은 눈꺼풀을 다시 밀어 올리자 작고 갸름한 얼굴이 보였다.

온요였다.

❖ ❖ ❖

온요는 덜덜 떨리는 손으로 하준의 등에 업힌 운의 뺨을 어루만졌다. 검게 그을렸으나 핏기 없이 바랜 얼굴. 뜨는가 싶던 눈이 도로 감겼다. 목이 멨지만 온요는 다시 한 번 소리쳐 불렀다.

"운!"

운이 눈을 떴다. 놀란 듯 눈을 키우더니 미소 지었다.

"고집불통 같으니……."

운이 핏물 밴 입으로 중얼거렸다. 위중한 부상을 입고도, 전장에 나와있는 온요를 걱정하는 것이다. 온요의 눈에 눈물이 차올랐다.

눈물과 땀으로 뒤범벅이 된 하준이 온요를 쳐다보았다. 운을 어떻게 해야 하는지 묻는 눈빛이다. 온요는 하준을 이끌어 병사 안으로 들어갔다. 하준이 운을 바닥에 내려놓았다. 커다란 몸이 풀썩 누여졌다. 하준이 피 묻은 주먹으로 눈물을 훔친 뒤 말했다.

"대장을 부탁드립니다."

온요가 고개를 끄덕이자 하준이 일어섰다. 그러고는 운을 향해 부복하여 절하고 병사를 나갔다.

놀란 갑이 따라 들어와 목침을 내주고 뒤로 물러났다. 온요는 목침으로 운의 머리를 괴었다. 머리를 세우자 운이 울컥 피를 게웠다. 심장이 멎을 듯한 충격이 밀려왔다.

온요는 한눈에 운의 상태를 살폈다. 복부 위아래에 살 두 대를 맞았고 어깨는 칼에 베인 듯 갈라졌다. 피갑을 입지 않아 상처를 더욱 크게 입은 듯했다. 저고리에 피가 흥건했다. 색도 검붉다. 온요는 떨리는 가슴을 진정시켰다. 아무리 치명상을 입었다고 해도 방법이 있을 것이다. 먼저 상처부터 살피고 방법을 찾으면 된다.

저고리를 헤치려는데 운이 온요의 손목을 움켜잡았다. 온요가 쳐다보자 고개를 저었다.

"시간이…… 없다. 네 얼굴을…… 보여줘."

운은 자신이 치명상을 입었음을 알고 있다. 생이 얼마 남지 않았음도 알고 있다. 그래서 치료가 아닌 임종을 지키라 하는 것이다. 가슴이 멨다. 메인 가슴 길을 뚫고 울음이 올라왔다. 온요가 끅끅 흐느끼기 시작하자 운은 빙그레 웃었다.

"울지 마. 하준 덕분에 너를 보고 갈 수 있어 나는 기쁘다."

온요는 운의 가슴 위로 무너졌다. 무너져 울었다. 운이 떨리는 손으로 온요의 머리를 쓸었다.

"너를 만나 행복했다. 많이 외로웠지만 그래도…… 너를 볼 수 있어서 행복했어."

온요는 고개를 들었다. 위로라도 건네고 싶은데 울음이 목을 막아 아무 말도 할 수 없었다. 운이 온요의 얼굴을 향해 손을 뻗었다. 하지만 손은 맥없이 떨어졌다. 온요는 그 손을 잡아 제 얼굴에 대었다. 운의 손이 느리게 온요의 뺨을 쓸었다.

"청이 있다. 이번에는…… 들어줄래?"

온요가 고개를 끄덕이자 운은 말했다.

"다음 생에는…… 나만…… 봐다오."

왈칵 눈물이 쏟아졌다. 눈물 위를 또 다른 눈물이 덮었다. 온요는 재차 고개를 끄덕이며 답했다.

"그럴게요. 다음 생에는 당신만 볼게요."

운이 미소 지었다. 그러고는 섶을 쓸었다. 무언가를 꺼내려는 듯

했다. 운 대신 온요가 품을 뒤졌다. 섶 안쪽에 주머니가 있었다. 열어보니 옥돌이다. 눈을 키우며 쳐다보았다.

"늦게 돌려줘 미안하다. 너 닮은 돌이라 돌려주지……."

운이 다시금 울컥 피를 게웠다. 이번에는 색이 검다. 숨도 가빠졌다. 온요는 소리 내어 울기 시작했다. 함께 임종을 지키려던 갑은 참지 못하고 밖으로 뛰쳐나갔다. 온요는 엉엉 울며 피 묻은 운의 입을 닦아냈다. 운의 눈이 흐려지기 시작했다.

"허락해줘. 떠나도 된다고. 이제 그만…… 쉬고 싶다."

온요는 울음 섞인 소리로 답했다.

"그래요. 이제는 떠나요. 떠나서 편히 쉬어요."

운의 입에서 얕지만 긴 숨이 새어 나왔다. 온요는 운의 뺨을 두 손으로 감싸듯 잡고 입을 맞추었다. 차갑고 거친 운의 입술이 움찔거렸다. 온요는 눈을 감았다. 뺨을 타고 흘러내린 눈물이 운의 입술로 흘러들었다. 온요의 눈물을 머금은 운의 입술에서 생명의 기운이 사라졌다.

운은 더 이상 움직이지 않았다. 입술을 뗀 온요는 미처 다 감지 못한 운의 눈을 쓸어주었다. 그러고는 운의 머리를 안고 오열했다.

"미안해요, 미안해요, 미안해요……."

운이 죽었다. 세상을 버리고 떠났다. 태어나 이제까지 외롭기만 했던 사람. 그 외로운 여정을 끝내 함께해주지 못했다. 오롯이 온요만을 봐준 사람인데 아픔밖에 주지 못했다. 부디 다음 생에는 그의 삶에 위로가 될 수 있기를, 은애가 될 수 있기를, 현생에서는 주지 못한 모든 것을 줄 수 있기를…….

온요는 눈물을 닦았다. 이제는 운을 보내야 한다. 온요는 깨끗한 베를 골라 피 묻은 운의 몸을 닦기 시작했다. 건을 바로 씌우기 위해 매만지는데 듬성듬성 머리카락이 빠져 민둥산 같은 부위가 보였다. 또다시 목이 멨다. 죽지 말라는 자신 때문에 생의 마지막 순간까지 고단했을 운. 온요는 정성을 다해 머리를 쓸어 상투를 고쳐 매고 건을 씌웠다. 섶을 아물리고 대를 묶은 뒤에는 운의 팔과 다리를 가지런히 모았다. 그러고는 운 앞에 엎드렸다.

"온요야, 성문이 뚫렸대. 곧 토벌군이 들이닥칠 거야. 지금 가야 돼."

문을 열고 선 갑이 떨리는 목소리로 말했다. 온요는 몸을 일으켰다.

"안 돼. 운의 시신을 저들에게 넘겨줄 수 없어."

운의 신원을 확인하고 나면 점령군은 운의 목을 해월처럼 잘라 저자에 내걸 것이다. 운이 저들의 손에 또다시 상처 입고 훼손되도록 내버려 둘 수는 없다.

온요는 베 뭉치들을 운의 몸 위에 덮었다. 온요의 의도를 알아챈 갑도 뛰어나가 짚단을 들고 왔다. 어차피 의원도 군속도 부상병도 모두 도망쳐 빈집이다. 곳간처럼 독립된 곳이니 태우더라도 큰 피해는 없을 것이다. 온요가 운을 향해 허리를 숙여 예를 갖추자 갑이 화로에서 꺼낸 숯을 내밀었다. 운에게 다가가 짚단에 불을 붙이니 금세 화드득 소리를 내며 시뻘건 불길이 일었다.

온요는 갑과 함께 밖으로 나가 타는 불길을 지켜보았다. 운은 구안정에 누워있던 운곡처럼 편안해 보였다. 불길이 운을 삼키고 별채 밖으로 불꽃을 쏟아낼 무렵 주위에서 비명이 들리기 시작했다. 온요는 아랑곳하지 않고 사라지는 운을 향해 깊게 머리를 조아렸다.

갑이 온요의 손을 힘주어 잡았다. 고개를 들어보니 누군가 온요와 갑을 향해 손가락질을 했다. 옆에 선 사람은 병사인데 낯선 복장을 한 것으로 보아 토벌군이 분명했다. 갑이 온요의 손을 잡고 뛰기 시작했다. 온요는 갑을 뒤따르며 돌아보았다. 불길은 집 전체를 삼키고 있었다. 다행이다. 이제는 누구도 운의 몸에 손대지 못할 것이다. 운은 방해받지 않고 영면할 수 있을 것이다.

둘은 골목과 골목을 이어 달린 뒤 담벼락에 몸을 숨겼다. 사위가 어두워져 쉬 발각되지는 않을 것 같았다. 갑이 거친 숨을 몰아쉬며 말했다.

"토벌군이 깔렸으면 안가로 가기 힘들 텐데 어쩌지?"

몸을 숨긴 뒤에도 갑은 손을 놓지 않았다. 힘주어 붙잡은 그녀의 손에서 온요를 지키려는 따뜻한 마음이 느껴졌다. 온요가 말했다.

"여기서 헤어지자."

"안 돼. 네 옆에 붙어있겠다고 약속했단 말이야."

"둘이 함께 있으면 잡힐 가능성만 커져. 한 사람이라도 살아남아야지 않겠어? 눈에 띄지 않도록 따로 가자."

갑은 잠시 고민하더니 고개를 끄덕였다.

"좋아. 내가 나가서 이목을 끌 테니 너는 골목 뒤쪽으로 빠져나가."

온요가 정색하며 붙잡자 갑이 웃으며 설득했다.

"너는 몸이 무겁잖아. 그러니 시간을 벌어야지. 이래 봬도 산채에서 줄행랑치면 나란도 못 잡던 사고뭉치가 바로 나야. 노루처럼 달려서 안가로 갈 테니 거기서 만나. 알았지?"

말을 마치기 무섭게 갑이 골목을 뛰어나갔다. 갑을 붙잡으려 골목을 나서던 온요는 병사들을 발견하고 다시 물러나 몸을 감추었다. 골목을 기웃거리던 병사들의 시선이 일제히 갑에게 향했다. 그러더니 갑을 뒤쫓기 위해 달려갔다. 온요는 기도하는 마음으로 중얼거렸다.

"갑아, 무사해야 돼."

주위가 고요해진 뒤 온요는 골목을 나와 걷기 시작했다. 운의 시신을 태우면서 결심이 섰다. 갑에게는 미안하지만 안가로 가지 않을 것이다. 서경성이 함락되었으니 역당에 대한 단죄는 더욱 심해질 것이다. 추적을 피해 숨더라도 산채는 안 된다. 외국인 신분을 유지해 적을 가지지 않은 나란만이 유일한 희망인데 자신이 재를 뿌릴 수는 없다. 덕우와 있는 것도 위험하기는 마찬가지다. 회임해 무거운 몸으로는 모두에게 폐만 될 것이다. 신분을 감추고 홀로 도망칠 방법을 찾아야 한다.

온요는 옮기던 발을 우뚝 멈추었다. 배에서 뻐근한 통증이 느껴졌다. 얼마나 극심한지 허리가 절로 굽었다. 산통이다. 해산하려면 아직 여러 날이 남았는데 이런 낭패를 만나다니, 그것도 하필 쫓기는 마당에……. 온요는 아픈 배를 감싸고 벽에 몸을 기대었다. 칼과 창을 든 토벌군이 돌아다니고, 성한 집이라면 모두 문을 닫아건 이때 어디서 몸을 푼단 말인가. 눈앞이 캄캄했다.

그래, 그곳으로 가자. 온전히 믿을 수 없다 해도 지금으로서는 그곳밖에 없다. 해산한 뒤 빠져나갈 방법을 찾으면 된다.

통증이 잦아들었다. 다시 산통이 시작되려면 얼마간의 시간이 있다. 그때까지 최대한 가까이 가야 한다. 등에서 식은땀이 흘렀다. 멀리서 비명이 들렸다. 곳곳에서 불길도 치솟았다. 온요는 이를 악물고 기대었던 몸을 세웠다. 그러고는 발소리를 죽이며 골목을 빠져나왔다.

외성으로 이어진 대로에 이르자 충의군을 뒤쫓는 토벌군 무리가 괴성을 지르며 달려갔다. 쨍쨍 병장기 부딪히는 소리도 났다. 온요는 몸을 웅크린 채 어두운 대로를 지났다. 토벌군 무리가 또 지나갔으나 아무도 배부른 임부를 눈여겨보지 않았다.

온요는 대로를 벗어나자마자 들판을 내달리듯 걷기 시작했다. 이 들판의 끝에 대장장이 마을이 있을 것이다. 파수가 일어나기 전에, 아기가 머리를 내밀기 전에 을지의 창고로 가야 한다. 온요는 배를 감싸 안고 걸음을 재촉했다.

윤회

을지는 착잡한 기분으로 칠성문 앞에 섰다. 마침내 서경의 성문이 뚫렸다. 얼마 전까지만 해도 난공불락의 상징으로 통했던 칠성문은 지옥문처럼 시커먼 입을 벌린 채 서있었다.

돈후가 제일 먼저 성문을 통과했다. 나란과 배달, 그리고 병사 셋이 뒤이어 통과했다. 을지는 일행 맨 뒤편에서 따라갔다. 내시부의 표식을 알아보지 못한 병사 때문에 내성 진입이 지체되자, 돈후는 당장 병사를 참하기라도 할 듯 화를 냈다. 그 모습을 보고 있자니 을지의 마음은 더욱 무거워졌다.

윤언이 휘하의 병사들이 먼저 성문을 뚫었다는 소식이 전해졌을 때 돈후는 미친 듯이 칠성문을 향해 내달렸다. 내성 곳곳에서 전투가 벌어져 위험하다는 전언 따위는 아랑곳하지 않았다. 돈후의 머릿속에는 온요 외에는 아무것도 없는 듯했다. 살육이 난무하는 전장에서 처자의 안위를 걱정하는 것은 당연하지만, 정도가 지나쳐 문제다. 을지는 돈후가 온요에 대한 지나친 집착으로 위기를 자초할 것 같아 걱정스러웠다.

내성에 들어서자마자 부식의 중군도 성문을 뚫었다는 소식이 전해졌다. 성내를 장악하려면 시간이 더 걸리겠지만 소식을 들은 돈후는 극도로 불안해했다.

해가 중천에 오를 무렵 나란이 안가를 확인하기 위해 자리를 비웠다. 돈후도 따라가려 했지만 부식의 그림자가 뒤쫓을지 모른다며 거절했다. 을지도 돈후를 말렸다. 중성은 완전히 수복되지 않았으므로 돈후가 가기에는 너무 위험했다. 서경의 관리나 군관 중에 토벌군 원수의 아들을 알아보는 자가 있다면 돈후의 안위를 장담하기 어렵다.

초조한 기다림의 시간이 지난 뒤 나란이 돌아왔다. 낯빛이 좋지 않았다. 서성이던 돈후가 나란에게 뛰어갔다.

"어떻게 됐어? 거기 있어?"

"난리가 시작되자마자 온요와 갑이 부상자들을 돌본다고 전장으로 갔대. 광덕문 쪽이야. 성벽이 무너지면 안가로 온다고 해서 기다리고 있는데 아직 돌아오지 않았어."

돈후는 곧바로 말에 뛰어올라 배를 걷어찼다. 나란에 이어 을지도 돈후의 뒤를 따랐다. 광덕문이 있는 중성은 내성에 비해 소란했다. 여기저기에서 치솟는 불길이 보였고 토벌군이 병장기를 앞세우고 속속 밀려들고 있었다.

을지와 돈후 일행은 제일 먼저 부상자 막사로 썼다는 광덕문 근처의 기와집을 찾았다. 하지만 일행 모두는 집을 보자마자 얼어붙고 말았다. 돈후만이 머리를 감싸 쥐고 광인처럼 괴성을 질러댔다.

기와집이라던 건물은 밤새 불탔는지 흉물스러운 잿더미가 되어 있었다. 기둥 네 개가 겨우 서까래를 받치고 있었으나 무너지기 직전이었다. 나란이 잿더미 속으로 뛰어들려 했지만 배달과 병사들이 나서 붙잡았다. 잿더미 속에서는 아직도 잔 불꽃이 널름거렸다.

"여기는 왜 살피시오?"

지나던 토벌군 병사가 일행을 휘둘러 살피더니 을지에게 다가와 이유를 물었다. 을지는 다급히 되물었다.

"이곳이 왜 불탔는지 아는 바가 있소?"

"어젯밤에 웬 계집이 불태웠다고 하오. 지금 잡아서 조사 중인 걸로 알고 있소."

대화를 듣고 돈후가 달려왔다.

"붙잡은 계집은 어디 있느냐?"

"성문 쪽에 포로들을 잡아둔 임시 옥이 있습니다. 아마도 그곳에 있을……."

병사의 말이 채 끝나기도 전에 돈후는 성문 쪽으로 달려갔다. 모두 돈후의 뒤를 쫓았다. 임시로 포로들을 격리해둔 곳은 경계가 삼엄했다. 돈후가 패를 내보이자 병사가 쭈뼛거리며 안내했다. 을지와 나란만이 돈후를 뒤따르고 배달과 병사들은 밖에서 기다렸다.

부상을 당해 피 흘리는 반란군 병사들이 오라에 묶인 채 토벌군의 발길에 채이고 있었다. 치열한 전투로 독이 바짝 오른 토벌군 병사들의 눈은 살기로 번들거렸다. 여기저기에서 신음과 비명이 흘러나왔다. 포로들 안쪽에 헝클어진 모습으로 웅크린 갑이 보였다.

병사가 갑을 데리고 왔다. 갑은 나란을 보자마자 울음을 터뜨렸다. 돈후가 갑에게 다가서며 물었다.

"온요는 어디 있느냐?"

갑은 돈후를 보자마자 낯을 굳히고 쏘아보더니 외면했다. 돈후가 갑의 어깨를 잡아 흔들자 나란이 돈후의 손목을 움켜잡고 뜯어냈다. 나란의 눈에 날이 바짝 섰다. 돈후가 뿌리치고 다가서려 하자 아예 멱살을 그러쥐었다.

"다시는 얘 몸에 손대지 마."

나란이 위협하듯 말했지만 돈후는 멱살을 잡힌 채 갑을 향해 계속 소리쳤다.

"말해! 온요와 함께 있었잖아. 온요는 지금 어디 있냐고!"

을지는 보다못해 돈후를 감싸 안았다.

"보는 눈이 많습니다. 은밀히 해야 할 일 아닙니까."

돈후는 손을 들며 물러났다. 나란도 멱살을 놓았다. 병사들이 흘끔거렸다. 평정을 찾은 돈후는 앞장서 나왔다. 돈후의 명을 받은 병사들은 순순히 갑을 풀어주었다.

돈후 일행은 빈 초가를 찾아들었다. 병사들은 밖에서 경계하며 대기했다. 초가에 들어서자마자 온요의 소재를 물었지만 갑은 울기만 할 뿐 입을 열지 않았다. 돈후를 보는 눈빛에는 힐난을 넘어 적의가 담겨있었다. 결국 나란이 갑을 이끌고 방으로 들어갔다.

돈후는 초조한 듯 손을 매만지며 마당을 서성였다. 방 안에서는 아무 소리도 들리지 않았다. 참다못한 돈후가 방으로 다가서려고 하자 을지가 붙잡아 말렸다.

"기다리십시오. 다그쳐서 될 일이 아닙니다."

돈후는 한숨을 내쉬고 돌아섰다. 을지는 다시 초조하게 바장이는 돈후를 보며 생각했다.

온요 아가씨의 판단이 옳았다. 아가씨와 아이를 살리려면 돈후를 배제해야 한다. 돈후는 이성적인 판단을 하지 못하고 있다. 평소에는 누구보다 영민하면서도 아가씨의 일에는 앞뒤를 가리지 않고 덤벼든다. 결국 부식이 모든 것을 알게 될 것이다. 어쩌면 이미 알고 있을지도 모른다.

문이 열리고 나란이 나왔다. 돈후가 다가섰다. 나란의 얼굴은 굳어있었다. 그 역시 갑과 같은 눈빛이 되었다.

"어디 있는지 알아냈어?"

나란이 답하지 않고 노려보자 돈후는 멱살을 쥐고 흔들었다.

"빨리 대답해! 뭐라 했는지."

"운이 죽었다."

"……."

돈후의 손이 툭 떨어졌다. 그러고는 한 발 물러났다.

"온요와 함께 운의 임종을 지킨 뒤 시신을 집과 함께 불태웠대. 토벌군이 방화범으로 지목된 갑과 온요를 뒤쫓았는데, 갑이 나서서 이목을 끄는 동안 온요는 도망쳤단다. 갑이 알고 있는 것은 거기까지다."

돈후는 한동안 말이 없었다. 나란의 눈에서 굵은 눈물이 떨어졌다. 주먹으로 눈물을 훔치는 나란을 보며 을지는 생각했다.

도망쳤는데 안가로 가지 않았다면 아가씨는 내 말을 따른 것이다. 갑과 헤어져 도망친 지 하루가 되어간다. 가는 길이 험난치 않았다면 지금쯤 내 집 창고에 숨어있을 것이다.

돈후가 중얼거리듯 물었다.

"온요는 왜…… 안가로 가지 않은 거지?"

"그걸 내가 어찌 아냐? 안 간 건지 못 간 건지 알 수가 있나. 뭐, 배불뚝이가 가면 어디를 가겠냐. 성안 어딘가에 숨어있겠지."

돈후가 몸을 돌려 나서려 하자 나란이 붙잡았다.

"제발 너는 나서지 마. 네가 온요 찾는답시고 얼바람 풍기면 일만 더 꼬여. 너는 네 아비 의심 사지 않도록 돌아가라. 혹시 토벌군에게 붙잡혔을지도 모르니 옥부터 살펴봐. 나는 갑이를 안가에 데려다 놓고 나서 민가를 뒤져보겠다."

돈후가 주저하는 것 같아 을지도 거들었다.

"그리하십시오. 저도 찾겠습니다. 서경은 제 손바닥 아닙니까. 성 안에 계시다면 찾을 수 있습니다. 도련님은 아가씨가 붙잡히셨을 때를 대비하셔야지요."

돈후는 을지를 쳐다보았다. 어린아이처럼 떨며 흔들리는 눈빛이다. 을지는 안심하라는 의미로 고개를 끄덕여주었다. 돈후는 나란에게 내시부 패를 건네며 다짐을 했다.

"온요 빼돌리지 마. 허튼짓하면 네놈뿐 아니라 산채까지 끝장을 내버릴 테니."

"……."

나란은 답하지 않고 패만 받았다. 돈후가 노려보며 답을 재촉했음에도 굳게 다문 입을 열지 않았다. 돈후는 바짝 다가서며 윽박질렀다.

"내가 미쳐 날뛰는 모습이 보고 싶냐? 천지사방에 온요 용모파기라도 붙여야겠어?"

을지는 나란을 향해 눈짓을 보냈다. 지금 돈후를 자극해봐야 좋을 게 없다. 을지를 흘긋 본 나란이 마지못해 답했다.

"알았어."

나란의 짧은 답에 돈후는 만족하지 않았다.

"알았다니까! 적어도 너 몰래 빼돌리지는 않을게."

돈후는 그제야 돌아섰다. 초가를 나서는 돈후에게 나란이 말했다.

"운의 유골을 수습해야겠다."

돈후는 걸음을 멈추었다. 잠시간 침묵이 흘렀다. 나란도 답을 재촉하지는 않았다. 침묵하던 돈후가 잠긴 목소리로 말했다.

"잔불 꺼지면…… 그때 해라. 나도 돕겠다."

돈후가 배달을 데리고 초가를 나가자마자 나란은 갑을 불러냈다. 눈치를 살피며 나온 갑은 나란의 팔을 붙들고 섰다. 나란이 갑의 손등을 두드리며 안심시켰다. 하는 양을 보니 갑을 다그치는 돈후에게 나란이 분노를 보인 이유를 알 것 같다.

"아재 댁에도 없으면 어찌해야 하오?"

온요에게 대장장이 마을로 숨으라 충고한 일은 나란도 알고 있었다. 돈후가 용문산 초입에서 나란과 다툴 때 귀띔해두었다.

"의논한 대로 해야지 않겠나. 민가부터 샅샅이 뒤져야겠지."

"나는 먼저 애를 안가로 데려다 놓겠소. 아재는 온요가 있는지 확인부터 하시고, 게 있으면 안가로 데려오시오. 곳간 앞에서 헛기침 두 번만 하시면 되오."

고개를 끄덕여 보이자 나란은 갑과 함께 초가를 나섰다. 이제 초가 마당에는 을지만 남았다.

아가씨를 빼돌리면 돈후는 길길이 날뛸 것이다. 아가씨가 끝내 만나기를 거부한다면 오랫동안 피폐해져 살지도 모른다. 지난가을 주청루에서 술을 퍼마시던 때와는 비교할 수 없을 정도로. 하지만 지금으로서는 도리가 없다. 모두를 살리려면 아가씨가 원하는 대로 할 수밖에…….

을지는 굳은 낯으로 초가를 나섰다.

❖ ❖ ❖

집으로 가는 동안 을지는 혼란스러웠다. 자신이 나고 자란 서경이 참담하게 짓밟히고 있었다. 고려 전역에서 몰려든 토벌군 병사들은 역의 소굴에 산다는 이유만으로 모든 서경민을 역당 취급했다. 돈후와의 연만 아니었다면 자신도 저들처럼 짓밟히고 있었을 것이다. 어쩌면 정지상의 아들처럼 성벽에서 싸우다 죽었을지도 모른다. 방금 전 외성의 한 골목에서도 아낙을 겁탈하려는 토벌군 병사 두 놈의 목줄을 땄다. 전광석화로 처리했지만 발각된다면 돈후에게까지 해가 될 일이었다. 그럼에도 차마 못 본 척 지나칠 수 없었다.

무거운 마음으로 대장장이 마을로 들어섰다. 변란 때문인지 마을은 쥐 죽은 듯 고요했다. 을지는 소리를 죽이면서도 빠르게 걸어 집에 닿았다.

집은 떠날 때와 다름없이 썰렁했다. 흙무덤처럼 지어놓은 창고도 변한 게 없었다. 다가가 살피니 덮어두었던 가마니를 걷은 흔적이 보였다. 누군가 출입한 것이다. 가마니를 걷고 문을 열었다. 웅크린 여인의 등이 보였다. 온요였다.

온요가 고개를 돌려 을지를 보았다. 땀으로 범벅이 된 해쓱한 얼굴이었다. 을지는 창고로 들어서지 못하고 멈춰 섰다. 온요의 얼굴이 을유의 얼굴과 겹쳐 보였다. 같은 자리에서 을유가 저런 얼굴로 자신을 보았었다.

온요는 을지의 뒤부터 살폈다. 혼자 왔으니 걱정 말라는 뜻으로 고개를 끄덕이자 가쁜 숨을 몰아쉬며 말했다.

"아기가…… 나오려고 해요."

내려다보니 깔아놓은 짚단 위에 핏물이 보였다. 을지가 놀라 다가서자 온요는 손을 내저어 제지했다.

"오지 마세요."

을지는 재빨리 다가가 무릎으로 앉으며 말했다.

"도련님을 제 손으로 받았습니다. 도와드리겠습니다."

온요는 을지를 잠시 쳐다보더니 웃으며 고개를 저었다.

"혼자 할 수 있어요. 저는 의원이잖아요. 도와주시려거든 반빗간에 길어둔 물을 끓여주세요."

말을 마치자마자 온요는 바닥을 짚고 숨을 끊어 쉬기 시작했다. 출산이 임박한 것이다. 걱정스러웠지만 일어나 창고를 나왔다. 반빗간에 가보니 솥에 물이 가득 채워져있었다. 산통을 겪는 몸으로 물까지 길어다 놓은 것이다. 마른 장작 몇 개를 넣고 불을 지핀 뒤 창고로 돌아갔다.

"흡……."

창고 안에서 얕은 신음이 새어 나왔다. 을지는 창고 문을 열려고 뻗었던 손을 거두었다. 몹시 고통스러울 텐데도 온요는 비명 한 번 지르지 않았다. 대견한 마음이 들었다. 수줍음 많고 약해 보이지만 심지가 굳고 강한 여인이다. 을유와 닮았으면서도 다르다.

을유는 겁이 많고 정에 약했다. 초조해했고 그리워했다. 냉정한 부식이 돈후를 빼앗아간 뒤에도 언젠가는 자신을 불러줄 것이라 기대하며 살았다. 그렇게 기다리다 죽었다. 하루하루 말라가는 누이를 보며 을지의 삶도 말라갔다.

하지만 온요는 저 혼자 살겠다고 한다. 아기를 빼앗기지 않고 돈후와도 정을 끊겠다 한다. 을지는 을유가 온요처럼 하지 않았던 것이 아쉽고 한스러웠다. 돈후는 고려 최고의 사내로 자라났지만 혼이 편치 않다. 왕후장상으로 산다 한들 혼이 편치 않고서야 어찌 삶을 누린다 할 수 있을까. 을지는 그저 돕는 것이 아니라 온요의 뜻을 지켜주기로 마음먹었다. 조카를 배신하는 일이 될지언정 누이의 한을 되풀이할 수는 없다.

문틈으로 억눌린 비명이 짧게 들리는가 싶더니, 아기 울음소리가 새어 나왔다. 을지는 눈을 감았다. 을유와 돈후를 통해 이어진 또 하나의 핏줄. 자신과도 연결된 소중한 생명이 태어난 것이다. 가슴을 흔드는 아기 울음소리에 감은 눈에서 눈물이 줄줄 흘렀다.

하지만 마냥 감동만 하고 있을 수는 없었다. 을지는 긴장하여 주위를 휘둘러보았다. 창고는 땅을 파고 지은 뒤 짚단을 덮어놓아 웬만한 소음은 새지 않지만 그래도 고요한 밤이라 걱정되었다. 다행히 별다른 변화는 보이지 않았다. 을지의 집이 워낙 안쪽에 들어앉은 데다 변란 때문에 마을 사람들 모두 웅크려 숨은 탓이리라.

을지는 반빗간에서 데운 물을 대야에 담아 들고 창고로 들어갔다. 온요는 벌써 탯줄을 끊고 아기에게 젖을 물리고 있었다. 을지를 보고서는 빙그레 웃어 보였다. 을지는 또다시 을유의 얼굴을 보는 것 같아 가슴이 내려앉았다.

"아들이에요. 고맙게도 아주 건강해요."

대야를 부려놓고 다가가자 온요가 아기를 내밀었다. 온요는 주춤거리는 을지를 향해 고개를 끄덕였다. 을지는 조심스럽게 아기를 받아 안았다. 핏자국이 가시지 않은 아기가 을지의 품 안에서 꼬물거렸다. 을유와 돈후를 꼭 닮은 이목구비를 확인하는 순간 형언할 수 없는 감동이 밀려왔다.

아기를 씻긴 뒤 급히 찾아 꺼내온 베와 옷가지로 아기를 감쌌다. 아쉬운 것이 너무 많았다. 이대로 두면 아기와 온요 모두 산독으로 고생할 것이다. 온요는 괜찮다 했지만 을지는 고민했다. 동이 트려는지 어둠의 색이 옅어지기 시작했다.

을지는 마을 아낙의 도움을 빌기로 했다. 평소 안면이 있었던 젊은 과수를 찾아 부탁하니 필요한 것을 내주었다. 토벌군이 알면 안 된다 했더니 걱정 말라 했다. 과수는 변란 통에 친지를 잃어 토벌군에 대한 적개심이 높았다. 적어도 그녀가 토벌군에게 발고하는 일은 없을 것이다.

온요에게 멀건 죽으로 첫국밥을 먹인 뒤 거처를 옮겼다. 자신의 집 창고는 숨어있기에는 맞춤해도 감시의 눈길을 받기 쉬웠다. 해산 직후라 고통스러웠을 텐데도 온요는 아기를 안고 새벽길을 잘 걸었다.

마침 옆 마을에 빈 초가가 있었다. 상태도 좋은 편이었다. 수하로 있었던 이에게 온요를 부탁했다. 누군가 온요의 신원에 대해 묻는다면 그의 친척 누이가 될 것이다. 아쉬운 대로 며칠간은 온요가 조리를 할 수 있게 되었다.

집으로 돌아오니 해가 중천이었다. 을지는 서둘러 피 묻은 베와 태반 섞인 짚을 태웠다. 베와 짚이 시뻘건 불길에 몸을 사르고 재로 변할 무렵 나란이 배달과 함께 왔다.

"어찌 된 거요? 변이라도 생긴 줄 알았소. 온요는 예 오지 않았소?"

나란이 뛰어들자마자 물었다. 을지가 뒤뜰에서 한가하게 짚단이나 태우고 있는 게 이상했는지 배달의 눈이 가늘어졌다.

을지는 갈등했다. 이들에게 온요가 해산했음을 알려야 할까. 함구하라 하면 입을 열지는 않을 자들이다. 하지만 알고 거짓을 말하는 것과 몰라 말하지 못하는 것은 다르다. 아무래도 알리지 않는 편이 안전할 것이다.

"아가씨는 여기 오시지 않았네. 안가로 가는 길에 아가씨와 비슷한 아낙을 봤다는 이가 있어 추적하다 조금 전에 왔네. 안가는 주변에 병사들이 많아 들어가지 못했고."

"그래서 아낙은 찾았소?"

"찾았으나 아가씨는 아니었네."

나란은 낙담한 표정을 지었다. 배달은 여전히 의심스러운 낯이었다. 창고를 흘끔거리는 것이 이미 눈치를 챈 듯했다. 을지는 배달을 쳐다보면서 나란에게 말했다.

"걱정 말게. 토벌군에게 잡히지 않았다면 찾을 수 있을 게야. 명색이 도망 노비 찾아내는 추쇄꾼이 아닌가. 흠수까지 오면 속도를 낼 수 있을 것이네."

나란은 고개를 끄덕였다. 을지가 계속 굳은 눈길을 보내자 배달도 고개를 끄덕였다. 함구하겠다는 뜻이다. 나란이 물었다.

"어디서부터 시작하는 것이 좋겠소?"

"자네는 도련님과 상의하여 자네 식구들 탈출시킬 방법이나 찾게. 사람 찾는 것은 우리의 일이니 우리끼리 하는 게 낫네. 서경 사람들은 외부 사람을 잘 믿지 않아. 아가씨가 누군가의 도움을 받고 있다면 쉬 드러나지 않을 수도 있지. 그러니 우리에게 맡기게."

"알겠소. 그럼 아재만 믿겠소. 온요는 해산이 멀지 않았으니 서둘러야 하오. 몸이 약해 해산 중에 변이라도 생길까 그게 더 큰 걱정이오."

나란이 성큼 다가와 을지의 손을 잡았다. 아가씨의 오라비이고 아기에게는 외숙이 되는 자……. 거칠어 보여도 심성이 곱고 진중한 자다. 돈후의 좋은 동무이기도 하다. 아가씨를 성에서 빼낸 뒤에는 결국 이자의 도움을 받아야 할 것이다. 을지는 나란의 손을 두드리며 안심시켰다.

나란이 돌아간 뒤 배달이 입을 열었다.

"나리가 아시면 가만히 계시지 않을 거요."

"그렇겠지."

을지가 잔불을 발로 밟아 끄자 배달이 싸리비를 들고 와 쓸었다. 재를 쓸어 흙과 함께 버무린 뒤 손을 털며 말했다.

"나는 모르겠소. 형님이 하라는 대로 할 테니 뒷감당도 형님이 하시구려."

을지는 한숨을 쉬고 돌아섰다. 온요를 찾는 척하면서 돈후도 적당히 달래야 한다. 온요가 기력을 회복하는 동안 성에서 빼낼 방법도 찾아야 한다.

"그만 가자. 아가씨 찾는 시늉이라도 해야 할 테니."

집을 나섰다. 배달이 을지의 뒤를 따랐다.

부식은 금상이 하사한 부월을 앞세우고 입성했다. 역을 진압할 원수로 임명될 때 받은 금장 도끼였다. 부식은 관풍전에서 서경 수복을 공포했다. 화려한 의장을 갖춘 토벌군 장수들과 관리들이 하례했다. 부식은 이들 앞에서 수습을 위한 여러 가지 방안을 발표했다.

제일 먼저 반역과 저항을 이끈 서경의 장군과 고위 관리들을 참수해 저자에 목을 걸었다. 각 군을 다시 편제해 성문을 지키는 한편 어사대가 서경 내 창고를 관리케 했고, 병마판관을 개경으로 보내 승전을 알리는 표를 올리게 했다. 성내에는 질서 회복을 위한 약탈 금지 명령이 내려졌다.

장수들의 목이 저자에 걸리자 산발적으로 일어나던 저항도 소멸되었다. 하지만 반란 진압은 이제부터가 시작이었다. 서경의 관아들은 거대한 옥으로 변했다. 연일 살을 찢고 태우는 고문이 이루어졌다. 잡혀온 이들은 고통을 피하기 위해 없는 죄도 만들어 자복했고 죽음을 면하기 위해 피붙이 같은 이웃을 팔았다. 서경민 모두가 역당의 굴레를 쓸까 두려워하며 떨었다.

협조적인 백성들에게는 재물이나 상패가 내려졌으나 물밑으로는 서경민의 씨를 말리겠다는 겁박이 횡행했다. 옥에서는 시뻘겋게 달군 인두로 죄인들의 얼굴에 낙인을 찍었다. 전투에 참여하거나 저항한 자에게는 서경역적(西京逆賊), 단순 부역자에게는 서경(西京)이라는 먹 글자가 새겨졌다.

아수라장 같은 형벌의 난장이 진행되는 와중에 돈후는 부식의 부름을 받았다. 하오에 관풍전 집무실로 와서 차나 한잔 하자는 전언이었다. 온요를 찾느라 옥을 뒤지고 다니던 돈후는 의심을 사지 않기 위해 곧바로 달려갔다.

부식은 돈후를 앞에 두고 별다른 말이 없었다. 돈후가 먼저 입을 열었다. 온요를 찾는 데 집중하느라 미뤄온 이야기였다.

"모든 서경민에게 낙인을 찍으실 겁니까?"

차를 한 모금 마신 부식이 찻잔을 내려놓으며 답했다.

"서경민 모두를 죽일 수는 없지 않느냐. 허나 낙인을 찍어 그들의 더러운 피를 천하에 드러낼 수는 있지. 그리하면 다시는 고개를 들 수 없을 게야."

서경을 고려의 지도에서 지운다는 것은 결국 서경민 전체를 폐족으로 만들겠다는 뜻이었다. 서경이라는 낙인은 천형이 되어 노비보다 못한 신분을 만들어낼 것이다. 온요를 서경과 함께 묻으라고 한 것도 벗어날 수 없는 천형 때문이었으리라.

"그러면 저에게도 낙인을 찍으시겠습니까?"

"무슨 뜻이냐?"

"아시지 않습니까. 저에게도 서경의 피가 흐른다는 것을."

부식이 미간을 구기더니 끙 소리를 냈다.

"원하는 게 뭐냐? 무엇 때문에 또 아비 속을 긁는 것이냐?"

"역은 진압되었습니다. 관풍전에서 발표하신 대로만 하십시오. 반란의 원흉은 단죄하되 서경민은 위무하여 다시 고려의 충직한 백성이 되게 하십시오. 팽형 같은 극형도 멈추십시오. 솥단지에 삶아 고통스럽게 죽인다고 반란의 씨앗이 사라지지 않습니다. 문(文)과 제도로 다스리는 나라를 만들겠다 하지 않으셨습니까. 약탈을 금지했으면 약탈한 병사들을 법대로 처벌하십시오. 금지만 하고 벌하지 않으니 병사들이 도적이 되어가고 있습니다."

"네가 원하는 게 그것이냐?"

"조정에 아버지의 뜻과 다른 자들이 많습니다. 시기하는 자들도 많습니다. 지금은 숨죽이고 있으나 서경의 역을 과도하게 이용하시면 아버지께서 위태로워지실 수도 있습니다."

"네가 지금 아비를 걱정하는 것이냐?"

"고려는 아버지의 것이 아닙니다."

"뭐라?"

부식이 눈을 키웠다. 얼굴도 금세 달아올랐다. 찻잔을 움켜쥔 손이 부르르 떨렸다. 돈후는 흔들림 없이 말을 이었다.

"이자겸과 척준경의 최후를 똑똑히 보지 않으셨습니까. 과유불급의 우를 범하지 마시고 제가 존경하던 아버지로 돌아와 주십시오. 가문이나 망해버린 옛 왕조 따위가 아니라 고려를 위한 정치를 해주시란 말씀입니다."

"……."

노려보던 부식의 눈길에서 날이 사라졌다. 붉어진 얼굴도 제 색으로 돌아왔다. 빈 잔에 차를 따른 뒤에는 껄껄 웃기까지 했다. 차를 마신 부식이 입을 열었다.

"과연 내 장자로다. 오냐, 네 충언을 새겨들으마."

돈후는 부식을 향해 머리를 조아렸다.

"허나, 그렇다 해도 별채 계집은 안 된다."

부식은 돈후가 온요를 찾고 있음을 알고 있다. 돈후를 부른 것은 포기하라 다짐받기 위해서였을 것이다. 어차피 서경 안에서 부식이 모르는 일은 없으리라 예상했다. 안다 해도 눈을 피해 무사히 빼내기만 하면 된다. 빼낸 이후의 일은 아직 막막하지만 무슨 수를 써서라도 길을 찾을 것이다.

돈후는 미소 지으며 답했다.

"알고 있습니다."

설핏, 부식이 미간이 움직였다. 순순히 수긍하는 돈후의 반응이 의외였을 것이다. 하지만 덧붙이는 말은 없었다. 차를 마신 뒤 돈후는 부식의 집무실에서 물러났다.

관풍전을 나선 뒤 광덕의 안가로 향했다. 숨은 이들을 보호하기 위해 돈후는 광덕의 안가를 거처로 삼았다. 앞채는 자신의 숙소가 되었고 뒤채 곳간에는 광덕과 산채 사람들이 숨어 지냈다. 이미 절반은 성을 벗어났고 오늘 저녁에는 나란이 남은 사람들을 데리고 성을 빠져나갈 것이다. 돈후는 안가로 가면서 생각했다.

보름이 넘도록 흔적조차 보이지 않는 것은 아무래도 이상하다. 배부른 임부라 쉬 눈에 띌 텐데 옥 어디에도 만삭의 계집은 없다.

내시부에 딸린 관속들을 시켜 일일이 시체까지 살폈으나 찾지 못했다. 민가에 숨었다 해도 솜씨 좋은 을지와 배달의 추적까지 온전히 피하기는 어려울 텐데 머리카락 한 올도 발견되지 않았다.

추정할 수 있는 이유는 두 가지다. 부식 쪽에서 먼저 찾아냈거나 온요가 필사적으로 돈후의 추적을 피하고 있거나……. 부식 쪽에서도 은밀하게 해야 하는 일이니 익환이 주도하고 있을 것이다. 하지만 익환의 동태로 보건대 온요를 찾은 것 같지는 않다. 오히려 익환은 계속 돈후 주변을 감시하고 있다. 그렇다면 남은 가능성은 온요 스스로 나타나지 않는 것이다. 어딘가에 꽁꽁 숨어버린 것이다.

돈후는 걸음을 멈추었다. 고개가 힘없이 떨어졌다.

아직도 내게서 도망치고 있는 것이냐. 성이 함락되어 처지가 위태로워졌으면서 왜 나를 찾지 않는 것이냐. 나는 오직 너만을 위해 살고자 하는데, 왜 너는 나를 밀어내기만 하는 것이냐. 정녕 나 없이 살 생각이냐. 운이 세상을 떠난 마당에 산채까지 외면하고서 홀로 어찌 살려느냐. 혹시…… 운이 죽은 일로 나를 원망하는 것이냐. 정인의 죽음에 대한 복수를 이런 식으로 하려는 것이냐. 뱃속에 품은 내 자식과 함께 영영 사라지는 것으로?

돈후는 고개를 들고 입을 비틀었다.

그래, 어디 한번 숨어봐라. 도망쳐봐라. 세상 끝까지라도 쫓아가주겠다. 저승인들 못 쫓아갈 성싶으냐. 어디에 있든 반드시 너를 찾아내주겠다. 내가 너를 놓지 않는 한 너는 영원히 내게서 벗어날 수 없다.

돈후는 다시 자신의 처소이기도 한 광덕의 안가를 향해 걷기 시작했다. 나란이 데리고 나갈 산채 사람들 속에 온요를 몰래 끼워 넣지 않았는지 직접 확인해야 했다.

을지는 몇 번이고 뒤를 점검했다. 부식의 수하가 뒤따르고 있을지 모를 일이었다. 마을을 빙빙 돌고, 왔던 길을 되돌아 어지럽힌 뒤 미행이 없음을 확인하고서야 온요가 머무르는 초가로 향했다.

산독으로 퉁퉁 부었던 온요는 삼칠일이 가까워지자 제법 회복된 모습이었다. 을지가 방으로 들어서자 반갑게 웃어 보이며 맞았다. 언제 보아도 고운 여인이다.

하지만 이제는 중요한 결정을 해야 할 때가 되었다. 을지가 굳은 낯으로 쳐다보자 온요도 눈치를 챈 듯 긴장한 표정을 내보였다.

“정녕 도련님을 만나지 않고 떠나시겠습니까?”

온요는 힘주어 고개를 끄덕였다. 눈빛도 흔들림이 없다.

“좋습니다. 민간에 대한 호구조사가 확대되고 있어 이 마을도 안전하지 못합니다. 날이 밝는 대로 성을 빠져나갑시다. 미욱하나 제가 두 분을 끝까지 모시겠습니다."

온요가 다가와 손을 잡았다. 촉촉해진 눈으로 쳐다보고는 고개 숙여 감사를 표했다. 시큰해진 을지는 가져온 보따리를 끌러 옷을 내놓았다. 사내 옷이었다. 성문을 통과할 때 내시부 관속으로 위장할 계획이다. 아기는 대나무로 짠 궤에 넣어 짐처럼 지고 나가야 한다. 울기라도 하면 큰일이지만 어차피 위험은 감수해야 한다. 나간 뒤에는 성주와 안변을 지나 고리 마을로 갈 것이다.

화척들이 모여 사는 고리 마을을 목적지로 삼은 것은 온요가 가장 천한 곳으로 가기를 원했기 때문이다. 사냥을 업으로 삼는 화척들이야 거칠기가 도적 같지만 고리를 만드는 이들은 향이나 소에 사는 백성과 다를 바가 없다. 호적에도 오르지 않는 이들이 모여 사는 데다 을지의 옛 수하가 있는 곳이기도 하니 당분간은 안전하게 지낼 수 있을 것이다.

설명을 마치고 방을 나서려는데 온요가 붙잡았다. 돌아보자 작은 천 조각을 손에 쥐어주었다.

"전에 드린 가리개가 낡은 듯하여 새로 만들었어요. 드릴 것이 이것밖에 없으니 뵈올 면목이 없어요."

돈후가 이 작은 여인에게 왜 그리 집착하는지 알 것 같다. 세상일이 험하게 돌아가지 않았다면 돈후에게 좋은 배필이 되었을 텐데 안타까울 따름이다. 을지는 웃으며 답했다.

"고맙습니다. 제게는 가장 귀한 선물입니다."

새벽 어스름이 시작될 무렵 을지는 온요와 아기를 데리고 길을 나섰다. 중성의 관문을 지나 광덕문으로 향했다. 서경 관리들이 상여꾼으로 위장해 성문을 빠져나가려다 붙잡힌 일로 대동문을 비롯한 남쪽 성문과 대동강 하류는 경계가 심해져 마땅치 않았다.

광덕문에 가까워지자 날이 완전히 밝았다. 성문이 열리기 직전, 온요는 골목 안쪽에 쪼그리고 앉아 아기에게 젖을 먹이고 재웠다. 그러고는 아기를 꽁꽁 싸서 궤에 넣었다.

오시가 되자 성문이 열렸다. 검문을 받기 위해 긴 줄이 늘어섰다. 을지의 차례가 되자 토벌군 병사가 다가왔다. 내시부의 인이 찍힌 종이를 내보였다. 병사가 문서를 살피는 사이 아기가 칭얼거렸다. 순간, 을지와 온요의 낯은 사색이 되었다. 고양이 울음 같은 소리에 병사가 고개를 기울이며 주위를 두리번거렸다. 을지는 잔뜩 긴장한 채 슬그머니 칼자루를 잡았다. 여차하면 병사를 베고 달아나는 수밖에 없다. 다행히 병사는 고개를 끄덕이더니 순순히 길을 내주었다.

육중한 성문을 지나는데 식은땀이 흘러내렸다. 평생 안 해본 일이 없이 살아왔지만 지금처럼 긴장한 적은 없었다. 걱정과 달리 온요는 담담한 표정이었다. 검댕을 바른 얼굴은 영락없이 어린 관노였다.

광덕문을 나와 쪽배를 타고 해자를 건넜다. 해자 건너에도 병사들이 있었다. 어디 가는지를 묻기에 안주부에 심부름 가는 길이라

답했다. 병사들을 등지고 걷기를 십여 장 쯤, 아기의 칭얼거림이 심해졌다. 을지와 온요는 보폭을 넓혀 뛰기 시작했다. 금방이라도 병사들이 달려와 뒷덜미를 잡을 것 같았다. 한 시진을 꼬박 뛰듯 걸어 서경성에서 멀어진 뒤에야 숨을 돌렸다. 온요는 가쁜 숨을 뱉어내며 밝게 웃어 보였다.

해산한 지 얼마 되지 않은 온요를 생각하면 충분히 쉬어야 했지만 그럴 수 없었다. 하루 거리 마을에 말을 구해놓았으니 날이 저물기 전에 서둘러 가야 했다. 아기에게 젖을 주느라 두어 차례 멈춘 것을 제외하고는 온요는 장정처럼 걸었다. 참는 데는 도가 튼 여인이다.

땅거미가 질 무렵 대동강 상류의 산마을로 들어섰다. 야트막한 산 아래에 초가 몇 호가 전부인 외딴 마을이었다.

대장장이 일을 하면서 알게 된 촌로에게 맡겨둔 말을 찾으러 갔다. 그런데 낌새가 이상했다. 촌로와 그의 식솔이 보이지 않았다. 말을 묶어두었던 외양간도 비었다. 무언가 잘못되었다. 서둘러 초가를 빠져나와 온요를 이끌고 마을을 벗어났다.

오래지 않아 추격자들이 나타났다. 을지는 온요와 아기를 산으로 이끌었다. 등에 진 짐은 버리고 칼을 빼어 들었다. 내려다보니 추격자의 수는 모두 셋. 보이는 자들이 전부라면 충분히 감당할 만하다. 허나 저들이 다는 아닐 것이다.

"조금만 올라가시면 커다란 바위 뒤에 웅덩이 같은 토굴이 있습니다. 게서 기다리십시오. 일각 정도 지나도 오지 않거든 뒤돌아보지 말고 가십시오. 성주에서 뵙겠습니다."

불안한 눈빛으로 쳐다보던 온요는 고개를 끄덕인 뒤 아기를 안고 뛰었다. 을지는 칼을 들고 등성이를 내려갔다. 추격자 셋이 대형을 만들며 접근했다. 품새를 보니 훈련된 자들이었다.

몇 차례 합이 오갔다. 일부러 다리 쪽을 겨냥해 베었다. 추격자 둘이 바닥에 뒹굴며 신음을 뱉어냈다. 남은 놈을 마저 베려 했으나 잽싸게 줄행랑을 쳤다. 쫓지 않았다. 대신 쓰러진 한 놈의 목에 칼을 바짝 겨누고 물었다.

"누구의 명으로 왔느냐?"

"장익환 나리의 수하요."

"어찌 알고 왔느냐?"

"당신을 감시한 지 오래되었소. 아가씨의 거처만 파악지 못했는데 오늘 새벽 광덕문에서 발견했지. 포기하시오. 이미 후미에도 연락을 취했소."

낭패다. 충분히 조심했다 생각했건만 꼬리를 밟혔다.

"후미는 얼마나 되느냐?"

심문받던 놈은 답 없이 웃어 보였다. 을지는 두 놈 모두의 뒷머리를 쳐 기절시켰다. 일어나 살피니 벌써 말을 달려오는 무리가 등성이에 이르렀다. 세어보니 모두 일곱. 모두 훈련된 자일 테니 제압하기는 어렵다. 죽기로 맞서면 시간은 벌 수 있을 것이다.

을지가 내려가자 말을 타고 달려온 추격자들이 부채처럼 진을 펼치며 다가왔다. 꼭짓점에 선 자는 익환이었다.

"맞서지 말게. 자네가 맞서면 모두 죽일 수밖에 없어."

을지는 답하지 않은 채 칼을 세웠다. 자신을 포위하듯 둘러싼 자들의 발을 확인했다. 보통내기들이 아니다. 기껏해야 스무 합. 어쩌면 열 합도 버티지 못할 것이다. 부디 온요가 한 장이라도 더 거리를 벌리기만을 빌었다.

칼자루 잡은 손에 힘을 주고 나서려는데 아기 울음소리가 들렸다. 돌아보니 온요가 아기를 안고 등성이를 달려 내려오고 있었다. 그 뒤로 횃불 든 장정 셋이 쫓는 모습이 보였다. 또 다른 추격자가 있었던 것이다.

온요가 을지의 등 뒤에 이르자 익환이 그녀를 향해 목례했다.

"오랜만에 뵙습니다. 고충이 크셨을 터이나 아기씨를 내어주셨으면 합니다."

온요는 익환을 보며 고개를 저었다.

"안 돼요. 이 아이는 제 아이예요."

"제발 부탁드립니다. 저항하지 마십시오."

을지는 미간을 찡그렸다. 익환이 했던 말을 반추해보니 부식이 온요와 아기를 둘 다 죽이라 한 것이 틀림없다. 혹은 온요는 죽이고 아이만 살리라 했거나. 스무 해 전보다 사정이 더 나빠졌다. 혼란스럽다. 아기라도 살려야 하는가. 하지만 온요를 잃을 수도 없다. 온요가 죽는 것은 을유가 두 번 죽는 것처럼 느껴진다. 을지는 온요를 향해 물었다.

"어떻게 하시겠습니까?"

"……."

온요는 답하지 못했다. 그저 입술을 깨물며 눈물 그렁한 눈으로 쳐다보았다. 아기를 지키고 싶으나 을지의 안위를 걱정하는 것이다. 을지는 익환을 향해 빙긋 웃어 보였다.

"아가씨가 안 된다 하시니 별 수 없겠소."

익환의 낯이 굳었다. 눈에서 갈등이 읽혔다. 온요나 아기를 죽이고 싶어 하지 않는 것 같다. 혹시나 싶어 그의 눈을 주시하는데 갑자기 한 놈이 뒤로 들어왔다. 순식간에 아기를 빼앗으려는 속셈이었다. 하지만 칼을 휘둘러 물리쳤다.

포위한 추격자들이 일제히 공격해 들어왔다. 을지는 재빨리 온요의 어깨를 눌러 바닥에 앉히고 칼들을 쳐냈다. 들어온 칼마다 걷어내기를 여러 차례, 등에서 날카로운 통증이 느껴졌다. 아기가 울기 시작했다. 어두워진 등성이에 아기 울음이 메아리쳤다.

칼과 칼이 부딪힐 때마다 불똥이 날았다. 몇의 팔과 다리를 베어 상처를 입히자 추격자들의 눈에 당황한 빛이 어렸다. 하지만 그럼에도 진은 흐트러지지 않았다. 다시 합이 오갔다. 쇠스랑처럼 동시에 들어온 여러 개의 칼날을 가까스로 쳐내는 순간 어디선가 살이 날아와 오른팔에 박혔다. 숨은 궁수가 있을 것이라고는 생각지 못했다. 손에서 칼이 떨어졌다. 온요가 비명을 질렀다.

재빨리 왼손으로 칼자루를 집으려는데 누군가 휘두른 칼에 다리를 베였다. 다리가 꺾이자마자 가슴 쪽으로도 칼이 들어왔다. 들어온 칼을 쳐낸 뒤 주저앉았다. 칼을 높이 세우고 달려드는 놈을 보며 끝났다 생각하는 순간 온요가 소리쳤다.

"데려가세요!"

온요가 울며 아기를 내밀었다. 달려들던 놈이 멈춰 섰다.

"아이는 데려가시고 숙부님은 살려주세요. 그마저도 안 된다면 저를 죽이세요. 제 목숨만 거두셔도 되잖아요."

을지는 눈을 감았다. 한스럽다. 또다시 탐욕스럽고 오만한 부식의 칼 앞에 무릎을 꿇다니, 싸우다 죽느니만 못하다. 을지는 박힌 살을 뽑은 뒤 이를 악물고 일어났다. 떨리는 손으로 칼을 고쳐 잡고는 익환을 쳐다보며 빙긋 웃었다.

"걱정 마십시오, 아가씨. 저 아직 괜찮습니다."

싸우다 함께 죽겠다는 뜻을 읽었는지 익환의 눈이 흔들렸다. 역시 익환은 파국을 원치 않는 게 분명하다. 익환이 손을 번쩍 들었다. 수신호에 맞추어 추격자들이 한 걸음 물러났다. 다가오는 익환을 향해 칼을 겨누었다. 목 아래에 칼이 들어왔음에도 익환은 차분하게 말했다.

"그만하세. 나는 아기씨를 살릴 테니 자네는 아가씨를 구하게. 지금으로써는 이 방법이 최선이야."

을지는 익환의 눈을 들여다보았다. 진심으로 읽혔다. 을지가 천천히 칼을 내리자 익환은 온요에게 다가가 아기를 건네받았다. 아기를 내준 온요는 풀썩 쓰러져 울었다. 익환은 온요를 향해 머리를 조아려 인사했다. 아기를 안고 내려가는 익환에게 을지가 물었다.

"아기씨를 죽이지 않는다 장담할 수 있소?"

"대감마님은 핏줄을 소중히 여기는 분일세. 직접 보시면 절대 해하지 않으실 거야. 다만, 아가씨 안위는 장담 못 하네. 자네 때문에 놓쳤다 보고할 테니 잘 모시게."

익환의 명을 받은 추격자들이 하나둘 물러났다. 익환은 아기를 안고 비탈을 내려가 말에 올라 사라졌다. 추격자들이 떠난 자리는 말고삐를 잡고 선 촌로가 메웠다. 촌로는 을지를 보고 미안한 표정을 지었다.

을지는 온요에게 다가가다 깜짝 놀랐다. 익환과 아기에게 신경 쓰느라 몰랐는데 온요는 이미 정신을 놓은 상태였다. 온요를 들쳐 업은 뒤 후들거리는 다리를 간신히 움직여 비탈을 내려갔다. 촌로의 도움을 받아 온요를 말 등에 올린 뒤 자신의 몸에 묶었다.

익환이 준 시간은 넉넉지 않을 것이다. 부식의 다른 수하들이 덮치기 전에 한시라도 빨리 이곳에서 벗어나야 한다. 팔을 다쳐 고삐 잡은 손이 떨렸지만 힘주어 박차를 가했다. 말이 솟구쳐 달리기 시작했다.

기로

용문산 산채의 게르 안. 나란은 상 위에 얹은 유골 단지를 어루만지고 또 어루만졌다.

"불쌍한 놈……."

동무이지만 스승 같았던 청년 정운. 곧고 맑은 그의 혼을 좋아하고 존경했다. 누구보다 뛰어났지만 누구보다 불운했던 그는 귀한 삶을 버리고 천한 산채에서 살기를 원했었다. 하지만 간절했던 바람은 산산이 부서져 가루가 되었다. 혼 없는 가루가 되어서야 비로소 산채로 들어왔다.

투박한 옹기 위로 나란의 눈물이 떨어졌다.

"가여운 놈……."

독화살에 맞아 죽어간다는 소리를 들었을 때도, 토벌군이 새카맣게 몰려드는 성벽을 보면서도 설마 했다. 언제나 자신의 뒤를 든든하게 받쳐주던 운이었다. 온요의 회임 사실을 알고도 기꺼이 낭군이 되겠다던 운이었다. 그렇게 크고 너른 녀석이 하루아침에 한 줌의 재로 변해버렸다.

두렵다. 아버지를 잃고 형제 같은 동무를 잃었다. 누이는 생사를 알 수 없고 산채는 백척간두에 내몰렸다. 초원에서 살에 꿰이고 칼에 베이던 가족들의 모습이 떠올랐다. 고려에서는 더 이상 겪지 않을 것이라 믿었는데 또다시 재앙 같은 바람 앞에 섰다.

나란을 팔았던 임안의 노예상이 그랬다. 불길한 기운을 가져 재수 없는 놈이라고……. 어쩌면 이 모든 불행이 나란 때문인지도 모른다. 주변의 모든 사람에게 불길한 기운을 주고 있는 것인지도 모른다. 그러지 않고서는 이렇게 참담한 일이 거듭될 수 없다.

"나 때문이야. 재수 없는 나 때문에……."

주먹으로 쿵쿵 상을 내리쳤다. 끅끅 울음도 뱉어냈다. 단지를 적시던 눈물은 상 위에 작은 내를 만들었다.

"아니야. 너 때문이 아니야."

언제 게르에 들어왔는지 갑이 나란을 감싸 안으며 말했다. 등에서 뭉클한 온기가 느껴졌다.

"운 도련님은 행복하게 가셨어. 온요에게 하는 소리 내가 다 들었어. 온요 만나 행복했다고 그랬어. 기쁘게 간다고도 그랬어. 그러니 울지 마. 너 때문이 아니야."

나란은 눈물을 매달고 웃었다. 그래, 그랬지. 온요가 운의 임종을 지켜주었지. 아버지도, 운도 온요의 배웅을 받았으니 그나마 다행인가. 맞다. 미욱한 나보다는 온요가 나았을 것이다. 아버지도, 운도 조금은 가벼운 발걸음으로 떠날 수 있었을 것이다.

눈물을 닦은 나란이 몸을 돌려 갑을 안았다. 품 안에 몽글몽글한 갑의 몸이 들어왔다. 철없는 꼬맹이인 줄만 알았는데 언제 이렇게 컸을까. 이제는 나란의 마음을 헤아려 위로할 줄도 안다.

"너무 속상해하지 마. 흔들리지도 마. 네가 흔들리면 산채 아재들과 아지매들이 불안해한단 말이야. 온요 찾아서 무사히 아기 낳도록 도와야지. 그러니 기운 내."

꼬맹이의 몇 마디 말이 봄볕처럼 나란의 언 가슴을 녹였다.

"알았다. 내가 누구냐. 산채를 비추는 태양의 아들 나란이다. 기운 낼 테니 걱정 마."

나란은 갑의 등을 두드렸다. 갑이 나란의 허리를 감고 쳐다보았다. 내려다보며 눈을 맞추자 목을 쭉 내밀어 입을 맞추었다. 정색하며 노려보자 혀를 내밀고 생긋 웃었다. 굶주린 노총각 무서운 줄 모르는 당돌한 꼬맹이. 하지만 어여쁘다.

나란은 갑의 뺨을 쥐고 부드럽게 입 맞추었다. 몸이 불끈거리며 달아올랐으나 참고 입술을 떼었다. 나란은 기다릴 것이다. 정식으로 혼인할 때까지 갑을 지켜줄 것이다. 나란이 안았던 팔을 풀고 훈계하듯 일렀다.

"운의 유골을 뿌린 뒤 서경에 다녀와야겠다. 다녀올 동안 어른들 잘 모시고 얌전히 있어라."

"알았어. 하지만 유골은 네가 뿌리지 마."

"왜?"

"도련님은 온요가 해주길 바랄 거야. 내가 도련님 임종하실 때 옆에서 봐서 알아. 그러니 온요에게 맡겨. 서경에 가서 온요 찾아온 뒤에 해도 되잖아."

갑의 말을 듣고 있자니 엉뚱하게도 돈후가 떠올랐다. 흠씬 두들겨 맞고도 온요는 제 계집이라고 떼쓰듯 우기던 녀석. 온요가 운과 함께 있는 것을 알고 강샘을 하며 날뛰더니, 잿더미 속에서 유골을 수습할 때는 눈물까지 보였다. 온요를 가로챈 것이 미안하기는 했던 것인가.

하지만 앞으로가 문제다. 이어질 수 있는 연이 아니건만 돈후만 그것을 인정하지 않는다. 녀석의 집착이 더 큰 위험을 불러올까 걱정스럽다. 자식 문제까지 겹치니 함부로 갈라놓을 수 없어 난감하다.

그나저나 온요는 대체 어디에 있는 것일까. 돈후 때문에 내색하지 않았지만 을지는 온요의 행방을 아는 눈치였다. 분명 어디엔가 숨겨놓았을 것이다. 그렇지 않고서는 토벌군이 득시글대고 발고가 난무하는 서경 안에 그리 꽁꽁 숨을 수는 없다.

"온요에게 맡기라니까?"

상념에 빠진 나란을 갑이 일깨웠다. 나란은 웃으며 답했다.

"알았다. 하지만 그리하려면 얼른 온요부터 찾아야지."

서경으로 떠나기 위해 짐을 챙기자 갑도 거들었다. 가죽 주머니에 며칠 분의 식량과 짚신을 챙겨 넣었다. 주머니를 둘러메자 갑이 제 손을 만지작대며 물었다.

"있잖아…… 아버지랑 어머니께 말씀드려도 돼?"

나란은 피식 웃으며 갑의 머리를 쥐어박았다.

"나서지 좀 마. 그런 건 사내가 하는 거야. 온요 찾고 나면 정식으로 청혼할게."

함박웃음을 문 갑이 나란을 와락 껴안았다. 도무지 제 감정을 감추지 못하는 녀석이다. 나란도 갑을 꼭 안아주었다.

게르를 나서려는데 병이 헐떡대며 뛰어왔다. 얼마나 급히 왔는지 숨이 턱에 걸렸다.

"혀, 형님! 온요 누나가 왔어요."

나란의 눈이 두꺼비처럼 커졌다. 갑이 나서며 물었다.

"뭐? 온요가 왔다고?"

"을지 아재가 말에 태워 데려왔는데 좀…… 이상해."

나란은 가죽 주머니를 던져놓고 냅다 비탈을 뛰어 내려갔다. 산채 입구 쪽으로 달려가는데 을지와 말, 그리고 온요가 보였다. 한눈에 보기에도 몰골이 말이 아니었다. 을지는 피투성이였고 온요는 말 등 위에 엎어져있었다.

산채 식구들이 몰려나와 버들처럼 축 늘어진 온요를 말에서 내렸다. 덕우가 온요를 업어 오두막으로 옮기는 모습을 보면서 나란이 물었다.

“어찌 된 일이오?”

부상 탓인지 을지는 맥없이 주저앉았다.

“미안하네. 모실 곳이 마땅치 않아 여기로 왔네.”

주저앉은 을지의 몸이 기울더니 결국 쓰러졌다. 나란은 을지를 들쳐 업고 가까운 오두막으로 들어갔다. 몸을 살펴보니 여러 군데에 자상을 입었다. 팔에도 살을 맞은 흔적이 보였다. 이 몸으로 산채까지 온 것이 기적이었다.

갑이 약물을 들고 들어와 을지의 상처를 수습했다. 그동안 나란은 온요를 들여다보았다. 열이 나는지 낯이 선홍빛이다. 병이 아지매 말로는 산독 때문이라 했다. 알아서 돌볼 테니 그만 나가라는 말에 무거운 발걸음을 옮겨 을지에게로 갔다. 상처 치료는 끝났는지 갑이 을지의 팔에 베를 두르고 있었다. 나란이 굳은 얼굴로 마주앉자 을지가 입을 열었다.

“자네에게까지 숨겨 미안하네. 아가씨가 원치 않으셔서 어쩔 수 없었어. 해산하신 뒤 안변 북쪽의 화척 마을로 모시는 도중에 대감의 수하들에게 아기씨를 빼앗겼네. 그래도 산채는 안 간다 하시는 것을 억지로 모셔왔네. 아기씨까지 잃고 낯선 곳에서 홀로 어찌 사시겠는가.”

보지 않아도 알 것 같다. 그나마 을지가 아니었다면 온요는 목숨 부지도 못 했을 것이다.

“잘 오셨소. 예가 온요의 집인데 어디로 간단 말이오. 우리 온요를 살려주셔서 고맙소. 이 은혜는 평생 잊지 않겠소.”

감사의 말을 듣고도 을지의 낯은 어두웠다. 나란이 물었다.

“돈후는…… 몰랐겠지요?”

을지는 말없이 고개를 끄덕였다. 그럴 것이다. 돈후가 알고 날뛰었다면 온요와 아기 모두 무사하지 못했을 것이다.

“아가씨가 계시면 이곳도 오래지 않아 노출될 것이네. 대책을 세우게.”

“대책은 이미 궁리하고 있었소. 광덕 식구들은 역을 도왔으니 고려에서는 더 이상 살 수 없잖소. 배가 마련되는 대로 떠날 것이니 온요도 그 편에 보내면 되오. 문제는 돈후요. 아기를 데려갔다면 그 녀석도 알게 될 텐데 가만히 있겠소?”

갑이 치료를 끝내고 조용히 나갔다. 을지는 갑이 내준 새 저고리를 꿰며 답했다.

“어차피 한 번은 넘어야지 않겠나. 할 수 있을지는 모르겠지만 내가 다독여보지. 이만 돌아가겠네.”

“그 몸으로 어찌 가시려오? 며칠 조리하고 가시오.”

을지는 웃으며 나란의 어깨를 두드렸다. 피를 많이 흘려서인지 낯빛이 하얬다. 몇 번을 더 붙잡았지만 을지는 끝내 말을 이끌고 산을 내려갔다. 을지가 떠난 길을 내려다보고 있는데 덕우가 다가와 말했다.

"아무래도 배편을 서둘러 알아봐야겠지?"

나란은 한숨을 내쉬며 고개를 끄덕였다.

돈후는 텅 빈 안가의 방 안에 앉아 머리를 움켜쥐었다. 을지가 며칠째 모습을 보이지 않는다. 배달을 다그쳤지만 모른다는 말만 반복했다. 나란만 붙잡고 잡도리를 했는데 믿었던 을지가 배신하여 온요를 빼돌린 게 틀림없다.

"나리, 관풍전에서 사람이 왔습니다."

부식이 전령을 보냈다는 뜻이다. 나가보니 익환의 수하가 대청 아래 시립해있었다. 수하는 부식이 관사에서 보자 했다고 전했다. 연일 서경민들 낙인 찍느라 부산한 와중에 집무실이 아닌 관사로 부르는 게 이상했지만 온요와 관련된 일일까 싶어 돈후는 즉시 달려갔다.

서경 분사의 육부 관청이 무색할 만큼 위풍당당한 기와집. 얼마 전까지만 해도 분사의 고위 관리나 반란군 장수의 거처였을 테지만 지금은 부식의 별저가 되었다. 점령군 원수가 지내는 곳답게 지키는 병사의 수도 많았다. 돈후는 병사들이 늘어선 관사 마당을 가로질러 사랑으로 향했다.

사랑으로 열린 중문을 넘으려는 순간 이상한 소리가 들렸다. 아기 울음소리였다. 고개를 갸웃대며 걸음을 옮기는데 서늘한 기운이 뒷머리를 잡아챘다. 돈후는 돌아서 울음소리가 나는 별채로 향했다. 별채에 가까워지자 울음소리가 그쳤다. 대청에 올라 떨리는 손으로 문을 열어젖혔다. 젊은 아낙이 아기에게 젖을 물리다 말고 놀라 일어났다. 젖을 놓친 아기는 몸부림치며 울었다.

"누구냐?"

"저는 아기씨의 젖어미입니다. 온 지 며칠 되었습니다."

"너 말고 아기 말이다."

"아…… 아기씨는 대감마님의 손자십니다."

돈후는 밀려든 현기증에 문을 잡고 비틀거렸다. 온요의 아기다. 온요가 아기를 낳은 것이다. 배부른 임부만 찾아다녔는데 그새 해산을 한 것이다. 그렇다면 저 아기가 바로…… 나의 아들?

돈후는 아기를 향해 다가가다 멈춰 섰다. 온요가 보이지 않는다. 아기를 낳은 온요는 없고 낯선 젖어미만 있다. 돈후는 그대로 몸을 돌려 방을 나왔다. 대청에서 훌쩍 뛰어내린 뒤 사랑으로 달려갔다.

중문을 넘자마자 익환이 보였다. 돈후가 멈칫 서서 쳐다보자 익환이 머리를 조아리며 말했다.

"죄송합니다."

순간, 피가 역류했다. 돈후의 눈에 익환 뒤편에 선 군관이 들어왔다. 달려가 군관이 허리춤에 찬 칼을 뽑았다. 그러고는 익환의 목을 겨누었다. 칼자루를 잡은 손이 부들부들 떨렸다.

"온요는 어찌했습니까?"

"……."

"죽였습니까?"

"……."

가슴이 뛰다 못해 터질 것 같았다. 돈후가 칼자루 잡은 손에 힘을 주자 익환이 말했다.

"아가씨는 무사하십니다. 을지가 모셔갔습니다."

겨눈 칼 앞에서도 익환은 담담하게 말을 이었다.

"두 분 모두 살리려면 어쩔 수 없었습니다."

"숙부는…… 을지는 어디 있습니까."

"그것은 모릅니다. 제가 알면 곤란하지 않겠습니까."

"……."

칼을 내렸다. 사랑에서 부식의 목소리가 들렸다.

"돈후냐? 들어오너라."

돈후는 눈길을 사랑으로 옮겼다. 결국 아버지의 그물 안에 있었다. 빠져나갈 수 있다고 생각했지만 또다시 붙잡혔고 꼼짝없이 갇혔다.

"들어가 보십시오. 죄는 나중에 청하겠습니다."

돈후는 사랑으로 들었다. 부식은 온돌의 아랫목에 앉아 지방관들의 장계를 읽고 있었다. 돈후가 맞은편에 무릎을 꿇고 앉자 부식이 장계를 내려놓은 뒤 웃어 보였다.

"아이가 너를 똑 닮았더구나."

부식의 웃음을 보자 온몸에 소름이 돋았다.

"개경에 사람을 보내 미령을 데려오라 했다. 심성이 고운 아이니 친아들로 잘 키워줄 것이야. 개선할 때 아이를 안고 돌아가면 잡스런 구설도 피할 수 있겠지. 돌아가는 대로 혼례부터 올려라."

"……."

돈후가 눈빛을 세우고 노려보자 부식이 미간을 구겼다.

"허튼짓할 생각 마라. 봐주는 것은 여기까지야. 마음잡고 정진하면 계집은 손대지 않겠다."

거짓말……. 거짓말이다. 가문의 누가 될지 모를 온요를 살려둘 리 없다. 온요의 안위를 두고 겁박하다 마음을 잡았다 생각하는 순간 죽여버리시겠지.

돈후는 천천히 일어났다. 물러가겠다 예도 갖추지 않았다. 문을 나서는데 부식이 말했다.

"이제 을지는 내쳐라. 한번 주인을 배반한 종은 또 배반하는 법이다. 그놈이 일을 그르칠 뻔했다. 괘씸한 놈 같으니!"

돈후는 답 없이 방을 나왔다. 다리가 후들거렸다. 대청을 내려와 가죽신을 꿰고 허깨비처럼 비척비척 걸어 마당을 지났다. 중문을 넘는 돈후에게 익환이 다가와 낮게 말했다.

"도련님을 주시하는 눈이 붙어있습니다. 제 소관 밖입니다. 선불리 찾으시면 아가씨가 위험해지실 겁니다. 부디 자중하시고 때를 기다리십시오."

돈후는 별채 마당에 섰다. 고요했다. 어미 없이 외롭게 잠들었을 아기. 스무 해 전 자신의 모습이 꼭 저와 같았을 것이다. 돈후는 낯을 구기며 돌아서 관사를 벗어났다. 적토에 올라 안가로 달려갔다.

안가에 들자마자 배달을 찾았다. 소리쳐 부르는데 배달의 부축을 받으며 을지가 나타났다. 훑어보니 부상을 입은 듯했다. 사정을 듣지 않아도 짐작이 되었다.

온요와 아기를 지키기 위해 익환의 수하들과 맞붙어 싸웠을 것이다. 싸우다 베이고 찔렸을 것이다. 상대의 수가 많고 강하니 아기를 빼앗겼을 것이다. 만약 들키지 않고 도망치는 데 성공했다면 여전히 온요 찾는 시늉을 하며 돈후를 속이고 있었을 것이다. 그 사이 온요는 돈후의 손길이 닿지 않는 곳으로 꽁꽁 숨어버렸을 것이다. 몸속 깊은 곳에서 실망과 분노가 엉켜 피가 끓었다.

을지는 마당에 무릎을 꿇고 조아렸다. 배달이 주변의 종복을 물렸다. 땅거미가 내려앉는 마당에는 돈후와 을지, 둘만 남았다.

"왜 그러셨습니까?"

"아가씨는 을유처럼 살기는 싫다 하셨습니다."

울컥 목이 멨다. 잠긴 목을 간신히 틔우고 물었다.

"어디 있습니까?"

"……."

"숙부가 말씀해주시지 않으면 못 찾을 것 같습니까?"

"산채에 모셨습니다."

결국 산채로 갔다. 그나마 다행이라 해야 하는가. 돈후는 을지를 등지고 돌아서며 말했다.

"힘들어 보이십니다. 그만 쉬시고 배달을 들라 하십시오."

"지금 움직이시면 안 됩니다."

"제가 알아서 합니다. 숙부는 앞으로 제 일에 관여치 마십시오."

"……."

돈후는 방에 들었다. 잠시 후 배달이 기척을 내고 들어왔다.

"산채로 가야겠다. 살피는 눈을 분산시켜야겠으니 나로 위장할 자를 구해라. 금일 밤 성을 나간다."

배달은 곤란한 표정을 지었다. 돈후는 차갑게 일갈했다.

"너마저 나를 배신하려거든 지금 당장 꺼져라."

배달은 머리를 긁적이더니 명을 받들겠다며 조아렸다. 배달이 나간 뒤 돈후는 주먹으로 상을 내리쳤다.

성벽이 무너지고 한 달여가 흐르는 동안 천치 같은 짓만 하고 다녔다. 가장 믿고 의지했던 숙부와 배달이 쟁북을 맞추어가며 배반하고 따돌렸다. 우물 안의 개구리처럼 눈에 보이는 것이 전부인 줄

로만 알았다니!

제일 괘씸한 것은 온요다. 아이를 제 손으로 키우겠다 결심했다면 나를 찾았어야 했다. 찾아오다 붙잡히는 한이 있더라도 왔어야 했다. 그랬다면 무슨 수를 써서라도 저와 아기를 지켰을 것이다. 당장 데려올 것이다. 데려와 노비로 삼는 한이 있더라도 데려올 것이다.

돈후의 눈이 불처럼 타올랐다.

돈후가 산채로 들어서자 낯익은 얼굴들이 모습을 드러냈다. 혜강과 완함, 그리고 산채 사람들……. 낯선 얼굴도 여럿 있었다. 하나같이 두려움과 경계를 담은 눈길을 보냈다. 상관없었다. 돈후는 차가운 눈길로 휘둘러보았다. 온요가 보이지 않았다. 병이 달려와 반색하며 인사했다. 굳었던 낯이 조금은 풀어졌다.

나란은 뒤늦게 나타나 휘휘 손을 내저으며 사람들을 물렸다. 사람들은 불안한 낯을 내보이며 물러났다. 북적대던 입구가 한산해지자 나란이 심드렁하게 물었다.

"살을 쏘고 칼로 베어 죽이겠다고 해도 돌아가지 않겠지?"

"……."

"적어도 한 번은 만나야 할 것이라 생각한다. 온요가 거처하는 오두막은 저기다."

나란의 손가락이 산채 입구에서 멀지 않은 오두막 한 채를 가리켰다. 대꾸 없이 발을 떼는데 나란이 덧붙였다.

"만나고 게르로 와라. 나도 네게 할 말이 있다."

몇 걸음 걷지 않아 나란이 일러준 오두막 앞에 섰다. 새삼 가슴이 떨렸다. 꿈에서조차 붙잡지 못했던 온요. 이 문을 열면 정말 온요가 있을까. 돈후는 심호흡을 한 뒤 문을 열고 방으로 들어섰다.

침상에 누워있던 온요가 몸을 일으켰다. 돈후는 심장이 멎는 듯했다. 온요다. 온요가 눈앞에 있다. 온요는 힘겨운 듯 바닥을 짚으며 일어나 앉았다. 구제소에서 보았던 배부른 모습이 아니라 예전처럼 호리하고 작아졌다. 낯빛은 창백하고 해쓱했다. 가슴이 저렸다.

온요는 돈후와 눈을 마주치지 않았다. 외로 틀린 고개가 돈후를 거부하고 있었다. 오매불망 그리워한 날들이 억울할 만큼 서운했다. 돈후는 잠긴 목소리로 물었다.

"왜 내게 알리지 않았소?"

"……."

"내 아이를 가졌으면서 왜 나를 찾지 않은 거요?"

"……."

온요에게 다가갔다. 침상에 걸터앉자 온요는 움찔 물러났다. 순간, 노기가 치밀었다. 목소리도 높아졌다.

"말해! 왜 나를 보고 도망쳤는지, 왜 나를 따돌렸는지 말하란 말이야!"

온요는 고개를 돌려 돈후를 보았다. 전과 달라졌다. 건조하고 비어있다. 가슴이 불안함으로 둥당거렸다.

"돌아가요. 이제 당신과 나는 아무 상관이 없어요."

"상관이 없어? 왜 상관이 없어? 네가 낳은 아이가 있고 내가 그 아이의 아비인데 어떻게 상관이 없어?"

"내 아이는 이미 죽었어요. 서경으로 간 아이는 당신의 아이예요. 그러니 당신의 세상으로 돌아가요. 돌아가서 아이와 함께 살아요."

"잊었나? 산채 사람들을 살리는 대가로 너를 내게 팔았다는 것을? 너는 내 것이야. 그러니 나와 함께 가야 해."

"나는 당신 것이 아니에요. 당신이야말로 잊었어요? 가지 않겠다던 나를 보낸 사람이 바로 당신이잖아요. 이제 나는 내 세상에서 살 거예요. 내 세상에 당신은 필요 없어요."

숨이 가빠졌다. 분노인지 두려움인지 알 수 없는 검은 그림자가 목을 졸랐다. 담담한 온요의 목소리가 저승사자보다 무섭다. 이대로 아무것도 하지 않으면 정말 내쳐질 것 같다.

"너는 내가 필요 없어도 나는 네가 필요해."

돈후는 와락 온요를 끌어안고 입을 맞추었다. 예상과 달리 온요의 입은 순순히 벌어졌다. 겉으로는 차갑고 야박하게 밀어내지만 속마음은 그렇지 않은 것이다. 감격스러웠다.

내친김에 허리를 당겨 눕혔다. 저고리 섶을 헤치자 화들짝 놀란 온요가 저항하기 시작했다. 밀어내려는 손을 얽어 올리고 젖가슴에 얼굴을 묻었다. 달큼한 향이 전율을 일으켰다. 너무나 그리웠던 온요의 살 냄새……. 어쩌면 이것은 꿈일지도 모른다. 온요는 꿈에서처럼 갑자기 사라질지도 모른다.

조급한 마음이 들었다. 사라지기 전에 품어야 한다. 품어 가지면 더는 사라지지 않을 것이다. 떨리는 손으로 치마를 걷어올렸다. 걸쇠처럼 굳게 아물린 무릎을 헤쳐 벌리고 고를 벗으려 춤을 잡았다. 그때였다.

온요가 돈후를 거칠게 밀쳐냈다. 사시랑이 몸 어디에서 그런 힘이 났는지 장정처럼 거셌다. 돈후는 침상 밖으로 나동그라져 굴렀다. 곰방메로 후려 채이기라도 한 듯 뒤통수가 얼얼했다. 단 한 번도 이렇게 거부당한 적은 없었다. 겁박하여 탐할 때조차 거부하지 않았던 온요다. 욕스러웠다. 처참한 기분도 들었다. 그럼에도 무릎걸음으로 종종 다가가 애원했다.

"너는 내가 보고 싶지 않았어? 나는 한시도 너를 잊은 적이 없다. 너를 보낸 뒤 살 수가 없었어. 살 수 없어 찾아왔단 말이다."

온요는 섶과 치마를 여미며 일어나 앉은 뒤 돈후를 보았다. 눈동자가 흔들렸다. 망설이고 있는 것이다. 조금만 더 밀어붙이면 된다. 돈후는 더욱 간절하게 말을 이었다.

"네가 그랬잖아. 부인이 될 수는 없어도 곁에 있어 주겠다고. 그러니 제발 나와 함께 가줘. 노비가 되든 첩이 되든 내 곁에 있어줘."

애원이 통했을까. 쳐다보는 온요의 눈에 눈물이 고였다. 측은지심이 많은 온요다. 결국 받아줄 것이다. 뺨 위로 흘러내리는 눈물을 보자 가슴이 뛰기 시작했다. 한참 동안 돈후를 쳐다보던 온요가 입을 열었다.

"당신은…… 당신밖에 모르는군요. 당신이 나를 연모한다고요? 아니요. 당신은 그저 당신 욕심만 채우려는 거예요. 당신이 연모하는 것은 오직 당신 자신뿐이에요."

서리가 내린 듯 삽시간에 가슴이 식었다. 오두막의 바닥이 까마득한 낭떠러지처럼 느껴졌다.

"나는 이제 당신 곁에 있고 싶지 않아요. 나를 강제로 끌고 간다면 혀를 물고 죽어버리겠어요. 내가 죽어 사라지길 원하면 당신 뜻대로 해요."

온요는 입을 굳게 다물고 고개를 돌렸다. 눈앞이 캄캄했지만 돈후는 굴하지 않고 애원했다. 아기가 보고 싶지 않느냐며 어르고, 산채를 부숴버리겠다 겁박하고, 제발 나를 보아달라 읍소했다. 하지만 온요의 눈길은 끝내 돌아오지 않았다.

지친 돈후는 벽에 기대어 앉았다. 어느새 사위가 어두워졌다. 온요는 마치 돈후가 없는 듯 무심하게 이불을 쓰고 돌아누웠다. 좁은 오두막 안이 겨울 벌판처럼 황량했다.

"얘기 끝났으면 좀 보자."

오두막 밖에서 나란의 목소리가 들렸다. 돈후는 천천히 일어났다. 여전히 등지고 누운 온요를 잠시 내려다보고는 방을 나왔다. 나란을 따라 비탈을 올랐다. 게르가 산자락 위에 있는 모양이다.

비탈 건너편 오두막 앞에는 배달이 웬 여인과 함께 있었다. 어스름 탓에 정확히 알아보기는 힘들었지만 칠현루에서 본 기생 같았다. 배달이 웃으며 대화하는 모습을 보니 산채의 불청객은 오직 돈후뿐이라는 생각에 씁쓸해졌다.

게르에 들어서자 나란이 술동이를 가져왔다. 예나 지금이나 술 좋아하는 것은 달라지지 않았다. 돈후는 술 담긴 박을 벌컥 들이켰다. 나란이 입을 열었다.

"온요를 놔줘."

죽일 듯 노려보는 눈길을 받으면서도 나란은 담담했다.

"온요가 아기를 순순히 내준 것은 을지 아재를 살리기 위해서였대. 하지만 그것 때문만은 아닐 거야. 익환이라는 사람이 그랬다더라. 네 아비가 아기를 직접 보면 절대로 해하지 않을 거라고. 온요는 모두를 살리기 위해 보낸 거야. 그러니 이제는 포기해. 너만 포기하면 모두가 편안해질 거야."

돈후는 답하지 않았다. 답 대신 술만 들이켰다. 나란의 말뜻을 모르지 않는다. 하지만 온요를 놓을 수 없다. 놓을 수 있었다면 여기까지 오지도 않았다. 거부의 뜻을 읽어 화가 났는지 이번에는 나란이 벌컥 술을 들이켠 뒤 소리쳤다.

"네가 포기하든 말든 나는 온요를 빼낼 거야!"

돈후는 팔을 뻗어 나란의 멱살을 쥐었다.

"누구 마음대로 온요를 빼내?"

"그럼 온요 죽는 꼴을 두고 봐야겠냐? 지금은 네가 미친 짓 할까 봐 놔둘지 모르지만 결국 네 아비는 온요를 죽일 거야. 화근을 없애야 할 테니까. 너도 이미 알고 있잖아?"

씨근덕거리며 노려보던 돈후는 쥐었던 멱살을 풀었다. 나란의 말이 틀린 게 없다. 무력한 자신에게 화가 날 뿐이다.

"한 달 주겠다. 계획한 대로 일이 풀린다면 한 달, 늦어도 두 달 안에는 압수에서 배를 띄울 거야. 어쩌면 우리 모두 고려를 떠날지도 몰라. 너 모르게 도망쳐 사라질 수도 있었다만 왜 말해주는지 아냐?"

돈후는 고개를 돌려 나란을 보았다.

"온요가 너를 연모하기 때문이다."

심장이 내려앉았다. 내려앉은 자리에 거대한 파도가 쳤다. 몰아치는 파도에 숨이 가빠졌다. 돈후는 끅끅대기 시작했다.

"나는 내 누이가 연모하는 놈에 대한 최소한의 예의는 지키고 싶다. 그러니 너도 도리를 지켜. 네 욕심 때문에 몽니 부리다 산통 깨지 마. 한 달 안에 세상을 뒤집어놓을 자신이 없다면 깨끗이 포기하고 고이 보내줘. 불쌍한 온요가 남은 생이나마 누릴 수 있도록 해주란 말이야."

"흐흐흑……."

꾹꾹 눌러두었던 울음이 숨길을 뚫고 올라왔다. 참을 수 없었다. 돈후는 고개를 꺾고 흐느꼈다. 한번 길이 뚫리자 거침없이 오열이 쏟아졌다. 간신히 온요에게 닿았는데, 눈앞에 두었는데 붙잡을 수가 없다.

돈후는 울고 나란이 술동이를 비우는 동안 산채에는 갈 곳 잃은 바람이 밤새 떠돌았다.

돈후는 관사 마당에 우두커니 서서 아기가 잠들어있는 별채를 바라보았다.

아직 이름조차 지어주지 못한 내 아기. 낯선 아낙의 품에서 잠들었을 아기가 안쓰럽다. 당장 뛰어들어가 함빡 안아주고 싶지만 차마 발이 떨어지지 않는다. 온요 없이 안아주는 순간 영영 그녀를 잃어버릴 것 같다. 강보에 싸인 아기도 나처럼 외로운 생을 살게 만들 것만 같아 두렵다.

용문산에서 온요에게 외면당하고 나란에게 최후통첩을 받은 뒤 돈후는 고민했다. 나란의 충고대로 온요를 놓아주는 것이 모두에게 이로운 일이라는 것을 안다. 그래서 개경으로 돌아가 온요 보듯 아이를 아끼며 살아볼까 생각했다. 계집일랑 관심 끊고 아버지의 그늘에서 권력 놀음이나 실컷 하면서 살아볼까 생각했다. 혼 없는 허깨비가 되겠지만 모두가 편안하다면 그도 가치는 있을 것이라 생각했다. 하지만 온요의 미래를 생각하는 순간 모든 것이 원점으로 돌아갔다.

온요는 타고난 성품이 어여쁘고 의술까지 갖추었으니 고려를 떠난다 해도 어디에서든 환영받을 것이다. 험한 일 두려워하지 않으니 척박해도 견뎌내고 적응할 것이다. 피붙이보다 따뜻한 이들과 더불어 살며 상처도 극복할 것이다. 그러고 나면 새로운 생을 시작할 것이다. 혼인도 할 것이다. 알지 못하는 누군가가 온요의 사내가 될 것이다. 온요는 그 사내와 정을 나누고 몸을 섞어 아이를 낳고 새 가정을 일굴 것이다.

생각이 그에 이르자 머릿속이 흔들렸다. 세상도 흔들렸다. 온요 곁에 다른 사내가 있는 상상만으로도 숨이 막혔다. 어리석고 못났다 손가락질당해도 어쩔 수 없다. 속 좁고 용렬한 놈이라 욕을 먹어도 어쩔 수 없다. 할 수 없는 것을 어찌하란 말인가.

천마산 산채에서 청혼했을 때 운곡이 그랬다. 노비 신분인 줄 알면서도 온요를 원하느냐고. 답하지 못하는 돈후에게 운곡이 그랬다. 원한다면 버리라고, 원하는 만큼 버려야 할 것이라고……. 이제는 정말 모든 것을 걸어야 할 순간이 온 것이다. 온요를 얻으려면 버려야 한다. 애써도 버려지지 않는 것들을 단숨에 끊어내야 한다.

돈후는 관사를 나왔다. 관사 밖에 을지와 배달이 말고삐를 잡은 채 기다리고 있었다. 을지는 아직 몸이 낫지 않았으나 개경 일을 보려면 함께 가야 했다. 돈후가 걱정스러운 눈빛으로 쳐다보자 을지는 웃으며 고개를 끄덕였다.

돈후는 적토에 오른 뒤 을지와 배달을 이끌고 개경을 향해 달리기 시작했다. 생모를 찾기 위해 서경에 왔다가 온요와 함께 돌아갔던 길. 돈후는 그 길 위에서 온요를 내자로 맞으리라 다짐했었다. 시간은 흘렀으나 달라진 것은 없다.

역을 거치지 않고 노숙을 불사하며 달렸다. 역은 이미 동선을 파악한 부식의 사병들이 진을 치고 있을 것이 자명하여 피했다. 결심을 굳히니 고단한 줄도 몰랐다.

선의문은 장사치로 변장하여 통과했다. 을지와 배달이 부식의 사병들을 유인해 주의를 끄는 사이 돈후는 시전 골목을 돌아 궐로 향했다.

가져온 관복을 대충 갈아입고 편전으로 향하는데 한 무리의 환관들이 돈후를 가로막았다. 당장 비켜서라 호통을 쳤으나 물러서지 않았다. 예상치 못한 장애물이었다.

환관들 뒤에서 은성이 모습을 드러냈다.

"먼 길 오느라 수고했다. 무엇이 그리 급한 것이냐?"

은성은 온요의 호적 일을 도왔던 문헌공도의 동문이다. 하지만 표정을 보니 아버지의 새로운 수하가 된 것 같다. 돈후는 빙그레 웃으며 답했다.

"서경에 파견되었다 돌아온 내시가 할 일이 무엇이겠느냐? 폐하께 서경의 일을 보고하러 왔다."

"그러니 묻지 않느냐. 보고 내용이 무엇이냐?"

"호부의 하급 관원 따위가 나설 일이 아니다."

"몰랐느냐? 두 달 전에 내시부로 이속되었다. 서경에서 오는 소식을 전담하고 있지. 그러니 내게 먼저 고하여라."

"……."

돈후는 미간을 구겼다. 아버지가 이렇게까지 경계하고 있는 줄은 몰랐다. 상서호부에서 잡직이나 다름없이 일하던 은성까지 찾아내 매수할 줄이야……. 돈후가 답하지 않고 입을 다물자 은성이 환관들에게 명했다.

"김 내시가 보고할 내용이 생각날 때까지 쉬어야 할 것 같으니 어서 모셔라."

환관들이 돈후에게 다가섰다. 돈후는 손을 들어 저항할 의사가 없음을 알렸다. 그러고는 은성을 향해 입을 비틀며 웃어 보였다.

"네가 우리 집안의 개가 된 줄은 미처 몰랐구나. 그런데 따리 붙이는 처지에 어찌 미래의 주인은 몰라보느냐? 내 아비가 천년만년 사실 것이라 믿느냐? 여하튼 환대해주어 고맙다. 오늘의 환대는 내 뼛속 깊이 새겨두마."

은성의 낯이 구겨졌다. 돈후는 웃음을 거두고 돌아섰다. 환관들에게 이끌려가는 동안 어떻게 빠져나갈지 궁리했다. 지금 당장 궐 안에서 아버지의 눈초리를 벗어나 도움을 받을 만한 자를 찾기란 불가능하다. 을지나 배달은 궐 안에 들어올 수 있는 처지가 아닌 데다 개경의 재산을 처분하기 위해 시전으로 보냈다. 마음먹고 환관들이 가로막으면 대신들조차 폐하의 용안을 마주할 수 없는 곳이 궐이다. 괘씸하지만 은성을 다시 만나 역제안이라도 해야 하나 고민하는데, 담벼락 사이에서 손짓하는 환관이 보였다. 돈후에게 정보를 전해주곤 하던 자였다.

후미진 전각에 갇힌 지 한 시진쯤. 예의 환관이 찾아왔다. 소리를 죽이며 방에 들어오더니 전처럼 얼굴을 붉히며 인사했다.

"어려움에 처하신 것 같아 도와드리러 왔습니다."

자신을 유혹하려 들면 목을 따버리겠다며 무안을 주었던 일이 생각났다. 얌치 빠지는 짓이었지만 상황이 급해 곧바로 입을 열었다.

"폐하를 알현해야겠다. 길을 알아봐줄 수 있겠느냐?"

"그러실 줄 알고 폐하께 고해놓았습니다. 잠시 후면 나리를 부르실 것입니다. 조금만 기다리십시오."

"……."

부식을 배반했음이 드러나면 앞날이 순탄치 않을 것인데 위험을 무릅쓴 환관에게 미안한 마음이 들었다. 환관은 여전히 고개도 들지 못한 채 돈후 앞에서 미적거리고 있었다. 어색한 침묵이 부담스러워 화제를 돌렸다.

"혹시 이진우라는 내시의 근황에 대해 아는 바가 있느냐?"

"얼마 전에 한직으로 이속되셨습니다. 안서 쪽으로 가신 걸로 압니다. 이 내시의 자리를 메운 이가 아까 만나셨던 박은성 내시입니다."

결국 정체가 드러난 것인가. 아니면 뒷배가 없어 밀려난 것인가. 서경의 끄나풀로 치죄당하지 않고 한직으로 밀려났다면 그나마 다행이다. 진우에게 부탁할 일이 순조로우려면 차라리 한직에 있는 것이 낫다.

다시 어색한 침묵이 흘렀다. 때마침 밖에서 환관이 들어왔다. 임금을 지근거리에서 모시는 환관들 중에서 낯이 익었던 자다. 그가 잔뜩 굳은 낯으로 고했다.

"폐하께서 김 내시를 보자 하십니다."

돈후는 방을 나서려다 멈춰 섰다. 고개를 돌려 예의 환관을 향해 물었다.

"네 이름이 무엇이냐?"

"……."

"듣지 못하였느냐? 네 이름이 무엇인지 물었다."

"천한 놈 이름은 알아 무엇 하시겠습니까. 그냥 가십시오."

환관은 돈후를 향해 해사하게 웃었다. 웃고는 있으나 눈빛이 처연했다. 더 미안해졌다. 돈후는 돌아서며 말했다.

"도와주어 고맙다. 그리고…… 전에는 미안했다."

머리를 조아린 환관을 등지고 전각을 나섰다. 한 무리의 환관들이 돈후가 나온 전각 쪽으로 우르르 몰려갔다. 암묵적인 계율을 위반한 동료를 벌하기 위함일 것이다. 환관들이 사라지자 은성이 주춤거리며 다가왔다.

"다른 뜻은 없었다. 내 처지를 이해해주었으면 한다."

"네 처지는 전각 안에 있는 환관의 안위에 달렸다. 이해해줄지 말지는 그다음에 생각해보지."

돈후는 차갑게 대꾸하고 은성을 지나쳐갔다. 길잡이 환관은 돈후를 편전 뒤의 곁방으로 안내했다. 들어가 보니 임금이 나이 어린 환관의 시중을 받으며 차를 마시고 있었다. 어린 환관은 부끄러운 짓을 하다 들킨 양 당황하며 얼굴을 붉혔다. 돈후는 표정 변화 없이 부복하며 머리를 조아렸다.

"내시 김돈후, 폐하를 뵈옵니다."

"오랜만이구나. 전장에서 고생 많았다."

"황송하옵니다."

"짐을 은밀히 알현하고 싶다 청했다지?"

"그러하옵니다."

임금은 주위를 물리라 명했다. 고개를 드니 차 시중을 들던 어린 환관의 모습도 보이지 않았다. 임금은 돈후를 지그시 바라보았다.

"너는 볼수록 아름답구나. 김 원수와는 영 딴판이야."

"……."

돈후는 말없이 머리를 조아렸다. 서경에서 수많은 백성이 고난을 겪고 있는데 임금은 어린 환관이나 희롱하며 안온한 얼굴을 하고 있다. 욕지기가 치밀었다.

"할 말이 있어 보자 했을 테니 말해보아라."

돈후는 숨을 가다듬었다. 어차피 백성 없는 정치란 한 판의 장기싸움 같은 것이다. 임금이나 아버지나 모두 권력을 두고 패 놀음을 하고 있는 것이니 그 판을 이용한다 한들 거리낄 것은 없다.

"서경을 보존코자 하시는 폐하의 뜻을 이루고, 평서원수 김부식을 영원히 충직한 신하로 부리실 수 있는 패를 바치고자 합니다."

"김 원수는 이미 충직한 신하인데 새삼 아쉬울 것이 있겠느냐?"

"이자겸도 처음에는 충직한 신하가 아니었습니까."

"……."

돈후의 발칙한 고언에 자존심을 구긴 탓일까. 아니면 김부식의 아들을 믿어도 될지 가늠하는 중일까. 임금은 한동안 답이 없었다. 돈후는 기다렸다. 임금은 보호자라 굳게 믿었던 외할아버지로부터 옥좌를 위협받은 경험이 내상으로 남아있다. 기댄 언덕이 언제든 칼이 되어 돌아올 수 있다는 두려움에 전전긍긍하며 살아왔으니 결국 패를 받을 것이다.

"일전에 내시 이진우로부터 듣긴 했다만 너는 확실히 아비와는 다르구나. 생김새만 다른 것이 아니라 말하는 법도 달라. 네 아비의 말은 태산처럼 무거우나 그 바닥을 알 수가 없지. 헌데 너의 말은 깃털처럼 가볍고 샘처럼 맑구나. 어찌나 맑은지 짐의 속곳까지 비추고 있어."

"황송하옵니다."

"황송할 것 없다. 짐의 속곳까지 들여다본 자를 내치진 않을 테니. 그래, 네가 주겠다는 패란 게 무엇이냐?"

"거듭 황송하오나 폐하, 패를 드리기 전에 청이 있습니다."

"청? 오호라, 지재를 사려면 값을 치르라는 이야기냐? 계산 분명한 것만큼은 김 원수를 닮았구나. 좋다, 짐이 들어줄 수 있는 것이라면 네 청을 들어주지. 무엇이냐?"

"……."

돈후가 고하는 동안 개경 전역에 어둠이 내려앉았다. 돈후는 밤이 이슥해서야 궐을 나섰다. 날이 밝으면 촌음을 아껴가며 처리할 일이 많았지만 그래도 홀가분했다. 오늘 밤은 온요가 머물던 서재에서 삼복의 지청구를 자장가 삼아 편히 잠들 수 있을 것이다.

절연(絶緣)

산 여기저기에 푸른빛이 감돌기 시작했다. 매서운 삭풍을 견뎌낸 뒤에는 어김없이 생명의 기운을 뿜어내는 산줄기를 보며 온요는 생각했다. 언젠가는 나의 생에도 푸른 기운이 찾아들겠지. 그렇게 믿어야 한다. 운곡 아버지의 여식답게 살아야 한다.

"힘들지? 오랜만에 오라버니가 업어줄까?"

앞서가던 나란이 돌아보며 물었다. 드러난 하얀 이가 물오른 싹보다 싱그럽다. 온요는 미소 지으며 고개를 저었다. 힘에 부쳐 다리가 후들거리고 땀이 줄줄 흘렀으나 제힘으로 오르고 싶었다. 오직 자신의 두 발을 디뎌 오르면 새 삶을 시작할 수 있을 것 같다.

용문산의 이름 모를 산봉우리. 정상에 오르니 찬바람이 폐부까지 밀려들었다. 발아래로 용의 등껍질 같은 산줄기와 너른 평원이 펼쳐졌다. 저 끝에 운의 고향인 서경이 있다.

온요와 나란은 마루턱에 앉았다. 나란이 등짐에서 운의 유골 단지를 꺼냈다. 온요는 건네받은 유골 단지를 품에 안고 어루만졌다. 나란이 유골을 수습해온 덕분에 장례를 마칠 수 있게 되어 얼마나 다행인지 모른다.

"풍광 좋다. 제 고향을 볼 수 있으니 운도 좋아할 거야."

단지를 열고 손을 넣어 유골 가루를 쥐었다. 보드라운 가루가 손 안에 들어오자 운의 손을 잡은 듯 뭉클했다. 팔을 내밀어 손을 폈다. 하얀 가루가 바람을 타고 둥실 날아올랐다. 온요의 눈길이 가루의 비행을 따라갔다.

나란에게 단지를 내밀었다. 이번에는 나란이 유골 가루를 쥐어 뿌렸다. 나란의 손을 떠난 가루도 바람을 타고 떠올랐다. 일부는 하늘로 솟구쳤고 일부는 산마루 주변을 맴돌았다. 온요와 나란은 번갈아가며 운의 유골 가루를 바람에 실어 날렸다.

나란은 연신 굵은 눈물을 흘렸다. 거듭 미안하다 중얼거렸다. 운에게 가장 큰 고통을 준 죄인은 온요인데 나란이 더 슬피 울었다. 온요는 가슴이 먹먹했지만 울지 않았다. 운은 알고 있을 것이다. 온요가 어떤 마음인지, 어떤 마음으로 보냈는지.

유골 가루를 다 뿌리고 난 뒤 나란이 말했다.

"성이 무너지기 전에 해림에서 운을 만났었다. 운이 그러더라. 서경이 함락되면 너를 돈후에게 보내라고. 네가 연모하는 사람 곁에 보내라 했어. 나는 안 된다 했다. 네 처지가 더 고달파질 게 뻔하니까. 하지만 운이 덧없이 가고 나니 뭐가 옳은지 모르겠다. 온요야, 꼭 고려를 떠날 필요는 없다. 네가 원하는 대로 해라. 하루를 살더라도 원과 한을 두지 않겠다면 돈후를 찾아간다 해도 말리지 않을게."

온요는 나란을 보며 웃어 보였다. 피붙이보다 더 피붙이 같은 나란. 언제나 온요 편에 서서 온요를 먼저 생각해주는 나란이 고맙다. 나란의 은애 덕분에 팍팍한 온요의 생도 온기를 얻는다. 온요는 운의 작은 분신들이 떠돌며 내려다보고 있을 허공으로 눈길을 돌렸다. 그러고는 담담하게 입을 열었다.

"누군가를 연모한다는 게 그리 중요한 걸까? 모든 것을 희생해야 할 만큼? 운을 떠나보내면서 깨달은 것이 있어. 연모란 그저 사람이 가진 많은 은애의 마음 가운데 하나일 뿐이라는 거야. 나는 운이 아닌 다른 사내를 연모했지만, 그래도 운과 함께 있는 것이 좋았어. 그를 위해 밥을 짓고 약을 달이는 것이 행복했어. 연모가 생의 전부는 아니야. 아버지는 평생 혼자 사셨지만 누구보다 은애가 많은 분이셨어. 수많은 사람이 그 은애를 나누며 목숨 부지하고 살았잖아. 나란, 나는 아버지처럼 살고 싶어. 물론 내가 아버지처럼 될 수 없다는 것은 알아. 그래도 아버지처럼 살고자 노력하면 죄 많은 내 생도 의미가 있을 것 같아."

"아버지는 머리만 안 깎았지 중이나 다름없었어. 하지만 너는 아이를 낳았잖아. 고려를 떠나면 영영 보지 못할 텐데, 정말 아이 안 보고 살 수 있겠어?"

금세 눈물이 고였다. 품에 안겨 눈을 맞추며 젖을 빨던 내 아기를 어찌 잊을 수 있을까. 아직도 아기의 울음소리가 환청으로 들리곤 한다. 그때마다 말라버린 젖가슴이 요동치듯 울어댄다. 끝내 답하지 못하고 눈물짓자 나란이 말을 이었다.

"네가 아이 때문에 매일 밤잠 못 자고 우는 거 다 알아. 원한다면 고려를 떠나기 전에 아기를 데려올게. 경계가 삼엄하다 해도 때만 잘 고르면 빼내올 수 있을 거야. 데려와 배에 태운 다음에야 저들이 어쩌겠어. 말만 해. 네 아이로 키울 수 있게 해줄 테니."

온요는 눈물을 매단 채 웃으며 고개를 저었다.

"아이를 데려오면 그가 너무…… 가엾잖아. 나에게 너와 산채 식구들이 있는 것처럼 그에게도 마음잡을 끈은 있어야 하잖아. 아이는 그가 잘 키울 거야. 정이 많은 사람이니 조부보다 더 나은 아버지가 되어줄 거야. 그러면 돼. 보고 싶어도 참고 살 수 있어."

나란이 한숨을 쉬었다. 나란의 입에서 나온 긴 숨이 바람과 함께 골짜기를 휘돌았다. 온요는 생각했다.

내가 그에게 줄 수 있는 마지막 은애는 아이다. 아이를 내 손으로 키우기를 간절히 원했음에도 포기한 것은 그에 대한 연모를 갈무리하기 위해서였다. 아이가 떠나는 순간 그와 이어진 끈도 완전히 끊어졌다. 나는 이제 새로운 생을 시작할 것이다.

온요는 눈물을 닦고 물었다.

"산채는 어떻게 하기로 했어? 우리가 떠나면 애써 일군 이곳도 천마산처럼 버려지잖아."

"네가 아파 누워있을 때 회합에서 의논했어. 인호 공자가 용문산 산채를 맡겠다고 나섰다. 본디 땅 부잣집 아들 아니냐. 본가를 겁박해서 왕창 재물을 뜯어낼 테니 산채 살림은 걱정 말라 큰소리도 치더라. 그래서 신원에 문제없는 사람들은 남기로 했어. 산채가 꼭 하나여야만 하는 것은 아니잖아. 오히려 더 잘된 일이지."

온요는 고개를 끄덕였다. 인호라면 잘해낼 것이다. 따뜻하면서도 문리에 밝으니 산채를 잘 보전해줄 것이다.

"장비 행수가 배편을 마련해 돌아오면 바로 떠날 거야. 여진의 도적놈들이 노략질한 배라는데 값을 너무 높이 불러서 골치를 썩이는 모양이야. 분은 나지만 도리 없이 내줘야지. 우리의 목숨 줄이 될 배니까. 그나저나 배 타는 거 생각보다 힘들다. 너는 얼른 몸이나 튼튼하게 만들어. 의원이 병자보다 비실대서야 되겠냐?"

"내 걱정은 마. 나보다는 네 문제가 더 급하지."

"내 문제?"

"갑이 청혼하기를 기다리는데 언제까지 뜸만 들일 거야?"

나란은 머리를 긁적였다. 낯도 붉어졌다.

"몇 번을 말하려고 했는데 혜강 아재 앞에만 서면 입이 안 떨어진다. 다 늙은 총각이 꼬맹이 달라 하는 게 염치가 없어서……."

온요는 자리에서 일어나며 손을 툭툭 털었다.

"이미 알고 계셔. 기다리고 계시니 당장 내려가서 말씀드려. 내가 거들어줄게."

나란이 벌떡 일어나 물었다.

"정말? 어떻게 아셨어? 꼬맹이가 나랑 입 맞췄다고 실토한 거야?"

온요는 눈을 키우며 쳐다보았다. 나란은 아차 하는 표정으로 입을 다물었다. 온요는 눈을 흘겨준 뒤 걸음을 옮겼다. 나란이 등짐을 메고 따라붙었다.

"말해줘. 어떻게 아셨는지."

"말해주면 내게 뭘 해줄 건데?"

"뭐든 말만 해. 원하는 건 다 해줄 테니."

"너랑 갑이 좋아하는 거, 산채에서 모르는 사람 없어."

"뭐?"

"너는 예나 지금이나 참 눈치가 없어."

"왜 내가 눈치가 없어? 눈치 하면 나란이지."

온요와 나란은 가파른 비탈을 내려가기 시작했다. 오를 때는 힘겨웠으나 내려가는 발걸음은 가벼웠다.

적토는 평주역을 향해 내달렸다. 배달이 탄 말도 적토 바로 뒤편에서 달렸다. 을지는 개경 일이 복잡하여 더 시일을 보낸 뒤 오기로 했다. 임금의 조서를 든 관원들은 하루 뒤에 올 것이므로 주어진 시간은 딱 한나절뿐이다. 그 안에 진우를 만나 마무리를 지어야 한다.

멀리 가마를 앉힌 마차가 보였다. 비단 너울을 매단 것으로 보아 미령의 가마다. 부식의 전령을 만난 미령은 고민도 없이 곧바로 길을 나섰다고 했다. 그리 잔악하게 면박을 주었음에도 물러서지 않은 것이다.

요란한 말굽 소리가 뒤를 쫓자 마차가 멈춰 섰다. 마차를 이끌던 장정들이 경계하며 쳐다보았다. 돈후는 적토의 속도를 줄여 마차에 다가갔다. 창을 열어 돈후를 확인한 미령이 가마 밖으로 나왔다. 몸종과 장정들은 십여 장 밖으로 물러났다. 적토에서 내린 돈후가 앞에 서자 미령은 허리를 숙여 인사했다.

"저를 마중 나오셨습니까?"

"……."

"저를 돌려보내려 오셨군요."

미령은 서운해하면서도 곱다랗게 웃었다. 서경 길에 나섰다는 말을 들었을 때는 기가 막혀 헛웃음이 나왔지만 막상 얼굴을 마주하니 연민이 느껴졌다. 미령의 연모가 자신과 다를 바가 없지 않은가. 모욕을 받았음에도, 내침을 당했음에도 끊어내지 못한다.

"야박하게 길 위에서 돌려보내시겠습니까?"

"……"

여전히 답할 수가 없다. 어떤 답을 한다 해도 미령은 상처받을 것이다. 온요에게 구애하다 내쳐졌던 자신처럼……. 진우를 만나려면 시간이 촉박했으나 마지막 순간까지 야박하게 굴기는 싫었다.

"평주역이 가까우니 게서 쉬고 가시오. 내가 모시겠소."

가마의 문을 열어주었으나 미령은 오르지 않았다. 그대로 선 채 돈후를 쳐다보았다. 만 가지 감정이 교차하는 눈길이다. 돈후도 미령의 눈길을 피하지 않았다.

"역시, 서재의 손 때문이겠지요?"

"……"

"부럽습니다. 도련님의 오롯한 은애를 받으시니."

온요는 돈후의 연모가 이기적이라며 나무랐었다. 돈후가 연모하는 것은 온요가 아니라 돈후 자신이라고도 쏘아붙였다. 어쩌면 온요의 말이 맞다. 이 여인도 결국은 연모하는 이의 마음을 헤아려 물러서는데 돈후는 그러지 못할 것이다.

"여기서 돌아가겠습니다. 역에서 쉰다 한들 마음만 번다할 것입니다."

미령이 가마에 오르기 위해 다가왔다.

"미안하오."

돈후의 사과에 미령은 고개를 돌려 쳐다보았다. 맑은 눈이다. 아름답게 느껴진다. 돈후는 미령의 눈을 보며 생각했다.

내 아들의 친어미가 되어주겠다는 여인. 연모하는 이의 허물을 덮어주고 기꺼이 외로운 그늘에서 살겠다는 여인. 만약 아버지의 뜻대로 이 여인과 혼인한다면 또 다른 생으로 이어질 수 있을까. 온요에 대한 갈망이 조금은 사그라질까.

그렇지 않을 것이다. 속 좁은 나는 이 고운 여인에게 화풀이하며 살게 될 것이다. 온요를 갈망하는 만큼 미워하고 괴롭힐 것이다. 결국 미령의 맑은 눈도 원망과 증오로 탁해질 것이다.

미령의 눈에 눈물이 맺혔다. 그녀는 황급히 고개를 숙이며 눈물을 감추었다.

"부디 강건하십시오."

돈후는 답하지 않았다. 미령을 여인으로 맞은 적이 없으니 작별의 예도 갖추지 않을 것이다. 가마 안에 앉은 미령을 확인한 뒤 문을 닫았다. 곧이어 미령의 목소리가 가마 밖으로 흘러나왔다.

"개경으로 돌아가겠습니다. 길을 고쳐 잡아주세요."

장정들이 마차의 방향을 바꾸었다. 날이 저물기 전에 여각까지 가려면 서둘러야 할 것이다. 돈후는 미령을 실은 마차가 작아져 보이지 않을 때까지 지켜보았다.

"역으로 가시겠습니까?"

기다리던 배달이 다가와 물었다. 돈후는 고개를 끄덕인 뒤 적토에 올랐다. 적토는 다시 바람처럼 달리기 시작했다.

평주역 관사에는 진우가 일찌감치 와서 기다리고 있었다. 은밀히

기별해두었던 방으로 들어서자 반갑게 웃으며 맞았다.

"오랜만이군. 잘 지냈는가?"

진우는 맑은 눈빛을 잃지 않았다. 푸근한 웃음도 여전했다. 하지만 생활은 곤궁한지 행색이 남루했다. 내시가 청요직이라고는 해도 받는 녹봉은 알량하니 입에 풀칠하기도 버거울 것이다. 은밀히 도울 방법을 알아봐야 할 것 같다.

"명색이 고려를 쥐락펴락하는 권세가의 아들이 아닌가. 잘 지냈네. 아수라장 같은 개경에서 벗어나 신선놀음하는 자네에게 비할 바는 아니겠지만 말이야."

돈후의 농에 진우는 피식 웃었다. 진우는 안서부에서 좌창 소속의 관원으로 파견되어 일하고 있었다. 조세로 걷는 쌀과 베를 보관하는 곳간지기나 다름없다. 한직이긴 하나 내시 출신이 종종 좌창에서 일하곤 했으니 완전히 버려진 것은 아니었다. 임금이 그를 어여삐 보긴 했나 보다.

"폐하 덕분에 녹봉은 받고 있으니 감사할 일이지. 그나저나 자네가 나를 보자 해서 좀 놀랐네. 서경 일이…… 아니 이제는 서경이라 부를 수 없겠지. 서도(西都)라 부를 수도 없을 테니 무어라 불러야 할지 난감하군. 아무튼 서경 일로 바쁘다 들었는데 어인 일인가?"

진우의 말대로 조정에서는 벌써부터 분사 제도•를 없애 서경이

• 고려 시대에 중앙의 행정기구를 서경에 나누어 설치한 제도. 분사가 설치된 서경은 제2의 도읍이었다.

가진 도(都)나 경(京)으로서의 지위를 박탈해야 한다는 주장이 나오고 있다. 역도의 얼굴뿐 아니라 그들의 근거지에도 낙인을 찍으려는 계산된 움직임이다. 진우는 기세등등한 개경 귀족들의 오만한 행태를 에둘러 비난하고 있는 것이다.

"자네에게 부탁이 있어서 왔네."

"고려를 쥐락펴락하는 권세가의 아들이 나같은 하급 관원에게 부탁할 일이 다 있는가?"

돈후는 상 위에 비단 꾸러미를 내놓았다. 봉투처럼 접은 뒤 촘촘한 바느질로 밀봉한 꾸러미였다. 진우는 꾸러미를 내려다보기만 할 뿐 손대지 않았다.

"내 부탁을 들어주면 일전에 나에게 했던 자네 부탁을 들어주지."

진우는 돈후를 물끄러미 쳐다보았다. 진의를 가늠해보는 눈빛이다. 돈후는 진우의 눈길을 피하지 않고 마주 보았다. 부식의 발목을 잡을 덫을 진우에게 맡기려 결심한 것은 순전히 그가 가진 맑은 눈 때문이다. 또한 진우가 세를 가지지 못한 처지이기 때문이다. 진우는 옅게 미소 지으며 물었다.

"부탁이란 게 뭔가? 내가 할 수 있는 일이라면 해보지."

"이 꾸러미를 보관해주기만 하면 되네."

"이게 무엇인지는 말해주지 않을 텐가?"

"나의 치부일세."

"치부라……. 나를 과신하고 있군. 내가 이것을 출세나 복수를 위한 도구로 쓰면 어쩌려고 맡기는가?"

"자네가 쓰지 않을 것을 아니까."

"……."

"설령 쓴다 해도 소용은 없네. 이것은 칼날이 아니라 칼자루거든. 칼날은 다른 곳에 있네."

진우는 결심이 선 듯 꾸러미를 집어 섶 안에 갈무리했다.

"보관만 하면 되는가?"

"내가 고려에서 완전히 사라지거든 태워 없애주게."

섶을 매만지던 진우의 손이 멈추었다. 돈후는 멍해져 쳐다보는 진우를 향해 씩 웃어 보였다.

돈후는 임금이 내린 조서를 들고 관풍전에 섰다. 갑자기 불려온 부식과 부장들, 그리고 관리들이 모두 머리를 조아린 채 부복했다. 조서를 읽기 전, 돈후는 부식을 내려다보았다. 부복한 부식도 고개를 들어 돈후를 쳐다보았다. 눈길을 얽은 둘 사이에 긴장이 흘렀다. 돈후는 천천히 조서를 읽기 시작했다.

"평서원수 김부식은 들어라. 역적 조광이 하찮은 악당을 부추기고 험준한 성을 방패 삼아 준동하였으나 경이 문무의 재능을 바탕으로 장상의 임무를 총괄하여 적을 제압하였다. 경의 완벽한 계책과 아군의 승천할 기세에 역도가 궤멸되고 억조창생을 이어갈 수 있게 되었으니 만세에 전할 위업이로다. 짐은 이 기회에 역도의 싹을 잘라버리고 아예 멸할까 고민하였으나 본디 서도는 시조께서 왕업을 일으킨 곳이며 성안의 수많은 백성이 모두 나의 적자이니 차마 죽여 없앨 수가 없다. 게다가 역도조차 마음을 돌려 귀순하고 있으니 긍휼한 마음을 베풀고자 한다. 이에 경은 짐의 뜻을 헤아려 서도의 백성에게 은전을 베풀고 다독여 순치토록 하라."

부장과 관리들 사이에서 웅성거림이 일었다. 윤언이만이 눈에 이채를 띄었고, 대개는 새삼스러울 것도 없는 공치사에 어리둥절한 모습이었다.

조서의 내용은 부식이 서경 수복을 공포할 때 발표한 내용과 다르지 않았다. 승전보에 대한 첫 조서와도 비슷했다. 하지만 임금의 진의는 부식에게 전달되었다. 순치……. 순리에 따라 다스리라는 것은 서경에 대한 탄압을 거두라는 뜻이었다.

부식의 표정에는 별다른 변화가 없었다. 아들인 돈후가 마치 정적처럼 서서 자신을 내려다보고 있음에도 평정을 유지했다.

부복했던 이들이 물러간 뒤 돈후는 부식을 따라 집무실로 들었다. 이제는 아버지와 담판을 지어야 할 시간이다.

부식은 여느 때와 다름없이 차를 들이게 했다. 다향을 맡고 찻잔을 기울여 차를 마시는 품새도 예사로웠다. 돈후가 맞은편에 앉자 빙그레 웃으며 비단보로 싼 봉투를 내밀었다.

"아이의 이름이다. 진(瑨) 자를 골랐다. 보옥을 뜻하니 일단 아명으로 쓰고……."

"그 이름은 쓰지 않겠습니다."

부식의 말을 잘랐다. 아들의 무례한 언동에 부식이 미간을 구겼다.

"저는 더 이상 김가의 손으로 살지 않겠습니다. 저는 이제 을가로 살 것이니 아이 이름도 제가 직접 짓겠습니다."

부식은 표정만큼이나 굳은 목소리로 물었다.

"개경에서 무엇을 하고 온 것이냐?"

"폐하와 거래를 했습니다. 제가 고려에서 사라지는 대가로 저를 팔았습니다."

"너를 팔다니, 그게 무슨 뜻이냐?"

"제 출생과 제가 한 짓을 말씀드렸습니다. 아버지는 천출인 아들을 적자로 삼으신 죄가 있고, 저는 서경에서 역당을 빼돌린 죄가 있지요. 폐하는 아버지의 약점을 잡으셨으니 아버지를 영원히 충직한 신하로 부릴 수 있게 되셨습니다."

부식의 낯이 어두워졌다. 돈후가 저지른 일이 심상치 않음을 이제야 제대로 알아챈 것이다. 하지만 분노를 보이지는 않았다. 아마도 충분히 극복할 수 있다 여기고 있을 것이다. 부식이 물었다.

"네가 바라는 것이 무엇이냐?"

"폐하께서 조서를 통해 밝히신 대로 서경을 순치하십시오. 서경은 태조대왕께서 근본으로 삼으신 땅이 아닙니까. 낙인은 충분히 찍었으니 경으로서의 지위가 더 이상 훼손되지 않도록 해주십시오. 그리고 제 이름을 호적에서 지우시고 집안에서 내치십시오. 저에 관한 모든 것은 폐하께서 언급하지 말라 명하실 겁니다. 그에 따라 저는 깨끗이 지워질 것입니다. 이미 집에 있던 호구단자도 폐하께 바치고 왔습니다."

부식의 낯이 붉어졌다. 붉어진 낯으로 부르르 떨더니 쥐었던 찻잔을 던져 부쉈다. 그러고는 돈후를 노려보며 소리쳤다.

"대체 무슨 짓을 한 것이냐!"

"아버지께서 제 목을 조르시니 살 궁리를 한 것뿐입니다. 아버지께서 주신 목숨이니 죽으라 하시면 죽어야겠으나 아시는 바와 같이 제게도 돌봐야 할 자식이 생겼습니다."

"아이는 이미 네 적자로 받아들였다. 그러니 마음만 잡으라 하지 않았느냐. 네가 마음을 잡는다면 별채 계집도 사면되도록 힘써보겠다. 그러면 첩으로 삼을 수는 있을 게야. 네가 원하는 게 결국 계집이 아니더냐."

예상했던 말이다. 돈후는 낯을 굳히고 답했다.

"약자의 거래는 그렇게 하는 게 아닙니다."

"뭐라?"

"제가 앞서 말씀드린 바를 시행하신 뒤에 원하는 것을 말씀하셔야지요."

부식의 거친 숨이 돈후에게까지 건너왔다. 흰자위에 핏줄이 서려 눈은 불이 붙은 듯 타올랐다. 돈후는 부식의 분노를 이해했다. 가장 귀애했던 아들이 정적보다 더 날카로운 비수를 들이대고 있으니 분노하지 않는다면 그것이 더 이상한 일이다. 전처럼 벼루를 던져 이마를 깬다 해도, 당장 칼을 뽑아 목을 자른다 해도 순순히 받아들일 것이다. 기꺼이 아버지의 손에 죽을 것이다.

하지만 부식은 애써 평정을 찾았다. 다른 잔에 차를 따라 한 모금 마신 뒤에는 미소까지 지으며 말했다.

"네가 원하는 대로 일이 이루어질 것이라 생각하느냐?"

아버지는 역시 강한 사람이다. 하룻강아지에 불과한 돈후가 짖고 문다고 해도 치명상을 입힐 수 없음을 알고 있다. 아프고 괴롭지만 여기서 물러설 수는 없다.

"아버지께서 순순히 놓아주실 것이라 생각지 않았습니다. 폐하를 설득하거나 겁박하여 마음을 돌려놓으시면 순식간에 반전될 수 있음을 압니다. 그래서 덫을 하나 더 놓았습니다."

부식의 미간이 다시 구겨졌다. 돈후는 말을 이었다.

"제가 온요의 호적을 바꾼 것은 이미 알고 계시지요? 운곡 스승님의 호적 대장 원본과 호구단자를 숨겨놓았습니다. 물론 제 짓이라는 증거와 증인도 함께 말입니다. 아버지께서 다른 길을 찾으시면 그 원본이 윤언이 대감 쪽으로 갈 것입니다. 운곡을 조사했던 이가 윤언이 대감 쪽 사람이니 죄는 명백하게 드러날 것입니다. 그러면 저는 호구를 어지럽혀 국기를 문란케 하고 역당을 빼돌린 죄로 참수형을 받겠지요. 저는 죄를 자복하고 기꺼이 죽겠습니다. 하지만 우리 집안도 부역의 후과를 감당하게 될 것입니다."

할 말은 다했다. 임금보다 다루기 어려운 정적 윤언이까지 지렛대로 삼았으니 아무리 권력의 정점에 선 아버지라 해도 이 덫까지 피할 수는 없을 것이다.

돈후의 가슴이 비로소 떨리기 시작했다. 자신의 목을 아버지의 칼 앞에 세우고 자해하듯 겁박하는 것은 아버지의 은애를 믿고 있기 때문이다. 그래서 마음이 더 아팠다. 아버지의 눈을 바로 보기가 힘들었다.

부식은 주먹으로 상을 쾅 내리쳤다. 그러더니 고개를 숙였다. 부식이 임금이 아닌 자를 앞에 두고 고개 숙이는 모습은 처음 보았다. 가슴이 쓰렸다. 불끈 말아 쥔 부식의 주먹 위로 힘줄이 하얗게 불거졌다.

잠시 후 부식이 고개를 들었다. 부식의 붉어진 눈에 고인 눈물을 확인하는 순간, 돈후는 충격에 숨을 멈추었다. 부식이 떨리는 목소리로 말했다.

"돈후야, 너는 내 핏줄이고 내 아들이다. 내 모든 것이야. 내 손으로 직접 너를 안아 길렀어. 고려를 다 준다 한들 너와 바꿀 수는 없다. 아비 곁을 떠나는 것만은 안 돼."

벌떡 일어난 돈후는 한 걸음 물러나 바닥에 부복했다. 그러고는 울며 읍소했다.

"아버지, 저를 낳아주셔서 감사합니다. 천출임에도 귀하게 길러주시고 더할 수 없이 은애해주셔서 감사합니다. 머리를 잘라 신을 삼고 살을 베어 드린다 한들 그 은혜는 갚을 수 없을 것입니다. 바라옵건대, 흉악무도한 아들을 내쳐주십시오. 못난 아들의 간절한 청을 들어주십시오. 저는 고려를 떠나, 아버지의 그늘을 벗어나 제가 원하는 삶을 살겠습니다. 부디 허락해주십시오."

돈후는 바닥에 이마를 쿵쿵 찧었다. 금세 바닥에 핏물이 배었다. 부식이 다가와 돈후를 끌어안았다. 끌어안고 등을 내리치며 울었다.

"안 된다, 이 녀석아. 내가 어찌 너를 보낼 수 있겠느냐. 그럴 수는 없다. 그럴 수는 없어……."

하얗게 센 머리만큼이나 힘이 빠진 아버지의 손. 돈후는 부식의 허리를 끌어안았다.

"죄송합니다, 아버지. 죄송합니다……."

돈후와 부식의 울음이 관풍전 후미를 흔들었다. 지나던 관원들이 흘끔거리며 고개를 기울였지만 아무도 그 이유를 알지 못했다.

돈후는 관사 별채의 방으로 들어섰다. 아기는 젖어미의 품에 안겨 잠들어있었다. 젖어미는 아기를 안은 채 머리를 조아렸다. 다가가 아기를 받아 안았다. 아기가 돈후의 품속에서 용틀임을 했다.

내 아들……. 온요가 낳은 내 아들이다.

뿌듯한 기운이 온몸으로 퍼져나갔다. 돈후는 강보를 여민 뒤 아기를 안고 별채를 나왔다. 마당에 익환이 있었다. 익환이 바닥에 부복하며 말했다.

"도련님, 제발 멈추어주십시오. 제가 아가씨를 지키겠습니다. 제 목숨을 던져서라도 지킬 것이니 부디 대감마님을 등지는 일만은 하지 마십시오."

돈후는 답하지 않고 익환을 지나쳤다. 배달과 을지는 관사 밖에서 대기하고 있었다. 돈후는 아기를 안고 적토에 올랐다. 너무 많이 지체되었다. 산채 사람들이 이동을 시작하기 전에 닿아야 한다.

비단보로 가슴에 아기를 묶고 달렸다. 흔들림이 심해 한껏 내달릴 수는 없어 길이 더뎠다. 마음은 조급했지만 어쩔 수 없었다. 평원을 지나 용문산으로 들어섰다. 험한 비탈을 올라 산채로 향했다. 조금만 더 오르면 온요를 만날 수 있을 것이다. 온요의 품에 아기를 안겨 줄 수 있을 것이다.

하지만 기대와 바람은 입구에 서자마자 부서졌다.

"왜 이리 늦으셨소. 이미 떠났소."

산채 입구에 나온 인호가 안타까운 낯으로 말했다. 눈앞이 캄캄해졌다. 돈후가 물었다.

"떠난 지 얼마나 되었소?"

"사흘 지났소. 사람이 많아 더디다 해도 사나흘 후면 배에 오를 것이오."

곧바로 몸을 돌려 나서려는데 아기가 울기 시작했다. 영문을 몰라 허둥대자 을지가 다가섰다.

"아기씨가 허기져 우시는 겁니다."

중년의 아낙이 다가와 아기를 안고 갔다. 다행히 젖을 나눠줄 젊은 아낙이 있다고 했다. 돈후는 염치불구하고 젊은 아낙에게 동행해달라 청했다. 아낙이 흔쾌히 응했다. 얼마 전 젖을 뗀 데다 온요의 아기라 하니 두말하지 않았다.

아기를 먹이고 재운 뒤 다시 적토 위에 올랐다. 비단보 안에서 잠든 아기를 내려다보며 돈후는 중얼거렸다.

"아들아, 조금만 참아라. 반드시 네 어미 품에 안겨주겠다."

다시 내달리기 시작했다. 안주부 북쪽은 여진과 맞닿아 치안이 불안했지만 여진의 도적 따위는 두렵지 않았다. 가까스로 온요 만날 준비를 마쳤는데 여기서 놓칠 수는 없다.

돈후 일행은 더딘 속도지만 쉼 없이 달렸다. 온요와 나란은 일행 중에 아이들이 있으니 쉬어갈 테고, 관의 눈길을 피해 가느라 더딜 것이다. 충분히 따라잡을 수 있다. 달리는 동안 돈후의 입은 바싹 말라붙었다.

마침내 압수 나루가 보였다. 온요와 나란을 비롯한 산채 식구들의 모습도 보였다. 가슴이 뛰기 시작했다. 한 무리의 말이 다가오자 산채 사람들이 두려운 시선으로 쳐다보았다. 돈후를 발견한 나란이 달려왔다.

"뭐야 너? 어떻게 온 거야?"

돈후는 조심스럽게 적토에서 내렸다. 아기는 비단보 안에 잠들어 있었다. 나란이 돈후의 위아래를 살피더니 을지와 배달을 번갈아 보았다. 온요가 하얗게 질린 얼굴로 다가왔다. 돈후는 온요 앞에 무릎을 꿇었다.

"아기를 데려왔어. 이제는 나를 받아줄래?"

온요는 돈후 품에 안긴 아기를 내려다보더니 금세 눈물을 보였다. 혜강을 비롯한 산채 사람들이 모여들었다. 그들의 낯에 두려움과 반가움이 교차했다. 돈후는 온요의 눈만 보았다. 눈물을 매단 까만 눈동자가 마구 흔들렸다. 돈후는 흔들리는 온요의 눈동자를 보며 빌었다.

'제발 받아줘. 얼른 다가와서 나와 아기를 안아줘.'

그런데 흔들리던 온요의 눈동자는 순식간에 차가워졌다.

"돌아가요."

가슴이 내려앉았다. 잘못 들은 말인가 싶어 눈을 키웠다.

"이 많은 사람을 다 죽이고 싶어요? 아직도 당신은 당신 생각만 하는 거예요?"

당황한 돈후는 입을 벙싯거리다 겨우 말문을 틔웠다.

"모든 것을 버리고 왔다. 나는 이제 너와 다를 바가 없어. 그리고 산채 식구들의 안위도 더 이상 걱정할 필요 없어. 이미 내가……."

돈후의 말이 채 끝나기도 전에 갑이 비명을 질렀다. 사람들의 시선이 일제히 돈후의 뒤편으로 건너갔다. 온요의 낯이 흙빛이 되었다. 온요의 눈길을 따라 고개를 돌리던 돈후도 얼어붙고 말았다.

멀리 군사들의 모습이 보였다. 새카맣게 달려오는 군사들을 보니 안주부에 소속된 병사였다. 부식의 사병들과 익환의 모습도 보였다. 부식이 끝내 포기하지 않은 것이다. 나란이 앞으로 나서며 소리쳤다.

"너 기어이 군사를 달고 온 거야?"

돈후는 절망했다. 삼강의 예를 버리고 당신 가슴에 비수까지 꽂았는데, 배은망덕한 아들도 핏줄이라고 끝내 놓지 못하시는가. 돈후는 고개를 떨궜다. 결국 벗어날 수 없단 말인가. 아버지가 쳐놓은 그물 안에서 퍼덕거리다 주저앉아야 하는가. 안 된다. 그럴 수는 없다.

돈후는 비단보를 푼 뒤 온요를 향해 아기를 내밀었다.

"아기를 데려가. 이 아기의 어미는 너잖아. 내 생모처럼 살고 싶지는 않잖아."

온요의 눈동자가 다시 흔들렸다. 나란을 향해서도 말했다.

"사람들을 데리고 얼른 배에 타라. 군사는 내가 막겠다."

돈후는 온요를 쳐다보았다. 온요의 눈이 돈후의 팔에서 꿈틀대는 아기로 향했다. 잠에서 깬 아기가 울음을 터뜨렸다. 움찔 놀란 온요가 다가와 아기를 받아 안았다. 아기가 팔을 떠나자 모든 것을 잃은 듯 가슴이 허전했다. 온요는 건네받은 아기를 놓칠세라 꼭 끌어안고 얼굴을 묻었다.

산채 사람들이 나란의 재촉을 받으며 배를 향해 뛰기 시작했다. 온요는 아기를 안고 선 채 움직이지 않았다. 돈후는 눈물을 흘리며 온요를 보았다. 또다시 떠나보내야 한다. 겨우 붙잡았는데 놓아주어야 한다. 가슴이 찢겨 피를 내뿜는다 해도 이보다 고통스럽지는 않을 것이다.

온요도 울었다. 아롱진 눈물이 뺨을 타고 뚝뚝 떨어졌다. 나란이 온요의 어깨를 잡고 이끌었으나 고개를 가로저으며 버텼다. 떠나야 할지 망설이는 것이다.

"어서 가. 다시 만나면…… 그때는 받아줄 거지?"

온요는 눈물을 매단 채 고개를 끄덕였다. 돈후는 미소 지었다. 온요가 허락했다. 나를 받아주었다. 그것으로 되었다.

돈후는 다리에 힘을 주며 일어섰다. 나란이 온요를 이끌고 돌아섰다. 온요는 배를 향해 뛰듯 걸어가면서도 자꾸 돌아보았다. 돈후는 온요에게서 눈을 떼지 않았다. 더딘 뜀박질이 답답했는지 나란이 온요 품에서 아기를 건네받았다. 아기 없이 뛰어가던 온요가 뒤를 돌아보다 넘어졌다. 달려가 일으켜주고 싶었으나 가까스로 버텼다. 돈후는 온요와 나란이 마지막으로 배에 오르는 모습을 본 뒤에야 천천히 돌아섰다.

을지와 배달이 돈후 옆에 서서 몰려드는 군사들을 향해 활을 잿다. 젖어미로 따라온 아낙이 떨며 을지 뒤에 웅크렸다.

배가 나루에서 몸체를 띄우고 바다를 향해 나아가기 시작할 무렵 익환과 선두의 기병들이 돈후 앞에 도열했다. 익환이 말에서 내려 다가왔다. 눈물을 흘려 붉어진 돈후의 눈을 보고는 안타까운 표정을 지었다.

"대감마님께서 도련님을 어찌 포기하시겠습니까."

군사들이 진을 이루며 배를 향해 일제히 활을 잿다. 한 병사가 열병하듯 돌아다니며 살 끝에 불을 붙였다. 온요와 산채 식구들이 탄 배를 불태우려는 것이다. 돈후는 배달의 허리춤에서 칼을 뽑은 뒤 병사들 앞으로 나아가 무릎을 꿇었다. 그러고는 제 가슴을 향해 칼끝을 세웠다. 익환이 놀라 눈을 키웠다. 익환에게 활을 겨누던 을지와 배달도 화들짝 놀라 쳐다보았다. 돈후는 빙긋 웃어 보였다.

"물러나라 하십시오."

익환은 굳은 낯으로 돈후를 보았다. 진심인지를 가늠하는 것이다. 돈후와 익환이 서로를 노려보며 긴장을 유지하는 사이 배는 물살을 가르며 전진했다. 익환의 눈이 흔들렸다. 그럼에도 물러나라는 명은 내리지 않았다.

여간해서는 돈후의 청을 물리치지 않는 익환이 버티는 것을 보면 온요를 반드시 죽이라 명을 받은 것이 틀림없다. 온요만 죽어 없어지면 돈후도 어쩔 수 없으리라 여긴 것이다. 벌여놓은 일은 이후 수습해도 늦지 않다 생각하셨겠지. 아들이 살아있는 한 아버지는 결코 포기하지 않을 것이다.

안주부의 군관으로 보이는 자가 익환에게 다가와 재촉했다.

"밀수선이 사정거리를 벗어나고 있습니다. 시간을 더 지체하면 놓칩니다. 이 지역은 금군과의 충돌이 잦은 데다 바다에는 해적이 많아 쫓을 수도 없습니다."

돈후는 군관의 말을 들으며 칼자루를 고쳐 쥐었다. 정확히 심장을 겨냥했다. 익환의 낯이 더욱 굳어졌다. 살 끝을 익환의 목에 똑바로 겨눈 을지와 배달에게서도 불안한 숨이 느껴졌다. 돈후는 생각했다.

온요를 얻기 위해 버려야 할 것이란 귀족이라는 신분도, 김부식의 장자라는 허울도 아니었구나. 그것은 내 것이 아니라 아버지의 것이었으니 버릴 수도 없었구나. 내가 가진 것이라고는 이 알량한 목숨뿐. 결국 목숨을 내놓아야 했던 것이구나.

중군 병영의 관사에서 복수의 살을 거두고 제 목에 칼을 겨누던 운이 떠올랐다. 불타는 성벽 위에서 자결하듯 싸우다 잿더미 속에서 하얀 인골로 발견된 녀석을 떠올리자 허허로운 웃음이 흘러나왔다.

운, 너는 일말의 망설임도 없이 죽었겠지. 네 연모가 어떤 것이었는지 이제야 비로소 알겠다. 내가 네게서 무엇을 빼앗았는지도 알겠다. 하지만 나 역시 포기하지 못하겠다. 온요는 내 목숨이다. 그녀가 죽는다면 내 목숨도 필요 없다.

"쏴라!"

군관의 명과 함께 병사들이 시위를 놓는 순간, 돈후는 제 가슴을 힘껏 찔렀다. 을지가 칼자루를 쳐 막으려 했으나 실패했다. 돈후의 손아귀에서 힘을 받은 칼은 푹 소리를 내며 가슴에 들어왔다.

이상하게도 고통은 느껴지지 않았다. 그저 살을 가르고 들어온 서늘한 칼날의 감촉만이 오롯이 느껴졌다. 몸이 기울었다. 동시에 을지와 익환의 비명이 대기를 찢었다.

"도련님!"

시야가 흐려지고 숨이 막혔다. 을지가 피 뿜는 가슴을 찍어 누르며 울부짖었다. 하지만 돈후의 눈앞에서 흔들리던 세상은 오래가지 않았다. 이내 캄캄한 어둠이 시야를 덮었다.

변경

대륙의 중심이라 불리는 변경 외곽의 고려방. 커다란 궤짝을 이어붙인 듯 볼품은 없어도 탄탄하게 지어 올린 복층 가옥이다. 두 해 전부터 나란과 산채 식구들이 머물기 시작하면서 고려방이라는 이름이 붙었다.

삼월의 봄볕이 다사로이 내리쬐는 고려방 앞마당에 소란이 일었다. 한 무리의 사람들이 줄을 지어 길게 늘어섰고, 줄 선 자들의 손에는 빈 바가지가 들렸다. 헐벗은 자들이 모여 사는 빈촌에 모처럼 풀기가 도는 날이었다. 얼마의 시간이 지난 뒤 갑이 산만 한 배를 내밀고 소리쳤다.

"이제 다 끝났소. 안 됐소만 삼 일 뒤에 오시오."

죽을 받지 못한 사람들이 볼멘소리를 쏟아냈다. 하지만 빈 솥을 땅땅 두드리며 사납게 소리치는 갑의 기세에 눌려 돌아섰다. 잠시 후 고려방은 뻘처럼 휑해졌다. 병이 아지매와 신도댁이 빈 솥과 대접 등속을 챙겨 반빗간으로 들어갔다.

"죽 보시는 다 끝난 거냐?"

행여, 갑이 해코지라도 당할까 염려하며 지켜보던 나란이 방금 도착한 척 고려방으로 들어섰다. 갑이 함빡 웃으며 반겼다.

"아직 해가 중천인데 어쩐 일로 이리 일찍 왔어?"

"장비 행수가 새 물목 알아본다고 점방을 비웠다. 나도 저녁에 일이 있어 일찍 파하고 들어오는 길이야."

"잘 왔어. 그러잖아도 참 가져다주려고 했어."

갑은 말을 마치자마자 반빗간으로 달려가 소반을 들고 나왔다. 병이 아지매를 비롯한 아낙들이 반빗간 밖으로 고개를 내밀었다. 장정은 모두 성 밖의 밭에 일을 나간 터라 아낙들밖에 없었다. 나란은 꾸벅 인사하고 평상에 앉았다. 둘러보니 병자들로 북적여야 할 아래층 병사가 텅 비었다. 아기도 온요가 아니라 신도댁이 업고 있다.

"온요는 어디 갔어?"

가져온 밥덩이를 씹으며 물었다. 갑이 눈치를 보며 답했다.

"유충 나리 댁에 불려갔어. 그 댁 아드님이 또 아프대."

"뭐야?"

나란이 밥을 문 채 소리쳤다. 갑은 금세 자라목이 되었다.

유충은 변경의 관아에서 일하는 한족 관리다. 변경이 금에 점령되고 십수 년이 흐르는 동안 한족의 처지는 많이 달라졌다. 처음에는 점령군의 발길에 채여 오랑캐보다 못한 취급을 받았지만, 완옌단이 금의 황제가 된 이후에는 형편이 나아졌다. 완옌단은 여진의 습속을 고집하지 않고 송의 체제를 존중했다. 덕분에 유충처럼 관리로 등용된 한족은 여진인 못지않은 권력과 부를 누리고 있다.

문제는 유충이 온요를 대하는 태도가 예사롭지 않다는 것이다. 우연히 저자에서 배앓이하는 아들을 돌봐준 일을 계기로 걸핏하면 온요를 불러들인다. 때마다 선물 보따리도 보내온다. 그자가 사례로 보내준 곡식 덕분에 보시 형편이 나아지긴 했지만 흑심 담은 아량 따위는 필요 없다. 아무리 퍼주어도 모자란 것이 보시다. 아쉬운 대로, 부족한 대로 하면 된다.

"그럼 어쩌겠어. 아드님이 아프다는데, 온요가 아닌 다른 의원은 싫다고 떼를 쓴다는데……."

"변경에 용한 의원들이 얼마나 많은데 온요를 찾아? 유충인지 빙충인지 하는 놈이 온요 탐나서 벌이는 짓거리인 줄 몰라서 그래?"

"……."

갑은 입을 다물었다. 갑도 모르는 바가 아닐 것이다. 그저, 권력 가진 자의 비위를 건드리고 싶지 않을 뿐. 유충이 하급 관리라 해도 수틀리면 고려방쯤은 흔적 없이 날려버릴 수 있다. 그러니 눈치를 보는 것이다.

"그런 걱정 하지 마. 내가 아니면 그만이야."

온요 목소리였다. 돌아보니 온요가 고려방 입구에 서있다. 온요 뒤편으로 가마꾼들이 인사하며 물러가는 모습이 보였다. 온요는 낯을 구긴 나란 옆에 앉더니 밥덩이 하나를 집어 입에 물었다.

"애를 봐달라는 집에서 밥도 안 주던?"

"내가 거절했어. 곡물 주는 것만도 고마운데 밥까지 얻어먹긴 싫더라."

그것은 마음에 든다. 나란의 낯이 조금은 낫낫해졌다. 신도댁이 아기를 온요 품에 안겨주었다. 온요는 먹던 밥덩이를 얼른 내려놓고 아기를 받아 안았다. 한창 말을 배우고 있는 아기는 제법 똑똑한 소리로 어미를 불렀다. 코끝이 생채기라도 난 듯 매웠다. 아비도 없이 이름조차 갖지 못한 채 자라고 있는 조카. 온요는 한사코 이름 지어주길 마다하고 아기라고만 불렀다. 생사조차 모르는 돈후를 기다리고 있는 것 같다.

압수에서 배를 타고 떠나던 날, 나란은 돈후를 보았다. 초원에서 자라 남달리 눈이 밝은 덕분이었다. 돈후는 그날 저를 칼로 찔러 군사들을 막았다. 돈후는 맥없이 쓰러졌다. 만약 칼이 심장을 뚫었다면 그 자리에서 죽었을 것이다. 나란은 자신이 본 것을 아무에게도 말하지 못했다.

"갑이한테 소리 좀 지르지 마. 이제 곧 해산인데 아기도 듣는단 말이야. 이제는 아비답게 점잖아져야지."

"맞아. 혼인한 지가 언젠데 아직도 꼬맹이 취급한다니까?"

갑이 삐죽거리자 나란은 머쓱해졌다. 갑을 더 이상 꼬맹이로 보지는 않는다. 갑은 고려방의 살림을 도맡아 하는 안주인이자 새로운 산채를 이끄는 대장이 되었다. 이번에는 나란이 자라목을 하자 갑이 호탕하게 웃었다.

참을 다 먹을 무렵 남루한 차림의 병자들이 고려방에 찾아왔다. 고려 오랑캐라 업신여기던 자들이 아쉬운 일이 생기니 언제 그랬냐는 듯 굽실거렸다. 온요는 병을 불러 아기를 맡긴 뒤 병자들을 이끌고 병사로 갔다. 나란도 일어났다. 유시에 아주 중요한 사람을 만나기로 했다. 아낙들 몰래 갑의 부른 배를 어루만져주고는 인근의 주점으로 향했다.

주점에 앉아 기다리길 반 시진. 기다리던 자가 들어섰다. 임안의 상단에서 짐꾼으로 일하던 지량이라는 장사치다. 광덕 일로 만났는데 임안이나 변경뿐 아니라 서하든 고려든 종횡무진 돌아다니고 있다. 지량이 연경을 거쳐 고려 북쪽의 요양 근처까지 간다기에 긴요한 부탁을 했었다.

"어서 오시오. 먼 길에 고생 많으셨지요?"

나란은 지량을 반갑게 맞았다. 지량도 나란의 손을 잡으며 웃었다. 낯이 밝은 것을 보니 소식을 가져온 것이 분명하다. 가슴이 뛰었다. 앉자마자 술을 주문한 뒤 쳐다보자 지량이 입을 열었다.

"은덩이 값을 하느라 꽤 힘들었소. 부탁한 대로 인호라는 사람에게 전령을 보내 소식을 들었소. 미안하지만 서신으로 받은 죽간은 국경을 넘다 노략질을 당해 빼앗겼다 하오. 대신 말만 전해주었소."

어두워졌던 나란의 얼굴이 기대로 밝아졌다.

"산채는 무사하다 하오. 식구들도 잘 지내니 걱정 말라는구려. 완적이라는 자는 시신을 거두어 제를 올려주었다 하는데, 김돈후라는 자의 소식은 듣지 못한 것 같소. 다만 그의 수하가 찾아왔었는데, 뭐라더라……. 미호? 미호라는 아가씨 소식을 묻고 갔다 하오."

미호의 소식을 물었다면 배달이다. 나란이 물었다.

"김돈후에 대해서는 어디서도 들은 바가 없다는 뜻이오?"

"임안 쪽 사람들에게도 수소문을 해보았는데 개경에도 그 사람 일을 아는 사람이 없다고 했소. 그의 부친은 문하시중으로 승차해 떵떵거리며 산답디다. 하지만 이상하게도 장자 이야기는 아무도 모른다고 했소."

이상하다. 돈후가 죽었다면 죽은 일로, 살아있다면 대단한 권력자의 아들로 소문이 떠르르 해야 정상이건만 왜 아무런 소식을 듣지 못한 것일까? 나란이 고개를 기울이는데 지량이 물었다.

"변경에서는 살만하오? 초원으로 가겠다더니 예서 눌러살 작정이오?"

"내자가 회임을 한 데다 어린 조카가 있어 움직이기 어렵소. 뭐, 신분 문제가 그럭저럭 해결되니 살만도 하고."

당초 나란은 연경을 거쳐 초원으로 가려고 했다. 언제나 꿈에 그리던 고향에 운곡의 산채를 지으려 했다. 이왕 도망쳐 나온 바에야 고려인의 발길이 미치지 않는 곳으로 가는 것이 더 안전할 것도 같았다. 하지만 뜻하지 않게 풍랑을 만나 배가 남쪽에 닿았다. 살아남은 것도 기적이었다. 사선을 겨우 넘고 나자 대륙을 거슬러 초원으로 갈 일이 막막하게 느껴졌다.

덕우의 제안으로 변경에 짐을 풀었다. 땡초가 쳐부수자던 오랑캐의 나라 금은 도망자들이 살기에는 오히려 좋았다. 주민의 대다수를 차지하는 한족 역시 나라를 잃은 백성인 데다 여러 민족이 어울려 사는 곳이었기 때문이다. 덕우의 장사 수완 덕에 산채 식구들 입에 풀칠하는 일도 수월했다. 유목 경험이 없는 산채 식구들이 살기에는 척박한 초원보다 변경이 나을 것이다.

"하긴, 장비 행수가 건재하니 변경 살이가 더 나을 거요. 수완이 좋잖소. 임안에서도 장비 행수 찾는 사람이 아직 많다오."

소식을 전해준 지량에게 술을 권했다. 자리를 파하면서는 동전 꾸러미도 건넸다. 지량은 너털웃음을 지으며 떠났다.

지량이 돌아간 뒤 나란은 주점에 남아 홀로 술을 마셨다. 운이 떠나고 돈후마저 생사를 모르니 가슴이 뻥 뚫린 듯 허전했다. 돌봐야 할 식구들이 많고 곧 태어날 자식까지 두었지만 허전한 마음이 채워지지 않았다. 자신과는 어울리지 않을 정도로 고귀했던 동무들……. 운과 돈후가 그리웠다.

빈 잔에 눈물이 떨어졌다. 나란은 눈물을 지우려 술을 부었다. 눈물 섞인 술은 다시 비워졌다.

갑의 산통이 시작되었다. 아낙들이 분주하게 오갔다. 나란을 비롯한 남정네들은 마당에서 서성댔다. 나란이 몇 번이고 소리쳤다.

"어찌 되고 있는 거야? 나오는 거야, 마는 거야?"

참다못한 온요가 병사 문 밖으로 고개를 내밀고 눈을 흘겼다. 산통이 너무 긴 탓인지 나란 곁에 선 혜강도 불안한 눈빛을 내보였다. 혜강을 보며 온요가 말했다.

"걱정 마세요. 잠시 후면 나올 거예요."

온요는 자리로 돌아와 엉거주춤 앉은 갑의 허리를 지지해주었다. 갑은 기둥을 부여잡고 용을 썼다. 갑의 이마에서 송송 땀이 솟았다. 솟은 땀이 내가 되어 흐를 무렵 아기의 까만 머리가 빠져나왔다. 곧 이어 온전한 모습을 드러낸 아기를 온요가 받아 안았다. 어여쁜 딸이었다. 아기는 입을 앙 벌린 채 울어댔다. 온 세상을 흔들 기세였다. 갑은 아기를 건네받은 뒤 목젖이 보이도록 웃었다.

탯줄을 끊고 태반을 치우자마자 나란이 뛰어들었다. 나란은 갑과 달리 엉엉 울었다. 초원에서 태어나 세상 곳곳을 떠돌며 고생하다 얻은 귀한 핏줄이니 감격스러울 것이다. 온요의 눈에도 눈물이 맺혔다.

"갑아 고맙다. 아버지 고맙습니다. 온요야 수고했다."

나란이 울며 중얼거렸다. 곧이어 산채 식구들이 들어와 축하했다. 늦둥이 손을 얻은 혜강도 감격의 눈물을 보였다. 덕우가 물었다.

"이름은 뭐라 할 것이냐?"

나란이 자랑스레 답했다.

"후르라 지었소. 고려 말로는 희(囍)라 부를 거요. 기쁨이라는 뜻이오. 내 생애 최고의 기쁨이잖소."

후르……. 좋은 이름이다. 살아계셨다면 아버지도 좋다 하셨을 것이다. 온요와 눈을 맞춘 나란은 미안한 표정을 지었다. 아직도 이름을 지어주지 못한 조카 때문일 것이다. 온요는 괜찮다는 뜻으로 밝게 웃어주었다.

저녁 내내 잔치를 벌였다. 가진 것이 넉넉지 않아 차린 것은 없어도 모두 즐거이 먹고 마셨다. 방울아비가 구성지게 창을 하자 완함이 덩실덩실 어깨춤을 추었다. 병이 조무래기들을 꼬리에 달고 완함의 춤을 흉내 내며 뛰놀았다. 천마산 시절처럼 풍요로웠다.

갑이 해산한 뒤 나란은 한동안 일을 나가지 않았다. 싱글거리는 나란이 고려방에 머무니 잔칫집 같은 흥분은 계속되었다. 찾아오는 병자들을 물리칠 수는 없어 금줄은 이 층에만 쳤다. 갑이 해산한 뒤 처음으로 보시하는 죽은 배로 늘렸다. 덕분에 고려방은 여느 때보다 더 많은 이들로 북적거렸다.

죽을 끓였던 두 개의 솥단지를 모두 비우고 나서야 고려방 마당이 한산해졌다. 아낙들은 마당의 평상에 걸터앉아 쉬었고 아기는 아낙들 사이에서 재롱을 부렸다. 까르르 웃음소리가 고려방 마당을 채웠다.

아기의 재롱만으로는 심심했는지 방울어멈이 미호에게 창을 해보라 권했다. 미호는 쑥스러워하며 손을 내저었지만 싫지 않은 눈치였다. 이내 목을 가다듬고 창을 흘리기 시작했다.

"버석대는 가는 모래 벼랑에 군밤을 심어
움과 싹이 돋거든 임을 잊으리다.
옥으로 연꽃을 새기고 바위 위에 접을 붙여
꽃 세 묶음이 피어나거든 임을 잊으리다……."

병사에 앉은 온요의 귀에도 가늘고 고운 미호의 목소리가 흘러들었다. 무쇠로 만든 갑옷이 헐고 무쇠로 만든 황소가 쇠풀을 다 먹어야 그리운 임을 잊을 수 있을 것이라는 노랫말이 온요의 가슴을 흔들었다. 압수에서 온요를 보내며 눈물 흘리던 돈후의 얼굴이 떠올랐다.

돈후는 지금 어찌 지내고 있을까. 온요와 아기는 잊고 새로운 삶을 시작했을까. 아니면 벌처럼 황량한 집에서 여전히 외로워하고 있을까.

풍랑을 만나 요동치는 배 안에서 온요는 후회했다. 생이란 어차피 한 치 앞도 내다볼 수 없는 것. 죽음을 벗하기는 어디에서든 마찬가지인데 풍랑에 스러질 바에야 차라리 돈후 곁에 머물다 죽을 것을, 그의 간절한 손을 잡아줄 것을……. 매몰차게 뿌리치고 돌아선 것은 모두를 살리는 길이라 믿었기 때문인데, 채우지 못한 욕망은 날이 갈수록 커진다. 커지고 또 커져 짙은 회한을 만들어낸다. 몸서리칠 만큼 그가 그립다.

미호의 창이 끝자락으로 내달렸다.

"구슬이 바위에 떨어진들 끈이야 끊어지리까.
천 년을 헤어져 살아간들 믿음이 끊어지리까……."

온요의 눈에서 눈물이 떨어졌다. 미호의 창이 끝나자 아낙들이 박수를 쳤다. 어쩌면 그리 창을 잘하느냐 찬사도 이어졌다. 온요는 누기 서린 눈자위를 감추고 병자의 종기에 약물을 발랐다. 약물을 바르는 손이 한기 든 듯 떨려 자꾸만 엇나갔다. 다행히 미호의 창에 넋을 빼앗긴 병자는 눈치채지 못했다. 마음을 진정시키며 베를 감았다. 치료가 끝나자 병자는 머리를 깊이 조아린 뒤 병사를 나갔다.

온요는 번민을 몰아낼 기세로 긴 숨을 내쉬었다. 그립고 아파도

힘을 내야 한다. 힘을 내 살아야 한다. 온요는 울적했던 마음을 지우려 손을 툭툭 털었다. 그러고는 마당으로 나섰다. 아기가 온요를 보고 반색하며 손을 뻗었다. 기꺼운 웃음으로 함빡 안아주었다.

때마침 고려방 입구에 짐 실은 수레가 섰다. 수레꾼이 들어와 고했다.

"유충 공께서 보내신 물건을 가져왔소."

유충이 또 곡물을 보냈다. 이번에는 비단까지 보냈다. 온요는 난감한 표정을 지었다. 나란의 걱정대로 유충은 온요에게 다른 마음이 있다. 이미 첩실을 둘이나 두었으면서도 온요를 원하고 있다. 유충이 정식으로 청혼했을 때 온요는 단호히 거절했다. 자신은 이미 지아비가 있으며 그를 기다리고 있다고 답했다. 그럼에도 호의를 멈추지 않는다.

"도로 가져가시오! 우리는 이런 거 필요 없소."

나란이 나서 호통을 쳤으나 수레꾼은 화를 냈다. 품삯을 받았으니 자신은 모르는 일이라며 막무가내로 짐을 부렸다. 마당에 산처럼 쌓인 곡물과 비단 보따리 주변에 아낙들이 모여들었다.

"아이고, 많이도 보냈네. 저 비단은 뭔데 저리 고와?"

방울어멈이 감탄하자 미호가 거들었다.

"비단 중에서도 최상급 능라네요. 개경의 칠현루에서도 본 적이 없어요."

듣고 있던 나란이 소리를 질렀다.

“저건 능라가 아니라 독약이오. 손댈 생각 하지 마시오!”

나란이 사납게 씩씩대자 아낙들이 멋쩍은 낯으로 물러났다. 온요는 아기를 평상에 내려놓으며 말했다.

“아무래도 내가 직접 돌려줘야겠어. 수레꾼 좀 불러줘.”

“네가 가긴 어딜 가? 이참에 유충인지 빙충인지 직접 만나 담판 짓고 올 거야. 첩을 둘씩이나 거느린 놈이 언감생심 너를 탐내?”

“괜히 긁어 부스럼 만들지 마. 그래도 유학을 배운 유자시니 차분히 설득하면 알아들을 거야.”

“유자는 얼어 죽을……. 사내놈 시커먼 속이 유자라고 다를 것 같냐? 너나 나서지 마. 사내놈들 속은 내가 더 잘 알아.”

“너는 싸움질부터 할 거 아니야. 그럴 거면 차라리 물건만 보내.”

“글쎄, 내가 가야 단념시킬 수 있다니까?”

나란과 옥신각신하는데 누군가 대화에 끼어들었다.

“걱정 마시오. 곡물 값으로 부인을 달라 하지는 않을 테니.”

온요와 나란은 동시에 돌아보았다. 고려방 입구에 유충이 서있었다. 변경의 부호답게 거느리고 온 종복만도 여럿이었다. 당황스러웠지만 예를 갖추어 인사했다. 나란은 부루퉁하니 쳐다보기만 했다. 유충이 손을 아래로 모으고 나란을 향해 고개를 숙였다. 고려식 예법이다.

“처음 뵙소. 빙충이 아니라 유충이라 하오.”

나란이 머쓱한 표정을 짓더니 마지못해 답례했다. 온요는 심란해졌다. 이 사람이 고려방까지 어인 일일까. 부담스럽고 불편하다.
"부인의 오라비 되시는 분을 만나 뵙고 싶어 왔소."
온요와 나란은 낯을 굳혔지만 유충은 밝게 웃어 보였다.

나란은 병사 안에서 유충과 마주 앉았다. 온요가 차와 다과를 내놓고 나갔다.

유충은 값비싼 능라로 만든 포를 걸쳐 입었으나 격식을 따지지도 않고 거리낌도 없었다. 크지 않은 체구에 눈매가 점잖고 낯도 부드러운 것이 온요 말대로 학자 같은 인상을 주었다. 게다가 온요와 나눈 말까지 알아들었다. 고려인 어머니에게서 태어났다더니 고려말도 유창했다.

"번번이 언질도 없이 곡물을 보내 미안하오. 그래서 뒤늦게나마 양해를 구하고자 직접 찾아왔소."

지난번에 곡물을 돌려보낸 일을 이르는 것이다. 정말로 미안하다는 뜻일까, 아니면 언짢았음을 돌려 말하는 것일까. 배운 자의 말은 가려들어야 한다. 입으로는 미안하다 해도 실제로는 괘씸해하며 보복할 수 있다. 고민하던 나란은 앞뒤를 재지 않기로 했다. 말에

번지르르하게 기름을 쳐봐야 결국 온요가 탐난다는 뜻이다.

"호의는 고맙소만 누이는 이미 혼인한 몸이오."

겻섬 털 듯 야박하게 답했음에도 유충은 빙그레 웃어 보였다. 마음에 들지 않는다. 불편한 자리에서 내보이는 웃음은 대개 속을 가리기 위한 가면이다.

"누이에게 이미 청혼한 바 있지만 거절당했소. 그러니 곡물은 저어치 말고 받아주시오. 주린 백성 대부분이 나와 같은 한족인데 고려인들이 고마운 일을 하고 있어 거들고자 하는 것뿐이오."

속셈은 빤한데 쉬 틈을 보이지 않는다. 먹물 든 자들은 이래서 골치 아프다. 나란은 부루퉁한 낯을 풀지 않고 말했다.

"어차피 될 혼사도 아니었지만 첩실을 둘이나 두고도 청혼하는 게 뻔뻔하다 생각지 않소?"

"고려에서는 어떤지 몰라도 이곳에서 첩실은 부인이 아니오. 아이를 돌보는 하녀에 가깝지요. 그래서 부인이 되어달라 청했던 것이라오. 뭐, 결과야 좋지 않았지만……."

나란은 미간을 찡그렸다. 이자의 마음, 진심이다. 진심으로 온요를 좋아하고 있어. 문득 돈후가 떠올랐다. 강퍅한 돈후가 이 상황을 알았다면 어떤 반응을 보였을까? 보나마나 길길이 날뛰었겠지. 적어도 지금은 돈후가 몰라 다행이라는 생각이 들었다.

"이레 뒤가 내 아들 생일이오. 뜻깊은 일이 없을까 고민하던 차에 부인께서 아주 좋은 제안을 해주셨소. 저자에서 가난한 이들을 위해 보시하고 잡극을 열 계획인데 고려방 사람들도 초대하고 싶소. 한때나마 즐기다 가시길 바라오."

선뜻 수락하지 않자 유충이 거듭 청했다.

"누이에 대한 흑심은 접었으니 부디 거절치 마시오."

온요가 꼼짝 못 하고 불려 다니는 이유를 이제야 알 것 같다. 이 자는 부와 권력을 내세워 거들먹거리지 않는다. 제가 먼저 빗장을 풀어 보인다. 거절하는 사람을 되레 불편하게 만든다.

"좋은 날이니 초대에는 응하겠소. 허나 곡물은 더 이상 보내지 마시오. 어차피 변경의 모든 빈민을 구제하자고 시작한 일이 아니오. 우리는 우리 깜냥에 맞게 하겠소."

유충은 난감한 표정을 지었다. 그러나 이내 고개를 끄덕이며 미소를 지어 보였다.

"알겠소. 공의 뜻을 존중하겠소."

유충은 오래지 않아 돌아갔다. 유충이 탄 말 뒤로 열 명이 넘는 종복이 줄을 지어 따라갔다. 나란은 유충을 배웅하며 생각했다.

과연 잘한 일일까. 죽었는지 살았는지 모를 돈후를 기다리며 온요 홀로 살게 하는 것이 바람직한 일일까. 혼인을 하든 안 하든 온요가 마음의 위안을 받을 수 있다면 놔두는 게 오라비로서 마땅한 도리가 아닐까. 마음이 복잡해졌다.

"고마워. 역시 내 오라버니야."

어느새 다가와 곁에 선 온요가 웃으며 말했다. 해맑은 온요의 웃음을 보니 머릿속 실타래가 더욱 꼬였다.

"다른 건 몰라도 잡극 보는 것은 반갑네. 변경 살이 벌써 두 해째인데 잡극은커녕 기예 한 번 못 봤잖아. 갑이 소원도 잡극 보는 것이었으니 소식 들으면 좋아하겠네."

다기를 치우던 방울어멈이 말했다. 돌아보니 산채의 아낙들이 모두 기대하는 눈빛으로 쳐다보고 있다. 저들 모두 잡극 소리를 듣고 모여들었단 말인가. 나란은 투덜대듯 말했다.

"아, 보고 싶으면 진즉 말하지 그랬소. 까짓 잡극 따위야 말만 하면 내가 당장이라도 보여주었을 텐데."

나란의 말이 끝나기 무섭게 병이 달려와 다랑귀를 뛰었다.

"형님, 나도 가면 안 돼요? 나도 잡극 보고 싶은데."

산채 살림의 자질구레한 일들을 장정처럼 해내는 병이지만 두 손으로 붙잡고 매달린 품새가 영락없는 코흘리개다. 나란은 병의 머리를 쓸며 답했다.

"안 될 게 무에 있겠냐. 꼬맹이 처남, 너도 같이 가자."

병의 얼굴이 박꽃처럼 피었다. 병뿐 아니라 산채 식구들 모두의 얼굴이 밝아졌다. 마음이 짠했다. 풍랑에 시달리며 사선을 넘어온 이들이다. 새벽부터 늦은 밤까지 황무지를 개간해가며 땀 흘려 일해왔다. 타국살이 설움에도 불평 한 번 하지 않은 이들을 위해 변변한 여흥조차 마련해주지 못했다.

온요도 반가운 듯 나란의 팔을 툭 치며 말했다.

"잘됐네. 갑이 금줄 안에 갇혀있느라 힘들어했잖아. 잡극 보러 나가는 김에 저자에서 어여쁜 것도 많이 사줘."

"뭔 소리야? 너는 안 가겠다는 뜻이야?"

"아기와 후르 볼 사람은 있어야 하잖아. 내가 남아있을 테니 식구들 데리고 다녀와."

나란이 미간을 구기자 병이 아지매가 끼어들었다.

"아가씨도 다녀오세요. 아기 도련님에 병자들까지 살피시느라 고생하셨잖아요. 어차피 후르 할아비는 다리가 아파 못 가요. 제가 후르와 아기 도련님 볼 테니 마음 놓고 다녀오세요."

온요는 한사코 제가 남겠다 고집 부렸지만 결국 병이 아지매의 설득에 져 함께 가기로 했다. 나란은 장모의 배려가 고마워 꾸벅 절을 했다. 그러고는 싱글싱글 웃으며 온요에게 말했다.

"너도 갖고 싶은 것 있으면 뭐든 말만 해라. 이 오라버니가 어여쁜 것 많이 사줄 테니."

운에 이어 돈후까지 잃고 졸지에 청상이 된 온요. 한창 고운 나이에 비구니처럼 사는 온요를 볼 때마다 가슴이 에인다. 이참에 제대로 위안거리를 안겨주어야겠다.

"갑이나 많이 사줘. 지금은 고려방 살림하느라 여유가 없어 그렇지, 어여쁘게 꾸미면 변경의 귀족 부인들이 오금도 못 펼 거야."

"너는 뭐 못났냐? 네가 꾸미고 나서기만 하면 변경의 사내놈들이 몰려들어 줄을 설 거다."

"사내들이 줄을 서면? 혼례라도 올려주게?"

"못 해줄 것도 없지. 마음에 쏙 드는 놈이 나타나거든 언제든 말만 해. 내가 쥐도 새도 모르게 보쌈해줄 테니."

온요는 어이없다는 듯 웃었다. 웃고는 있지만 낯에는 그늘이 졌다. 나란도 마음이 무거워졌다. 온요가 바라고 있는 사내는 오직 한 사람뿐이다. 이제는 마음대로 보쌈해 데려올 수도 없는 녀석…….

"오라버니가 있으니 참 좋네. 고마워. 마음에 드는 사내가 나타나면 꼭 오라버니에게 말할게."

수줍고 여리기가 유리 같았던 온요. 흔한 농 한 번 허투루 넘기지 못하던 누이가 이제는 제법 여유를 부릴 줄도 안다. 겪은 풍파가 그만큼 컸던 탓이리라. 나란은 온요의 머리를 쓰다듬었다. 온요는 다시금 웃어 보였다.

❖ ❖ ❖

변경의 명물로 불리는 와사. 기예나 무예는 물론이고 잡극을 볼 수 있는 공연장이다. 상선이 오가는 물길 옆 너른 마당이나 저자 한복판에 무대를 세워 갖가지 공연이 펼쳐진다.

유충은 변경의 부호답게 가장 큰 와사를 통째로 얻어 명절 축제와 다름없는 생일잔치를 열었다. 와사 밖에서는 종일 배고픈 이들을 위한 보시가 베풀어졌고, 무대 앞마당에서는 객들의 눈을 현란하게 사로잡는 온갖 여흥이 이어졌다. 뒤늦게 도착한 온요와 산채 식구들은 시골뜨기처럼 두리번거리며 와사로 들어갔다.

광대가 나무 공을 연거푸 던져가며 기예를 선보이자 박수가 쏟아졌다. 온요의 입에 미소가 물렸다. 어린 시절 개경의 팔관회에서 보았던 농주 놀이와 비슷해서인지 친근감이 들었다. 산채 식구들도 연신 감탄사를 흘리며 박수를 쳤다.

기예 공연이 끝나자 사위가 어둑해졌다. 와사의 무대에는 불이 밝혀졌다. 비로소 잡극이 공연될 모양이다. 수십 개의 등롱으로 밝아진 무대에 광대들이 올랐다. 우르르 객이 몰려들었다. 평민들은 주로 무대와 가까운 곳에 앉았고, 귀족들은 뒤편에서 말에 탄 채 극이 시작되기를 기다렸다. 온요도 산채 식구들과 함께 무대 근처로 다가갔다.

악공이 피리를 물고 선율을 흘리기 시작했다. 비파가 차라랑 소리를 거들자 광대의 가창이 이어졌다. 노랫말은 북방의 언어라 정확히 알아듣기는 힘들었다. 하지만 내용은 곡조와 연기를 통해서도 쉽게 이해할 수 있었다. 여진의 용감한 장군이 온갖 역경을 딛고 전쟁을 승리로 이끈다는 무용담. 하지만 관객들의 관심은 장군의 활약에 있지 않았다. 장군을 연모했던 여인의 슬픈 사연에 모였다.

여기저기에서 훌쩍이는 소리가 들렸다. 온요도 마치 잡극 속의 여인이 된 듯한 착각이 들었다. 여인이 달을 보며 장군의 안녕을 기원하는 대목에서는 눈시울이 뜨끈해졌다. 연모하는 마음은 사는 곳이 다르고 말이 달라도 똑같다. 아름답지만 슬프고 따뜻하지만 외롭다.

촉촉해진 눈자위를 훔치는데 어깨 위에 무언가가 걸쳐졌다. 울긋불긋 화려한 자수가 놓인 비단 몽수다. 놀라 돌아보니 유충이 서있다. 하객을 맞느라 와사에는 나오지 않을 것이라 들었는데, 어떻게 구했는지 고려의 귀족 여인들이 즐겨 쓰는 몽수까지 들고 왔다. 온요가 몽수를 벗으려 하자 유충이 말했다.

"작은 선물입니다. 거절치 마십시오."

관객들이 조용하게 극에 집중하고 있어 소란을 만들기 싫었다. 온요는 그대로 서서 무대 쪽으로 시선을 돌렸다. 산채 식구들과 함께 앞줄에 앉아있던 나란이 흘긋 돌아보다 미간을 구겼다. 벌떡 일어나려는 것을 갑이 붙잡아 앉혔다.

극이 끝나갈 무렵 유충이 소곤거렸다.

"잡극이 끝나면 고려방 사람들과 함께 제 집으로 오십시오. 음식을 대접하고 싶습니다."

온요는 쳐다보지 않고 답했다.

"배려해 주셔서 고맙습니다만 그냥 돌아가겠습니다."

잠시 침묵하던 유충이 말했다.

"끝내…… 제 마음을 받아주지 않으시렵니까?"

고개를 돌려 유충을 보았다. 눈빛이 진지했다. 이 사람은 포기하지 않았다. 말로는 마음을 접었다 하면서 끈질기게 구애하고 있다. 단호하게 자르지 않으면 앞으로도 달라지지 않을 것이다. 온요는 답 대신 몽수를 벗어 내밀었다. 그때였다.

"저…… 이것이 아가씨 물건이 맞습니까?"

남루한 행색의 웬 소년이 온요와 유충 사이에 끼어들었다. 그가 온요에게 무언가를 건넸다. 얼떨결에 소년이 건넨 것을 받아들었다.

푸른 띠!

개경의 시전 거리에서 돈후의 다친 손을 감싸주었고, 이후 돈후가 정표처럼 간직했던 온요의 띠다. 온요는 고개를 번쩍 들고 두리번거렸다. 소년은 벌써 군중 사이를 빠져나가고 있었다. 비단 몽수를 내던지고 와사 밖으로 뛰어나와 소년을 붙잡았다.

"이것을 누가 주었습니까?"

"저도 모르는 사람입니다. 그저 아가씨가 흘리신 물건이니 가져다주라고만 했습니다."

"그 사람이 어디로 갔는지 아십니까?"

"궁금한 게 있거든 자신이 묵는 여각으로 오라 했습니다. 저 길 끝 골목에 있다고 했습니다."

소년이 가리키는 쪽을 보니 여각과 주점 사이로 뱀처럼 휘어진 길이 보였다. 예서 멀지 않은 거리다. 온요는 고맙다 인사하자마자 달리기 시작했다. 거리를 내달리는 중에 어깨를 부딪친 취객들이 알아듣기도 힘든 욕지거리를 쏟아냈다. 아랑곳하지 않고 달렸다.

거리 끝에 다다르자 덧붙이듯 이어진 골목이 보였다. 골목 안쪽에는 여각임을 알리는 노란 등롱이 내걸렸다. 달리는 속도를 늦추지 않고 골목으로 들어서려는데 누군가 온요의 팔을 낚아챘다. 온요는 휘청 기울며 멈추어 섰다. 나란이었다.

"뭐야? 왜 갑자기 뛰어나왔어? 날도 저무는데 혼자 다니면 위험한 줄 몰라?"

나란은 온요의 팔을 붙잡고 거친 숨을 내뱉었다. 달아오른 얼굴에는 놀람과 걱정이 잔뜩 배어있었다. 온요도 가쁜 숨을 몰아쉬며 답했다.

"나란, 그가 왔어. 그 사람이 왔다고!"

나란은 영문을 모르겠다는 듯 뚱한 표정을 지었다. 하지만 금세 두꺼비처럼 눈을 키웠다. 온요는 고개를 끄덕이며 띠를 내밀어 보였다.

"내가 그에게 주었던 띠야. 잡극을 보고 있는데 웬 사내아이가 이 띠를 가져다주었어. 띠를 건네준 사람이 나더러 오라고 했대. 그가 변경에 와서 나를 찾고 있는 거야. 저 여각에서 묵는다고 했어."

온요는 말을 마치기 무섭게 몸을 돌렸다. 다시 골목 안으로 들어가려고 하자 나란이 붙잡아 돌려세웠다.

"그 띠를 준 사람이 돈후인지 어떻게 알아?"

"이 띠는 그와 나밖에 몰라. 그러니 그가 틀림없어."

"……."

나란은 온요의 팔을 굳게 쥐고 놓아주지 않았다. 뿌리치려 하자 팔을 쥔 손아귀에 더욱 힘을 주었다. 화가 났는지 낯도 잔뜩 구겼다. 온요는 나란이 왜 자신을 못 가게 막는지 이해할 수 없었다.

"나란, 대체 왜 이러는 거야? 그가 왔다니까?"

나란은 답하지 않고 온요를 쳐다보더니 골목 안쪽을 살폈다. 온요도 나란의 눈길을 따라갔다. 하지만 어두운 골목에는 아무도 보이지 않았다.

"만약…… 돈후가 아니면 어쩌려고? 그 녀석 아비가 보낸 살수일 수도 있잖아?"

온요는 흠칫 굳었다. 살수라는 소리에 몸이 절로 반응했다. 나란이 말을 이었다.

"이상하잖아. 돈후라면 왜 직접 네 앞에 나서지 않았겠어? 너를 유인해내기 위한 술수일지도 몰라. 제대로 살피지도 않고 무작정 나섰다가 살수면 어쩔 거야?"

온요는 생각했다. 정말 부식이 화근을 없애기 위해 변경에까지 살수를 보냈을까? 고려와 금이 통교하고 있으니 불가능한 일은 아니다. 부식은 집요하고 무서운 사람이었으니 그러고도 남을 것이다. 하지만…… 돈후일 수도 있지 않은가. 그일 수도 있는데 예서 돌아설 수는 없다.

"상관없어. 살수의 칼에 베여 죽는 한이 있더라도 내 눈으로 직접 확인해야겠어."

"그게 애 어미가 할 소리냐? 너 죽으면 아기는 어쩌라고? 가더라도 천천히 알아보고 가. 지금은 와사에 산채 식구들이 있으니 고려방에 데려다준 뒤 밝은 날 다시 오자."

"싫어! 지금 당장 갈 거야."

온요는 나란의 손을 거칠게 뿌리쳤다. 나란이 벙벙한 표정으로 쳐다보았다.

"그러다 놓치면 어떡해? 내가 오지 않는 줄 알고 고려로 돌아가버리면, 그래서 다시 못 보게 되면 어떡하냐고? 나는 이제 고려에 갈 수 없는 몸이잖아. 지금이 아니면 그를 만날 기회를 영영 잃어버릴지도 몰라."

온요는 나란의 손을 덥석 잡고 말을 이었다.

"나란, 제발 가게 해줘. 이제껏 살면서 단 한 번도 내 욕심 부려본 적 없어. 하지만 이번만은 내 마음이 시키는 대로 하고 싶어. 압수에서 그를 버려두고 온 걸 내가 얼마나 후회했는지 알아? 차라리 그의 곁에 머물다 죽는 것이 나았어. 나 살자고 그를 지옥에 밀어 넣었잖아. 너는 몰라. 그가 얼마나 외로운 처지인지. 나와 아기를 떠나보낸 뒤 그는 지옥 같은 집에서 고통스럽게 살았을 거야. 그러니 가야겠어. 가서 그가 맞는지 확인할 거야."

나란의 눈동자가 흔들렸다. 온요는 눈물을 흘리며 애원했다. 입을 굳게 다물고 온요를 쳐다보던 나란이 한숨을 내쉬었다.

"좋아. 지금 가서 확인해보자. 네 말대로 띠를 준 놈이 돈후가 맞는지. 하지만 조금이라도 낌새가 이상하다 싶으면 즉시 물러나겠다고 약속해. 내가 신호하면 앞뒤 가리지 말고 도망치는 거야."

온요는 고개를 끄덕였다. 나란은 온요의 팔을 당겨 제 등 뒤로 이끌었다. 그러고는 어두운 골목 안쪽을 살폈다. 온요도 긴장하여 몸을 움츠렸다.

소년이 일러준 곳은 취객들이 북적이며 오가는 주점 거리와 달리 인적이 없어 고요했다. 그새 날이 완전히 어두워져 반 장 앞도 분간하기 어려웠다. 온요와 나란이 경계하며 발을 떼려는데 갑자기 어둠 속에서 움직임이 느껴졌다. 나란의 등은 금세 경직되었다.

어렴풋이 인영 둘이 보였다. 이제껏 기척을 내지 않았다니, 몸을 숨긴 채 온요와 나란의 대화를 고스란히 듣고 있었단 말인가.

"띠를 준 놈이 누구냐?"

나란이 소리쳤지만 답은 없었다. 나란은 품에서 단도를 꺼낸 뒤 칼집을 빼 던졌다. 떨어진 칼집이 소리를 내며 굴렀다.

"쥐새끼처럼 잘도 숨어있더니 갑자기 말문이 막혔냐? 아님 벙어리냐?"

빈정거리듯 말했으나 나란의 등은 더할 수 없이 뻣뻣해졌다. 온요는 입술을 깨물었다. 나란의 짐작대로 그의 아버지가 살수를 보낸 걸까? 괜한 고집으로 나란까지 위험에 빠뜨린 것이라면……. 가슴이 바싹 조여들었다.

인영 중 하나가 성큼 발을 내딛으며 나섰다. 여각 문에 달린 등롱 아래 서자 얼굴이 드러났다. 온요와 나란은 동시에 얼어붙었다.

"네놈 배포는 여전하구나. 역시 초원 오랑캐답다."

돈후였다. 돈후가 눈앞에 있었다. 뒤이어 배달이 모습을 드러내며 히죽 웃었다. 나란은 손가락으로 돈후를 가리키며 입을 벙싯거렸다.

"너, 너……."

돈후의 형형한 눈길이 나란의 어깨를 넘어 건너왔다. 온요는 너울처럼 흔들렸다. 눈물도 차올랐다. 돈후는 하얀 이를 드러내며 씩 웃었다.

온요는 달려갔다. 달려가 힘껏 껴안았다. 그 바람에 돈후가 중심을 잃고 휘청댔다. 온요는 돈후의 가슴에 얼굴을 묻고 울음을 터뜨렸다. 돈후를 향해 소리치려던 나란과 히죽대던 배달이 동시에 고개를 돌렸다. 나란이 민망하다는 뜻으로 연신 헛기침을 내뱉었으나 온요는 돈후를 껴안은 팔을 풀지 않았다.

단단히 여민 섶 아래에서 쿵쿵 심장 소리가 들렸다. 온요의 몸과 마음을 흔들던 바로 그 소리다. 박동 소리를 들으며 더욱 파고들자 돈후는 천천히 팔을 둘러 온요를 감싸 안았다. 그러고는 품에 안겨 오열하는 온요에게 말했다.

"보고 싶었다. 아주 많이."

피안

돈후는 압수 나루에 있었다. 수십의 병사들이 활을 쟀고 돈후는 제 가슴을 향해 칼을 겨누었다. 군관의 신호가 떨어지자마자 살이 날아올랐다. 겨눈 칼끝도 돈후의 가슴팍을 뚫었다.

을지의 손이 칼자루를 치는 바람에 칼날이 비틀어졌다. 칼은 단단한 뼈에 부딪혔지만 그럼에도 표피를 가르며 박혔다. 돈후는 쓰러졌다. 축축하고 뜨거운 것이 가슴을 적셨다. 시야도 흐려졌다. 을지와 익환이 돈후를 부르며 울부짖었다.

울부짖는 이들 뒤로 낯익은 얼굴이 보였다. 주청루 곳간에서 돈후처럼 가슴팍에 칼을 맞고 죽은 신도. 제 처를 찾기 위해 몸부림치던 그가 돈후를 내려다보며 웃었다. 돈후는 신도의 웃음을 보고서야 실감했다. 자신의 생이 끝났다는 것을. 그래서 더는 고통도 없으리라는 것을…….

을지가 돈후를 들쳐 업었다. 돈후는 을지의 등에 업힌 채 어디론가 실려갔다. 흐려진 시야를 채운 나무와 수풀이 어지럽게 흔들렸다. 하지만 흔들리던 세상은 오래 가지 않았다. 돈후의 눈앞에는 까만 어둠이 내려앉았다.

어둠 사이로 노란 빛이 스미어들었다. 눈꺼풀을 밀어올리자 낯선 늙은이가 보였다. 갈퀴 같은 늙은이의 손에 작은 칼과 실처럼 가는 쇠꼬챙이가 들렸다. 그가 돈후의 가슴팍을 헤집었다. 참을 수 없는 고통이 밀려왔다. 이제껏 단 한 번도 느껴보지 못한 극심한 고통이었다.

살가죽을 벗기고 꼬챙이에 꿰어 벌을 준다는 무간지옥. 그곳이 틀림없다. 온요를 범하고 운의 혼을 빼앗고 신도를 죽이라 사주했으니 무간지옥에 떨어진 것이다. 돈후는 비명을 지르며 몸부림쳤다. 몸부림쳐도 고통은 사라지지 않았다. 죽으면 다 끝날 줄 알았는데 끝나지 않은 것이다. 눈물에 콧물까지 줄줄 흘리며 울던 돈후는 결국 까무러치고 말았다.

얼마나 지났을까. 눈을 뜨니 또다시 무간지옥의 늙은이가 보였다. 그가 굵은 주름살을 구기며 끌끌 웃었다. 악귀처럼 느껴졌다. 또다시 밀려올 고통이 끔찍하여 도리질하자 늙은이의 얼굴이 사라졌다. 그러고는 을지의 얼굴이 나타났다. 을지는 울고 있었다. 을지가 흘린 눈물이 돈후의 뺨 위로 떨어졌다. 잠시나마 마음이 편해졌다. 하지만 오래지 않아 시커먼 어둠이 밀려와 돈후를 삼켜버렸다.

어둠 속에서 누군가 얼굴을 쓸었다. 온요일까. 아니다. 커다랗고 투박한 손이다. 그 손이 돈후를 어둠 속에서 끄집어내려 애썼다. 하지만 눈을 뜨고 싶지 않았다. 눈을 뜨면 다시 무간지옥으로 떨어질 것 같다. 눈꺼풀 위로 하얀 빛이 살처럼 쏟아졌다. 빛의 살은 잘게 부서지더니 안개처럼 흩어졌다.

빛 안개 사이로 울음소리가 들렸다. 굵고 거친 곡성이 돈후를 흔들었다. 그 소리가 하도 애달파 눈을 떴다. 부연 빛 안개 사이로 아버지의 얼굴이 보였다. 아버지가 붉어진 눈으로 돈후를 내려다보았다.

"돈후야, 정신이 드느냐?"

입을 움찔거렸지만 소리는 나지 않았다. 눈꺼풀이 쇠뭉치처럼 무거웠다. 힘겨워 눈을 감자 아버지가 울먹이며 소리쳤다.

"제발 눈을 떠라. 네가 원하는 대로 다 해줄 테니 아들아, 죽지만 마라. 죽지 말고 일어나 아비 얼굴을 보아다오."

아버지의 읍소에도 돈후는 눈을 뜨지 못했다. 몸은 바닥 없는 심연으로 빨려 들어갔다. 심연 속에는 아무것도 없었다. 돈후 홀로 둥둥 떠있었다. 살을 뜯기는 고통이 사라지니 편안했다. 이대로 영원히 잠들면 행복할 것 같다. 온요를 잃고 그리워하며 고통받았던 일도 꿈인 듯 아득해졌다. 모든 욕을 버리면 편안해진다 했던가. 돈후는 미소 지었다.

하지만 기대와 달리 편안함은 오래가지 않았다. 춥고 외로웠다. 몸이 덜덜 떨리고 뼈마디가 시렸다. 이곳은 추위와 외로움을 벌로 내리는 또 다른 지옥일까. 온요가 보고 싶다. 따뜻한 품이, 달큼한 살 냄새가 그립다. 온요의 품에 파묻힐 수 있다면 무엇이든 할 수 있을 것 같다. 돈후는 맥없이 늘어진 팔다리를 움직이려 애쓰기 시작했다.

이곳에서 빠져나가야 한다. 온요에게로, 내 아들이 있는 곳으로. 설령, 또다시 무간지옥으로 돌아간다 해도, 살가죽이 벗겨지고 꼬챙이에 꿰인다 해도 온요 곁으로 가고 말 것이다.

정신없이 허우적거리다 눈을 떴다. 눈앞에 을지가 보였다.

"저를 알아보시겠습니까?"

눈을 맞추며 쳐다보자 을지는 무너지듯 돈후를 껴안았다. 껴안고 울었다. 을지의 흐느낌이 돈후의 몸을 흔들었다. 을지의 어깨너머로 배달과 흠수, 익환이 보였다. 그들도 눈시울을 붉혔다. 익환은 돈후와 눈을 맞추더니 목례하고 사라졌다. 울음을 멈추지 못하는 을지를 위로하고 싶었지만 의지와 달리 몸이 움직여지지 않았다. 그저 눈만 힘겹게 껌뻑이는 돈후에게 을지가 지난 일을 설명했다.

압수에서 쓰러진 돈후를 업고 인근 마을에 옮긴 뒤, 부술• 을 하는

• 해부.

여진인 의원을 불렀다고 했다. 그 여진인이 돈후의 갈라진 가슴을 가죽신 꿰매듯 꿰맸다고 했다. 을지가 칼자루를 쳐 빗겨맞지 않았다면 압수에서 절명했을 것이라고 했다. 가까스로 피가 멈추자 마차에 싣고 서경으로 옮겼다고 했다. 하지만 피를 너무 많이 흘린 탓에 돈후는 정신을 놓고 사경을 헤맸다고 했다. 이후 부식의 간병을 받으며 연명했고 보름 만에야 겨우 정신을 차린 것이라고 했다.

"돈후야!"

벌컥 문이 열리고 부식이 들어왔다. 을지와 배달은 동시에 물러났다. 부식은 침상 앞에 앉아 돈후의 얼굴을 어루만졌다. 어루만지는 손이 와들와들 떨렸다.

"깨어났으니 되었다."

부식의 퀭한 눈에 굵은 눈물이 맺혔다. 손으로는 연신 돈후의 얼굴을 쓰다듬으며 말을 이었다.

"네가 원하는 대로 해라. 아비를 떠난다 해도, 고려를 떠난다 해도 막지 않겠다. 그러니 죽지만 마라. 네가 원하는 곳으로 가서 네가 원하는 대로 살아라."

부식은 돈후를 보며 울었다. 돈후도 울음이 올라왔지만 눈물은 나지 않았다. 돈후는 그저 멍한 눈으로 부식을 쳐다보기만 했다.

사흘 후 부식은 돈후를 남겨두고 떠났다. 서경을 떠나 개경으로 개선했다. 부식이 떠나던 날, 돈후의 손에는 손자의 이름자가 담긴 비단보가 쥐어졌다.

이레 후 돈후는 침상에 일어나 앉았다. 앉아서 자신의 손으로 죽을 떠먹었다. 다시 이레가 지났다. 돈후는 제 발로 걷기 시작했다. 부식의 전령이 찾아왔다. 전령은 돈후의 바람대로 고려에서 돈후가 지워졌다는 소식을 전했다.

깡마른 몸에 풀기가 돌기 시작할 무렵, 돈후는 짐을 꾸렸다. 조금만 더 몸을 보한 뒤 떠나라는 을지의 만류에도 길을 나섰다. 벌써 두 달이 흘렀다. 따라잡으려면 서둘러야 했다. 돈후는 배달을 이끌고 대동강 어구로 향했다.

나루에는 익환이 나와있었다. 익환은 돈후 앞에 무릎을 꿇고 눈물을 흘리며 사죄했다. 돈후가 압수에서 칼로 제 가슴을 찔러 사경을 헤맨 일이 자신의 탓이라 했다. 돈후는 엎드려 우는 익환을 껴안고 위로했다. 그러고는 익환의 배웅을 받으며 금으로 가는 배에 올랐다.

더운 계절이라 뱃길은 순탄치 않았다. 바다는 변덕스러웠다. 배는 거친 파도에 뒤집힐 듯 흔들리며 나아갔다. 그나마 풍랑을 만나지 않은 것이 다행이었다. 돈후와 배달은 계속되는 파랑에 토악질하며 널브러져 신음했다. 뱃머리에 엎드려 먹은 것을 게워내던 배달이 소리쳐 물었다.

“나리, 내가 정말 궁금한 게 있소. 나리는 권력과 재물을 다 가졌잖소. 마음만 먹으면 양귀비도 얻을 수 있을 텐데 이렇게까지 해가며 아가씨를 쫓는 이유가 대체 뭐요?”

지난 세월, 돈후도 숱하게 자문해왔던 물음. 나는 왜 온요를 놓지 못하는가, 왜 온요 아니면 안 되는가……. 비천한 태생에 대한 자학인가. 마음껏 누리지 못했던 어미 품에 대한 갈구인가. 그도 아니라면 포기해버린 권세를 대신한 집착인가. 몸부림치며 자문했으나 그 어느 것도 온전한 답이 되지 못했다.

돈후의 입에서 토사물 대신 바람 낀 웃음이 흘러나왔다.

"너는 심장 없이 살 수 있느냐? 심장이 없는데 권력과 재물이 있은들 무슨 소용이냐. 나는 지금 내 심장을 찾으러 가는 것이다."

배달은 어이없다는 듯 고개를 절레절레 흔들었다. 그러고는 다시 토악질을 했다. 돈후는 배 바닥에 드러누운 채 소리 내어 웃기 시작했다. 웃을 때마다 아물지 않은 가슴에서 통증이 느껴졌다.

여진 부락에서 온 늙은 의원은 돈후가 살아난 것이 귀신의 도움을 받아서라고 했다지. 하지만 의원의 말은 틀렸다. 칼날에 가슴팍이 갈라지고도 살아남은 것은 심장이 없었기 때문이다. 무간지옥에서 벗어난 뒤에야 깨달았다. 온요가 나의 심장이었다는 것을. 그래서 온요 없이는 숨 쉴 수 없었던 것이다. 아무리 발버둥 쳐도 잊을 수 없었던 것이다.

하늘에 새들이 보이기 시작했다. 끼룩끼룩 울어대는 새들이 반원을 그리며 배 위를 날아다녔다. 곧이어 한 선원이 길게 소리쳤다.

"뭍이다! 뭍이 보인다!"

배달은 언제 토악질을 했냐는 듯 벌떡 일어나 선원이 가리키는 곳을 보았다. 돈후도 몸을 일으켰다. 멀리 포구가 모습을 드러냈다. 바람이 불어왔다. 대륙을 내달려온 바람 속에서 희미하게 온요 냄새가 났다.

◈ ◈ ◈

돈후는 신기한 듯 바라보는 산채 식구들의 눈길을 받으며 고려방에 들어섰다. 고려방은 천마산 산채에 비할 바는 아니지만 잘 정비되어있었다. 완함이 애를 썼을 것이다.

나란이 안내했다. 앞채는 복층이었다. 아래층은 지락재와 병사로 쓰고 있고, 윗층은 온요와 아기, 그리고 나란 부부가 지낸다고 했다. 여러 개의 오두막을 이어붙인 뒷채는 앞채를 병풍처럼 둘러싸듯 지었는데, 나머지 산채 식구들이 나누어 쓴다고 했다. 제법 너른 마당에 곳간과 우물까지 갖추어놓으니 아쉬운 대로 작은 산채가 꾸려졌다.

앞채 중앙에는 낯익은 현판이 걸려있었다. 구안정(久安亭). 기교 없이 담대하게 몰아치듯 쓴 글씨는 분명 운곡의 것이다. 돈후가 구안정 현판에 눈길을 두자 나란이 설명했다.

“천마산 산채에서 도망치던 날, 장인어른이 등에 지고 나왔다. 영감탱이는 남김없이 태우라 했지만 차마 그럴 수는 없었나봐. 아픈 다리를 질질 끌면서도 서경까지 지고 왔더라. 그 수고 덕분에 아직도 영감탱이 잔소리를 들으며 사는 기분이다."

핍박받으며 쫓기는 처지임에도 이들은 삶을 포기하지 않는다. 운곡의 가르침을 기억하며 누란 위일지라도 피안을 짓기 위해 애쓴다. 그리고 서로에게 별이 되어주며 살아간다. 천마산 산채를 보았을 때처럼 경외감이 느껴졌다.

"공자님, 어서 오십시오. 이리 뵙게 되어 얼마나 기쁜지 모르겠습니다. 늦게나마 구안정에 달이 떴으니 이제야 온전한 산채가 되었습니다."

혜강이 돈후를 향해 허리 숙여 절한 뒤 덕담했다. 혜강의 말을 들은 나란은 박장대소했다.

"그러고 보니 장인어른 말씀이 딱 맞소. 칠현루 기생보다 예쁜 달덩이가 떴으니 앞으로는 고려방 마당이 훤해지겠소."

구안정의 달……. 기억이 난다. 천마산 산채에 머무르던 시절, 아낙들이 돈후를 가리켜 지었다던 별호다. 돈후는 멋쩍게 웃었다.

돈후의 손을 잡고 고려방으로 들어섰던 병이 어디론가 사라지더니 아기를 안고 뛰어나왔다. 그러고는 돈후를 향해 아기를 내밀었다.

"아기예요. 공자님과 똑같이 생겼어요."

두 해 전 압수에서 온요에게 건네주었던 어린 아들. 자신의 가슴에 쏙 들어왔던 아들은 벌써 키가 두 배는 커진 듯했다. 돈후는 떨리는 손을 내밀어 아기를 받아 안았다. 불덩이를 모다 안은 듯 가슴이 뜨거워졌다. 하지만 아기는 돈후의 얼굴을 보자마자 버둥거리며 울음을 터뜨렸다.

"아기 도련님이 너무 오랜만에 부친을 뵈오니 놀라신 모양입니다."

혜강의 위로에 힘입어 달래보려 했으나 울음은 계속되었다. 돈후가 어쩔 줄 몰라 하자 혜강댁이 미소 지으며 다가와 손을 내밀었다. 혜강댁의 품으로 건너간 아기는 언제 울었냐는 듯 방긋댔다. 아쉬웠지만 서운하지 않았다. 그동안 아비 없이 잘 자라준 것만으로도 고맙고 대견했다.

"얼른 주안상 좀 봐주시오. 새 산채에 왔으니 내가 오늘 밤 이놈 신참례를 단단히 받을 테요."

나란이 탕탕 큰소리를 치자 아낙들이 반빗간으로 사라졌다. 변경의 저자 나들이에서 돌아왔으니 피곤할 텐데도 모두 싱글거리며 웃었다. 나란이 청한 주안상이 평상 위에 올랐다. 온요는 보이지 않았다. 아기를 재우러 갔다고 했다. 장정들과 아낙들이 이따금 지나갔지만 돈후와 나란을 배려한 탓인지 자리를 피해주었다. 나란이 술을 따라 건네며 물었다.

"고려에서 네 소식을 아는 이가 없다 들었다. 어찌 된 거냐?"

"내 이름을 지웠으니 소식 아는 이도 없었겠지."

"이름을 지워? 그게 무슨 말이냐?"

"집안에서 나왔다는 뜻이다. 나는 이제 더 이상 김부식의 아들이 아니다. 이름도 김돈후가 아니라 을후다."

"을후?"

"을유의 아들 을후. 그게 내 이름이다."

나란이 쳐다보았다. 쳐다보는 눈길에 측은함이 담겼다. 돈후는 머쓱함을 털어내기 위해 씩 웃어 보였다. 폐하와 거래하고 아버지를 겁박하면서 벌인 그간의 일을 어찌 몇 마디 말로 대신할 수 있으랴.

돈후와 나란이 대화를 주고받는 사이 온요가 모습을 드러냈다. 돈후 쪽을 흘끔거리던 온요는 수줍은 얼굴로 계단을 올라갔다. 돈후의 눈길이 온요의 뒷모습을 따라갔다. 온요가 계단을 오를 때마다 발꿈치가 드러났다. 겨울이면 동상을 앓는다던 작은 발. 저 발에 입을 맞추고 솜으로 누빈 비단 버선을 신겨줬었다.

나란은 한껏 진지해진 낯으로 낮게 물었다.

"사실은…… 압수 떠날 때 봤다. 네가 자결하려고 했던 거. 충격받을까 싶어 온요에게도 말 안 했다만 무탈했던 거냐?"

눈길을 돌려 나란을 보았다. 모를 것이라 생각했는데 알고 있었다. 가능하다면 산채 식구 누구든 모르길 바랐다. 돈후는 심드렁하게 답했다.

"군사들 물리느라 죽는 시늉만 했다. 내가 온요를 놔두고 어찌 죽을 수 있겠냐?"

나란은 피식 웃더니 입을 다물었다. 돈후의 말을 그대로 믿지는 않는 눈치였지만 더 이상 캐묻지도 않았다. 속 깊은 녀석. 모든 것을 버리고 온 돈후에게는 유일하게 남은 동무다. 코끝이 시큰했다. 돈후는 턱짓으로 마당 구석을 가리키며 물었다.

"저것들은 뭐냐? 점방에서 팔 물건들이냐?"

어색해진 분위기를 바꾸기 위해 물었는데 뜻밖에도 나란이 정색하며 답했다.

"아, 저거? 아무것도 아니야. 너는 신경 쓸 필요 없다."

뭔가 이상하다. 당황한 기색이다. 돈후가 실눈을 하며 쳐다보자 공연히 소리를 버럭 질렀다.

"너도 참 한심한 놈이다. 뭣 하러 여기까지 쫓아왔냐? 네 아비는 임금 못잖은 권세를 누리며 떵떵거린다더라. 그 밑에서 배나 두드리며 살 것이지 무슨 영화를 보겠다고 오랑캐 땅에 와서 생고생이냐?"

갑자기 궁따는 소리를 해대는 것을 보니 뭔가 있다. 밀수를 하는 걸까. 하지만 밀수품을 버젓이 마당에 쌓아놓을 리는 없다. 궤짝만 한 점방에서 파는 물품치고는 더미도 크다. 설령, 파는 물품이라 해도 노적가리와 비단을 짚단처럼 부려놓았을 리가 없다.

"온요에게 온 물건이냐?"

무상한 체 물었건만 나란의 눈이 커졌다. 짐작이 맞았다. 확인을 끝낸 돈후는 미간을 구겼다. 나란이 놀라 변명했다.

"온요는 꿈쩍도 안 했다. 웬 한족 관리 놈이 저 혼자 설레발을 치는 거지. 내가 나서 따끔하게 야단도 쳤고 물건은 돌려보낼 참이다."

구긴 낯을 풀지 않자 나란의 장광설이 더욱 늘어졌다. 한족 관리

놈이 고려인 어머니를 그리워해 벌인 일이라느니, 온요는 그놈 아들만 돌봐주었을 뿐이라느니……. 묵묵히 듣던 돈후가 입을 열었다.

"놔두어라. 저것은 내가 처리하겠다."

"변경에 처음 와 물정도 모르는 촌놈이 뭘 어쩌려고? 아서라. 네 녀석이 나서서 잘되는 꼴을 못 봤다."

돈후는 입을 비틀며 웃었다.

"걱정 마라. 개경 촌놈이 초원 오랑캐보다 낫다는 걸 보여줄 테니."

고려인의 피가 섞인 한족 관리라……. 와사에서 본 그놈을 말하는 것이겠지. 온요를 발견하고 다가서려다 그놈 눈길이 심상치 않아 물러났었다. 입성으로 미루어보건대 재물 꽤나 만지는 놈이다. 아무리 망국의 관리라 해도 권력의 찌꺼기를 쥐고 있으니 떨쳐내려면 머리 좀 써야 할 것 같다. 하지만 걱정하지 않는다. 첩실에 아이까지 딸린 하급 관리 놈쯤이야!

돈후는 천천히 술잔을 비웠다. 흘끔흘끔 눈치를 보던 나란이 낯을 바꾸며 물었다.

"그나저나 진짜 여기서 살 테냐? 네 아비가 너를 순순히 놔줄 리가 없는데, 정말 돌아가지 않아도 되는 것이냐?"

"용 가는 데 구름 가고 범 가는 데 바람 간다고 했다. 내자와 자식이 이곳에 있는데 내가 어디를 가겠냐? 아버지도 내 고집에 두 손 드셨으니 걱정 마라. 머잖아 을지 숙부와 삼복이도 올 것이다."

나란의 눈가가 촉촉해졌다. 범처럼 으르렁대도 속내는 강아지처럼 다정한 녀석이다. 돈후는 자리를 털며 일어났다. 나란이 물었다.

"벌써 일어나려고? 아직 술동이 반도 안 비웠는데?"

돈후는 구안정 현판이 걸린 가옥을 향해 걸어가며 답했다.

"네 수다를 더 들어주다가는 애간장이 남아나질 않겠다. 너는 진짜 눈치 없는 놈이다."

머리를 긁적이는 나란을 뒤로 하고 이층으로 이어진 계단을 올랐다. 평상에 앉아 술을 마시는 동안 봐두었다. 온요가 이 계단을 올라간 뒤 왼편 방에서 불빛이 새어 나왔다. 온요의 처소일 것이다.

계단을 다 오르니 갈림길이 나타났다. 한쪽은 금줄이 쳐졌다. 금줄이 쳐진 곳은 해산한 지 얼마 되지 않았다는 갑과 나란의 처소일 테니 반대편이다. 좁은 복도를 몇 걸음 걸어가자 문이 나왔다. 거침없이 문을 열었다.

침상에 앉아있던 온요가 벌떡 일어났다. 방 안으로 들어서 문을 닫았다. 침상과 책상, 그리고 작은 반닫이가 전부인 아담한 방. 지난 두 해 온요가 지내온 곳이다. 책상 위에는 의서와 이름 모를 서책이 쌓여있었다. 지필묵이 놓인 것을 보니 아직도 필사를 하는 모양이다.

돈후는 문을 등지고 서서 온요를 보았다. 온요는 돈후를 바로 보지 못했다. 고개를 숙인 채 제 손만 만지작댔다. 여각 앞에서는 거리낌 없이 달려와 덥석 끌어안더니 새삼 내외하고 있다. 숫기 없고 부끄럼 타는 것은 여전하다.

"밤새 이리 세워둘 셈이오?"

온요가 고개를 들었다. 그제야 온요의 모습이 오롯이 눈에 들어왔다. 가슴에 파도가 치기 시작했다. 온요는 금세 눈물을 매달았다. 돈후는 웃으며 팔을 벌렸다. 온요가 다가왔다. 팔을 둘러 온요를 끌어안았다.

마침내 닿았다. 나의 온요에게!

저승 강 앞에서 돌아선 뒤 압수 근방의 초막으로, 서경의 관사로, 시퍼런 바닷물 위로, 고려와 가장 가까운 포구인 등주로, 그리고 연경으로……. 초원으로 가는 장성 길이 막혔다기에 수의 임금 양제가 놓았다는 수로를 따라 남쪽으로 내려오며 샅샅이 훑었다. 변경에 이르러서야 간신히 장비 행수의 흔적을 찾아냈다.

떠돌이처럼 길 위에서 헤매는 동안 두 해가 지났다. 아니, 개경의 시전 거리에서 처음 만난 이후 지금껏 달려왔으니 무려 네 해가 걸렸다. 너무나 길고 고통스러운 여정이었다. 그러나 이제 온요를 붙잡기 위한 외로운 몸부림은 끝났다.

눈물범벅이 된 온요가 천천히 손을 뻗었다. 작은 손으로 돈후의 얼굴을 어루만졌다. 그러더니 뒤꿈치를 세우고 입을 맞추었다. 처음 해주는 입맞춤이다. 높이를 맞추어 고개를 숙이자 온요의 수줍은 혀가 서툰 놀림으로 휘돌았다. 뭉클했다.

입술을 뗀 온요는 다시 돈후의 얼굴을 어루만졌다. 손길이 따뜻했다. 여각 앞에서 온요가 그랬다. 살수의 칼에 베여 죽는 한이 있더라도 나를 만나러 가겠다고. 돈후는 빙긋 웃으며 물었다.

"이제 알겠소? 내가 그대의 사내라는 것을?"

온요는 웃으며 고개를 끄덕였다. 돈후는 온요를 감싸 안은 팔에 힘을 주었다. 온요도 돈후의 허리를 힘주어 끌어안았다.

부드러운 무언가가 자꾸만 가슴을 간질였다. 얕지만 쓰린 통증도 느껴졌다. 돈후는 눈을 떴다. 눈길을 아래로 내리니 온요의 동그란 정수리가 보였다.

온요는 돈후의 가슴에 난 칼자국을 들여다보고 있었다. 가죽 실이 얼기설기 지나갔던 자리를 집게손가락으로 눌러가며 세밀하게 살피더니 입술을 모으고 오물거렸다. 고개를 기울이기도 했다. 온요 하는 양을 보려고 기척하지 않았으나 쳐다보는 눈길이 느껴졌는지 고개를 들고 돈후를 보았다.

"깼어요?"

돈후는 답 대신 이불 속에 팔을 넣어 온요를 끌어안았다. 온요는 몸에 힘을 주며 버텼다.

"오늘도 말해주지 않을 거예요?"

돈후와 새 삶을 시작한 지 한 해가 지났건만, 온요는 하루도 거르지 않고 흉터의 이유를 물어본다. 넘어져 다쳤다고 둘러댔으나 의원에게는 너무 군색한 변명이었나 보다.

하지만 온요에게 스스로 찔러 죽으려 했다 말하기는 싫다. 가슴의 흉터는 못난 과거처럼 선명하게 남아 아직도 통증을 일으킨다. 언제가 될지는 알 수 없지만 통증이 완전히 사라지면 그때 말해줄 것이다.

돈후가 답 없이 빙긋 웃어 보이자 온요는 눈을 흘겼다. 그러고는 침상을 빠져나가려 몸을 비틀었다. 돈후는 온요의 허리를 당겨 눕히고 몸 위로 올라갔다. 온요는 계속 품을 벗어나려 꿈틀거렸다.

"이유를 말해주지 않으면 나가버리겠어요."

돈후는 온요의 가슴에 얼굴을 묻었다.

"도망쳐봐. 세상 끝이라도 따라가줄 테니."

온요는 움찔하더니 움직임을 멈추었다. 그러고는 돈후의 머리를 감싸 안았다. 곧이어 머리카락을 쓰는 손길이 느껴졌다. 그 손길이 부드럽고 따뜻해 절로 눈이 감겼다.

"이제는 도망치지 않아요. 당신 곁에 있을 거예요."

온요는 서경의 구제소에서 달아난 일을 내내 미안해했다. 압수에서 돈후를 남겨두고 돌아선 일이나 돈후가 집안과 연을 끊고 고려를 떠나온 일도 마찬가지다. 어차피 돈후의 것이 아닌 허울을 벗어던졌을 뿐인데 마치 제가 빼앗기라도 한 양 죄스러워한다. 뭐, 나쁘지 않다. 빚을 졌다 생각할 테니 살면서 두고두고 갚으려 하겠지.

돈후는 눈을 감은 채 미소 지으며 물었다.

"다음 생에 만나도 내 곁에 있어 주겠소?"

"……."

기다렸으나 답이 없다. 돈후는 감았던 눈을 떴다. 고개를 들고 온요를 쳐다보았다. 온요는 입을 꼭 다문 채 눈길을 피했다. 몸을 흔들어 재촉하자 엉뚱한 답을 했다.

"일어나야겠어요. 진이도 깼을 거예요."

온요는 다시 품에서 벗어나려 몸을 비틀었다. 돈후는 온요의 몸을 결박하듯 조이며 눈을 맞추었다. 한사코 외면하려 들기에 얼굴을 잡아 돌려놓았다. 눈동자가 흔들렸다. 뺨도 불그레해졌다. 심상치 않다.

"어머니!"

을진의 목소리가 창호를 넘어왔다. 마당에서 어미를 부르고 있었다. 유난히 어미 품을 좋아하는 을진. 돈후는 을진만 했을 때부터 글을 익히고 홀로 노는 법을 배웠건만 이 녀석은 어찌 된 것이 글에는 도통 관심이 없고 눈만 뜨면 어미부터 찾는다. 게다가 어른이 기침하시길 기다릴 줄 모르는 무도한 놈이다.

을진의 목소리에 주의가 흐트러진 사이 온요는 돈후의 품을 벗어났다. 그러고는 서둘러 옷을 꿰었다. 고운 베로 지은 하얀 저고리와 쪽빛 치마. 돈후가 좋아하는 고려 옷이다. 돈후는 침상 위에서 머리를 괸 채 온요가 옷 입는 모습을 지켜보았다.

왜일까. 왜 답하지 않는 걸까. 답하지 않는 것은 거절의 뜻인가. 다음 생에는 나와 함께 살고 싶지 않다는 것인가. 어차피 공치사나 다름없는 물음이었다. 적선하듯 둘러대도 상관없을 텐데 끝내 답하지 않는다.

방을 나서려던 온요가 돌아보았다. 미간을 한껏 구겨 보이자 미안한 표정으로 생긋 웃었다. 온요가 나간 뒤 돈후는 머리 뒤에 깍지를 끼고 누웠다. 대들보에 매달아놓은 향낭이 빙그르 돌며 달큼한 향기를 뿜어냈다.

변경에 오자마자 온요를 탐내는 한족 관리를 떨쳐낸 적이 있다. 생각보다 꽤 질긴 놈이어서 무케• 출신의 여진인 관리까지 매수하고 이용했다. 변경 토박이인 놈을 낙양으로 쫓아보내느라 별짓을 다 했다. 하지만 그런 놈쯤이야 일도 아니었다. 온요가 답하지 않는 것은 분명, 한족 관리 따위와는 비교할 수 없는 녀석 때문일 것이다. 전력을 다했음에도 따라잡기 힘들었던 바로 그 녀석…….

돈후는 침상에서 벌떡 일어났다. 일어나 옷을 입고 방을 나섰다. 마당에는 벌써 아낙들과 장정들이 바삐 오가며 일하고 있었다. 싸르락대는 키질 소리와 장작 패는 소리, 드르릉 솥단지 닦는 소리가 고려방 마당을 채웠다. 부지런한 혜강댁과 방울어멈은 바지랑대로

• 부족장.

높이 건 빨랫줄에 새하얀 고려 옷을 널고 있다. 평상에 앉아 장비행수 덕우와 이야기를 나누던 을지가 돈후를 발견하고 목례했다. 덕우는 빙그레 웃어 보였다. 돈후는 깍듯이 예를 갖추어 인사했다.

을지는 삼복과 함께 넉 달 전에야 변경에 들어왔다. 개경의 재산을 은밀하게 처분하는 일이 예상보다 오래 걸린 탓이다. 이름을 지우고 집안을 등졌으니 가진 재산도 아버지께 돌려드리는 것이 마땅했으나 그러지 않았다. 어차피 때 묻고 더러운 재물이었다.

덕분에 고려방의 살림살이는 한결 좋아졌다. 지금은 고려방 가옥 증축이 진행되고 있다. 완함의 솜씨가 좋으니 머잖아 끝날 것이다. 덕우가 꾸려온 점방도 규모를 키울 생각이다. 송이나 서하, 토번뿐 아니라 월국까지 아우르는 상단으로 키워 산채를 보호할 든든한 울타리를 만들 것이다. 온요와 나란이 잇고자 하는 운곡의 뜻이 더 풍성한 열매를 거둘 수 있도록…….

"기침하셨습니까요? 세숫물 마련하올까요?"

삼복이 달려와 물었다. 다른 사람들처럼 우물가에 가서 씻겠다 해도 여전히 자신이 시중을 들겠다 고집을 부린다. 돈후가 고개를 끄덕여 보이자 삼복은 바람 소리를 내며 사라졌다.

나란은 아직 기침 전인지 보이지 않았다. 후르에 이어 둘째를 회임한 갑은 입덧이 심해 침상을 벗어나지 못했다. 아마도 나란은 온갖 요란을 떨며 갑의 시중을 들어주고 있으리라.

그런데 나란뿐 아니라 온요도 보이지 않았다. 어미를 찾던 을진은 병과 함께 마당 구석에서 자를 치며 놀고 있다. 돈후를 본 병이 허리 굽혀 인사했다. 을진은 병이 하는 양을 지켜보더니 흉내 내며 머리를 조아렸다. 품새가 제법 반듯했다. 칭찬의 의미로 웃으며 고개를 끄덕여주었더니 을진의 입이 박처럼 벌어졌다.

삼복이 목대야를 들고 왔다. 받침대 위에 올린 대야 안에서 맑은 물이 찰랑댔다. 돈후는 소매를 걷은 뒤 이를 닦고 귀와 얼굴을 씻었다. 씻는 내내 듣지 못한 온요의 답이 머릿속을 휘돌았다.

대충 물기를 털어내자 얼굴 앞에 하얀 베가 쑥 들어왔다. 고개를 돌려보니 삼복이 아니라 온요다. 온요가 곱게 접은 수건을 들고 서 있다. 유별하지 않는 산채에는 건즐소임•도 없다더니 새삼스럽다. 평소에 하지 않던 일을 한다는 것은 미안하다는 뜻인가.

돈후는 수건을 받지 않고 굽혔던 허리를 폈다. 그러고는 상을 구기며 내려다보았다. 온요는 배시시 미소 지으며 물기 묻은 돈후의 얼굴을 닦아주었다. 방울어멈이 흘끔 쳐다보더니 민망한 웃음을 지으며 지나갔다.

"임안에서 온 거상을 만나는 날이지요? 새로 지은 의복을 준비해 두었어요."

"……."

"상단 일, 서두르지 말아요. 조급해하지도 말고요. 형편에 맞게

• 巾櫛所任. 세수할 때 수건과 빗을 들고 시중을 드는 일. 남편을 섬기고 뒷바라지하는 아내의 소임을 가리킨다.

천천히 해요. 기름진 밥 먹고 대궐 같은 집에 살지 않아도 다들 행복해하니까."

"……."

답하지 않은 채 뚱한 얼굴로 내려다보기만 하자 온요의 손짓이 멈추었다.

"답 안 해줄 거예요?"

"답은 그대가 해야 할 것 같은데?"

"……."

온요는 피식 웃더니 돌아섰다. 돈후는 온요의 손을 낚아챘다. 휘청대다 품 안으로 빨려든 온요가 얼굴을 붉히며 두리번거렸다. 다행히 산채 식구들은 저마다 할 일에 바빠 눈길을 보내지 않았다.

"무슨 짓이에요?"

온요는 손을 빼기 위해 애썼지만 돈후는 움켜잡은 손을 놓지 않았다. 그러고는 씩 웃어 보였다.

"답을 하면 놔주지."

돈후의 짓궂은 웃음을 본 온요는 저항을 멈추었다. 그러고는 지지 않겠다는 듯 눈길을 맞추었다. 구안정 이층에서 나란의 걸쭉한 목소리가 들리기 시작했다. 잠시 후면 부둥켜안은 둘을 발견한 나란이 호통을 쳐댈 것이다. 나란의 호통에 모두가 민망해지는 상황이 벌어질 것이다. 그럼에도 온요는 꼼짝하지 않았다.

뜻밖의 태도에 되레 돈후가 당황했다. 이번에는 온요가 씩 웃었다. 버티겠다는 뜻이다. 나란의 발걸음 소리는 더욱 가까워졌다. 결국 돈후가 먼저 손을 놓았다.

"벌써 기침했냐? 조반 들고 얼른 나가자. 오늘은 큰일 치러야 하니 단단히 준비해야 해."

나란이 손을 번쩍 들며 인사했다. 돈후도 엉거주춤 어색한 미소를 건넸다. 우물가를 향해 걸어가는 나란의 뒷모습을 보고 있는데 온요가 귀엣말로 속삭였다.

"세상 끝까지라도 따라오겠다면서요. 그 답은 세상 끝에서 해줄게요."

온요는 미끄러지듯 달아났다. 쪽빛 치맛자락도 순식간에 반빗간 안으로 사라졌다. 온요가 사라진 곳에서 방울어멈이 나왔다. 방울어멈이 까치발을 하고 손을 뻗어 처마 밑에 길게 매달린 풍경을 휘저었다. 차라랑, 맑은 풍경소리가 고려방 마당에 울려 퍼졌다.

조반 시간임을 알리는 풍경소리에 산채 식구들이 모여들기 시작했다. 완함이 장정 몇에게 요란한 손짓으로 공사 지시를 하며 반빗간으로 들어갔다. 나란은 세수를 하다 말았는지 물이 뚝뚝 떨어지는 얼굴로 뛰어와 을지와 덕우의 뒤를 이었다. 장난질하던 아이들은 따로 마련된 병사로 들어갔다. 돈후는 움직이지 않았다.

잠시 후 온요가 반빗간 밖으로 고개를 내밀고 두리번거렸다. 돈후를 찾는 것이다. 뚱한 표정으로 서있는 돈후를 발견한 뒤에는 아미를 찡그리며 웃어 보였다. 소리 없이 오물거리는 입 모양을 보니 이제는 그만하자 청하고 있다. 끝내 답하지 않고 어물쩍 넘어가려는 속셈이다. 돈후는 뒷짐을 진 채 중얼거렸다.

"괘씸하군."

서운한 돈후 마음을 아는지 모르는지 온요는 더 밝게 웃었다. 웃는 눈동자에서 새카만 빛이 배어났다. 눈이 부셨다. 개경의 시전 거리에서 처음 만났던 그날처럼.

그래, 지금 당장 답을 듣지 못한다 해도 상관없다. 끈질기게 버티고 고집부리는 것만큼은 나를 따를 자가 없었지. 시간은 충분하다. 언젠가는 반드시 답을 받아내고 말리라.

온요, 다음 생에도 너는 내 곁에 있게 될 것이다. 생이 바뀐다 해도 내가 너를 결코 놓지 않을 것이므로. 나보다 더 너를 갈망하는 자는 없을 것이므로…….

아침 햇살을 받은 돈후의 얼굴에 천천히 미소가 떠올랐다.

《징과 돌의 노래》 마침

소설은 허구입니다. 그럴듯하게 꾸며낸 이야기입니다. 그럼에도 저는 글을 쓰는 내내 허구와 사실의 경계에서 줄다리기를 해야 했습니다. 기록된 사실의 무게에 짓눌려 헤맸다는 것이 더 정확한 표현일 겁니다. 소설을 마친 지금도 저는 압박감을 느낍니다. 특히 역사에 커다란 발자취를 남긴 이들의 삶을 멋대로 재단한 데 대한 미안함은 끝내 사라지지 않을 겁니다.

다소 거창한 설정의 허구를 통해 그리고 싶었던 것은 사랑입니다. 소외된 사람들을 감싸주지 않는 사회에서 결핍된 이들이 엮어가는 절절한 사랑 이야기를 하고 싶었습니다. 소설을 쓰는 동안만큼은 뜨거운 사랑에 취할 수 있어 행복했습니다. 이제 저만의 가상세계에 갇혀있던 이야기가 세상으로 나아갑니다. 어떤 모습으로 비칠지는 모르겠습니다만, 제가 낳은 정신의 자식들이 누군가에게 사랑과 위로를 전할 수 있다면 참 행복할 겁니다.

어설픈 소설이 세상을 향해 나아갈 수 있도록 용기를 준 나의 영원한 연인과 딸, 친구, 그리고 시간여행 출판사 가족들께 고마움을 전합니다.

겨울 길목, 김영미

세계지도

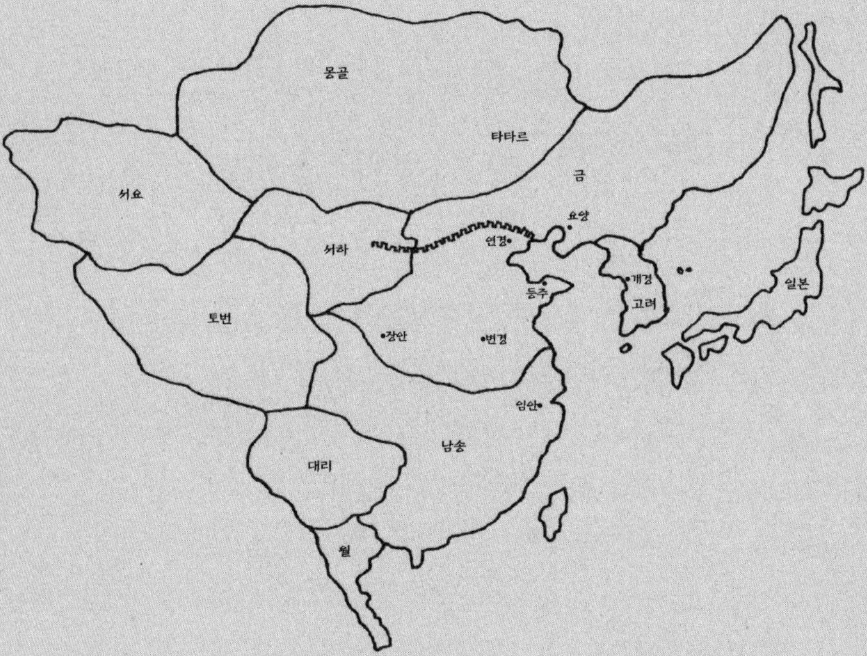

고려 인종 시대 약사

1122년	4월	예종이 승하하고 인종이 열세 살의 나이에 임금의 자리에 오르다.
	5월	인종의 외조부 이자겸을 수태사중서령소성후로 삼다
	12월	이자겸, 중서시랑평장사 한안인을 역모로 몰아 처형하다.
1124년	7월	이자겸을 조선공에 책봉하다.
	8월	이자겸이 셋째 딸을 임금에게 바치다.
1125년	1월	여진의 금이 거란의 요를 멸하다. 이자겸이 넷째 딸을 임금에게 바치다.
	5월	금에 사신을 보냈으나 신하로 칭하지 않았음을 빌미 삼아 국서를 받지 않다.
	8월	인종이 서경으로 행차하다.
1126년	2월	김찬 등이 이자겸과 척준경 제거를 시도하다 실패하다. 이자겸과 척준경이 궁궐에 불을 지르다.
	3월	이자겸이 인종을 집에 연금한 뒤 수차례 시해를 꾀하다.
	5월	인종의 명을 받은 척준경이 이자겸을 붙잡아 귀양을 보내다.
	9월	금이 송의 수도 변경(개봉)을 함락하다.
	12월	이자겸이 유배지인 영광에서 죽다.
1127년	3월	정지상 등으로부터 탄핵을 받은 척준경과 최식 등을 귀양 보내다. 서경에서 유신지교 15조를 반포하다.
	4월	송의 임금 휘종과 흠종이 금에 끌려가다.
	5월	송의 고종이 즉위하여 남송 시대가 열리다.
	10월	이자겸이 빼앗은 토지를 원래 주인에게 돌려주다.
1128년	8월	묘청과 백수한이 청하여 인종이 서경에 행차하다.
	9월	서경의 임원역에 새 궁궐(대화궁)을 짓게 하다.
1129년	1월	새 궁궐이 낙성되자 묘청 등의 청으로 인종이 서경에 행차하다.
	2월	묘청이 칭제건원을 청하다.
	11월	금에서 사신을 파견하여 서표를 올리다. 서적소를 세우다.
	12월	금이 송의 임안을 공격해 함락하다.

1131년	3월	노장(노자와 장자)의 학문을 금하다.
	8월	서경의 임원궁에 성을 쌓고 팔성당을 두게 하다.
1133년	2월	원자인 철을 왕태자에 책봉하다.
	11월	문공유 등이 인종에게 묘청을 멀리하라 청하다.
1134년	2월	인종이 서경으로 행차하다.
	5월	임완이 묘청을 처벌하라 상소하다.
	9월	김부식이 서경 천도 반대를 주장하다.
	12월	황주첨이 칭제건원을 다시 주장하다.
1135년	1월	묘청이 서경에서 반란을 일으키고 대위국을 세우다. 서북 지역민이 호응하여 함께 봉기하다. 김부식이 정지상과 백수한 등을 죽이고 원수가 되어 토벌에 나서다. 서경 반란군에서 내분이 일어나 조광이 묘청을 죽이고 항복을 청하다. 조정이 응하지 않자 다시 봉기하다.
1136년	2월	서경을 포위하여 함락시키다. 조광이 자결하다.
	3월	반란 진압의 공을 인정해 김부식을 문하시중으로 삼다.
	4월	김부식이 토벌군과 함께 개선하다. 서경의 관료를 줄이고 지방 제도를 개편하다.
	10월	김부의(김부철)가 죽다.
1145년	12월	김부식이《삼국사기》를 편찬하다.
1146년	2월	인종이 지병으로 승하하다.
1151년	2월	김부식이 지병으로 죽다.
1170년	8월	정중부와 무신들이 난을 일으켰을 때 김돈중과 김돈시가 종자의 밀고로 붙잡혀 죽다.